云在青天水在瓶

杨绛散文的生命意蕴

敖慧仙 著

春风文艺出版社
·沈阳·

图书在版编目（CIP）数据

云在青天水在瓶：杨绛散文的生命意蕴／敖慧仙著
. —沈阳：春风文艺出版社，2023.10
　ISBN 978-7-5313-6515-0

　Ⅰ.①云… Ⅱ.①敖… Ⅲ.①随笔—作品集—中国—当代 Ⅳ.①I267.1

中国国家版本馆CIP数据核字（2023）第154508号

春风文艺出版社出版发行
沈阳市和平区十一纬路25号　　邮编：110003
四川科德彩色数码科技有限公司印刷

责任编辑：韩　喆　周珊伊	责任校对：陈　杰
装帧设计：书香力扬	幅面尺寸：145mm×210mm
字　　数：205千字	印　　张：8.5
版　　次：2023年10月第1版	印　　次：2023年10月第1次
书　　号：ISBN 978-7-5313-6515-0	定　　价：68.00元

版权专有　侵权必究　举报电话：024-23284391
如有质量问题，请拨打电话：024-23284384

生命风骨

蒋述卓

无论是中国现代翻译史上,还是中国现代小说史、散文史、戏剧史上,杨绛先生都是一个奇特的存在。从不多说"理论"的她,其翻译的却是艰深的"原型理论",其为译著所作的序言多半是令人印象深刻的论文。没听说研究过旧诗格律的她,会指出丈夫《槐聚诗存》里"有个字值得斟酌一下"。

一百零五个春秋的磨砺,凸显了她的生命的韧性,而其作品的影响与日俱增、艺术魅力的经久不衰,与其坚韧延绵的生命交相辉映,成为跨世纪的文学标杆与见证。

如今,《陆犯焉识》及据其改编的电影《归来》,让我们记起杨绛的《干校六记》。两种截然不同的叙事风格,说的是同一个过往的时代。先生的《洗澡》已然成为多数人"不得不""自我反省"的心路历程的写照。杨绛先生顽强地"穿越"到新世纪的身影,依旧坚定而质朴。

2011年,先生百岁寿辰之际,笔者读到一本杂志上的《百岁杨绛:尊严与信仰》,感慨良多。我们不能不敬佩,为百岁老人那样风骨独立地活过;也不能不愤懑,为岁月曾经让老人那样地生活。她的文字，包括译文——正如朱虹评价的：是西谚所云"戴着丝绸手套的铁手"，其筋骨与蕴涵如何说得！她那双烘烤过生命和百年历史之火的手，抚慰了几代人的灵魂？她说："家在哪里，我不知道，我还在寻觅归途。"我们平日里小小的抑郁、心痛、悲伤、惆怅……算得了什么呢？生命珍贵而脆弱，转瞬即逝，我们该如何去珍爱呢？我们站在自己"人生的边上"，应写下怎样的"自问自答"和旁批？

我想，这正是敖慧仙老师研究"杨绛散文的生命意蕴"的缘起。

这本专著从杨绛蒙学岁月的单纯明亮，到此后八十年间起起伏伏的生命轨迹；从对家人的亲情描摹，到对夫君钱锺书的体察入微；从点点滴滴生命印痕的拾零，到对其艺术追求里的生命理念的概括。作者条分缕析，娓娓道来，材料之充分，立意之明确，显示出良好的学术功底。

立足世界经济发展大势考察，时下已经进入了一个消费社会。在这个消费社会中，我们所面临的不仅仅是商品数量的极度扩张问题，更是商品太多，倒过来反客为主地去制造或刺激人们的各种需要的问题。人们的消费行为不仅仅是一种经济行为，更是转向为一种生活方式和文化行为，文学艺术也在这样的大背景之下跌跌撞撞地行进着。然而，杨绛先生似乎无意主动融入这个消费时代，从她对于家乡建立"钱锺书纪念馆"的坚决反对即可见一斑，这也是她一贯的生命风骨。

然而，这样的坚守出于怎样的初衷？杨绛散文所蕴藉的时代风貌、文化底蕴及生命意蕴对于后学有怎样的启发意义？杨绛先生的诗化人生是如何通过散文来实现的？

"缬眼容光忆见初,蔷薇新瓣浸醍醐;不知醱洗儿时面,曾取红花和雪无?"这是钱锺书初见杨绛之际的印象。看看杨绛先生的百岁照,银发井然,目光沉着、坚毅、敏锐,与安详平和的面容几乎是冲突的,它们如何集中在一张面孔上?我想,读了这本专著,大家自然会有收获与答案。

敖慧仙老师是阳江职业技术学院的青年教师。她偏居海滨,潜心研究多年,能够有如此成果,实在难能可贵。嘱我作序,欣然书之。

(作者系广东省作家协会主席,暨南大学原党委书记、教授、博士生导师)

目录 Contents

引　言 ……………………………………… / 001

一、文化版图的生命底色 ……………………… / 008
　　○ 启蒙：开明教育 ……………………… / 009
　　○ 视野：融贯中西 ……………………… / 013
　　○ 读书："信马由缰" …………………… / 016
　　○ 态度：市亦可隐 ……………………… / 021
　　○ 人格：信仰与尊严 …………………… / 024
　　○ 友声：君子之风 ……………………… / 027

二、绵长绚烂的生命爝火 ……………………… / 032
　　○ "凡有所学，皆成性格" ……………… / 033
　　○ "最贤的妻，最才的女" ……………… / 036

- ○ "含泪的微笑" …… / 040
- ○ "简朴的生活，高贵的灵魂" …… / 043
- ○ "编者不如编辑" …… / 046
- ○ "个性主义教育" …… / 050

三、载入族谱的生命印记 …… / 055

- ○ 父亲——凝重有威 …… / 057
- ○ 母亲——亦慈亦让 …… / 061
- ○ 三姑母——"落水狗"及其他 …… / 064
- ○ 杨必——"真大小姐" …… / 069
- ○ 女儿——"尖兵钱瑗" …… / 073

四、如影随形的生命追光 …… / 079

- ○ "痴气旺盛"的"呆子" …… / 080
- ○ "志气不大"的凡夫 …… / 084
- ○ "为德不卒"的"小人" …… / 087
- ○ "整缀董理"的书虫 …… / 091
- ○ "不喜名利"的学人 …… / 095
- ○ "誉妻成癖"的丈夫 …… / 098

五、似癯实腴的生命理念 …… / 103

- ○ 崇尚古典的清明理性 …… / 103

- ○ 蓝田日暖玉生烟 ……………………………………… / 107
- ○ 互换题词之呼应 ……………………………………… / 110
- ○ 温婉与坚韧并存 ……………………………………… / 114
- ○ 智者的人间关怀 ……………………………………… / 117

六、气韵生动的生命拾零 …………………………………… / 122

- ○ "孟婆茶"饮前 ………………………………………… / 123
- ○ "三联"乃幸福标志 …………………………………… / 126
- ○ "不避亲"之拾遗 ……………………………………… / 129
- ○ "我们仨"的苦乐 ……………………………………… / 133
- ○ "天堂在她心中" ……………………………………… / 136
- ○ 书画亦为有情物 ……………………………………… / 139
- ○ 维权的声色俱厉 ……………………………………… / 142
- ○ "普通人"的"平常传" ……………………………… / 145

七、念兹在兹的生命执着 …………………………………… / 150

- ○ "华枝春满,天心月圆" ……………………………… / 151
- ○ "还在寻觅归途" ……………………………………… / 154
- ○ "世间最忆是童趣" …………………………………… / 159
- ○ 追忆似水年华 ………………………………………… / 163
- ○ 归途与缅想 …………………………………………… / 168

八、"人生边上"的生命顿悟……………………… / 171

  ○ 清水一滴 淡泊名利 ……………………… / 172
  ○ "厚德载物"是"止" ……………………… / 174
  ○ "人弃我取，人取我予" ……………………… / 176
  ○ "云在青天水在瓶" ……………………… / 178

结 语 ……………………………………………… / 183
附录一 杨绛散文创作年表 ……………………… / 187
附录二 参考文献 ……………………………… / 227
后 记 ……………………………………………… / 254

引　言

杨绛（1911—2016），原名杨季康，祖籍江苏无锡，1911 年 7 月 17 日生于北京。杨氏家族世居无锡，杨绛自称"寒素之家"，曾祖父、祖父皆酷爱读书，为人秉性正直。父亲杨荫杭是上海著名的大律师，也是江苏最早从事反清革命运动的人物之一。1928 年，杨绛考入东吴大学政治系，毕业时获"金钥匙奖"。1932 年在清华大学借读时结识钱锺书，两人一见如故。次年考入清华研究生院外国语言文学部。1935 年，钱锺书考取英庚款留英奖金，两人完婚后一起赴牛津大学学习，后辗转法国巴黎大学。1938 年回国后，一直从事文学创作和翻译工作，在小说、戏剧、散文、翻译、评论诸方面皆有不凡的建树。

20 世纪三四十年代，杨绛只发表了《风》《阴》《流浪儿》等几篇意象浓烈、语言优美的散文，并未引起文坛的广泛关注。杨绛 40 年代的散文创作偏于"艺术散文"的尝试，但跟周作人提倡的"美文"有一定区别，实则是进一步提纯了散文中的"文学性"。[1]"沦陷"时期，她在上海相继写出喜剧《称心如意》《弄

---

[1] 张颖：《杨绛、汪曾祺散文合论》，当代作家评论 2021（05），152 页。

真成假》，在 40 年代的中国剧坛占据重要的地位。柯灵回忆上海沦陷时期的戏剧文学时，曾誉之为"喜剧的双璧""中国话剧库存中有数的好作品"。[1]李健吾也曾评价："假如中国有喜剧，真正的风俗喜剧，从现代中国生活提炼出来的道地喜剧，我不想夸张地说，但我坚持地说，在现代中国文学里面，《弄真成假》将是第二道纪程碑。"[2]而杨绛试写小说始于清华大学就读时期，曾作短篇小说《璐璐，不用愁》，此小说得到朱自清的赞赏，并推荐给《大公报·文艺副刊》发表（而她发表的第一篇散文《收脚印》亦由朱自清推荐）。后来，林徽因又将此小说编入《大公报文艺丛刊小说选》。此外，她还著有短篇小说《玉人》《鬼》，长篇小说《洗澡》等，深受读者欢迎。钱锺书也称赞杨绛——"你能写小说，你能无中生有。" 20 世纪 50 年代以来，杨绛翻译出版了名著《小癞子》《堂吉诃德》《吉尔·布拉斯》等，并获西班牙"智慧国王阿方索十世十字勋章"。此外，她还有文论、杂写杂记等，不一而足。

进入新时期后，杨绛迎来了散文创作的春天，结集出版了《干校六记》《回忆两篇》《将饮茶》《杂忆与杂写》《我们仨》等集子。九十六岁高龄，她完成了人生哲思录《走到人生边上》的写作。她以忆旧怀人为主，把笔触伸进历史、时代、人心的深处，简洁而饱含深意，平实中不乏奇崛，被誉为继鲁迅之后最集中写作记叙性散文并取得巨大成功的当代作家。她以高贵、典雅、悲

---

[1] 田蕙兰等编：《钱锺书　杨绛研究资料集》，华中师范大学出版社 1997 年版，第 665 页。

[2] 田蕙兰等编：《钱锺书　杨绛研究资料集》，华中师范大学出版社 1997 年版，第 661 页。

引 言

悯的心魂,在大半个世纪的文艺创作中缔造了文化的高度和奇迹。

杨绛的散文创作跨越了八十年的时空,浓缩了一个时代的演进轨迹和一个知识分子的心路历程。凝结于杨绛笔下的沧桑岁月,如陈年美酒般醇厚芳香,而毫无辛辣涩苦的滋味。其文字寓艰涩于清新,置从容于淡雅,个中况味和独特风格颇耐咀嚼而历久弥新。其散文无论在思想内蕴上,还是艺术表现方面都具有不容忽视的价值和贡献,为尚在发展的中国现当代散文增添新质,成为卓尔不群、特色鲜明的"这一个"。

杨绛生于北京,见识广博,加之优越的家学传统,陶冶了她的"贵族"气质。她视界开阔,不随流俗,具备中国传统女性矜持、敏感的文化特性。同时,她早年丰富的留洋经历和细腻的人生感悟,唤醒了她民主自由和个性解放的意识。因此,在她身上体现了中国传统女性与西方知识女性的奇妙结合,在表达人生见解时,往往独具一格且游刃有余。杨绛的散文如其为人般,充满知性美和女性魅力:缄默恬静的智慧,擅长洞彻世态人情,以豁达的态度捻花笑对人生。她首先是一个女人:伶俐乖巧的女儿、温柔贤淑的妻子、隐忍宽厚的儿媳、深情慈爱的母亲;然后是才华横溢的文人、作家、翻译家、学者。从其散文中,我们可以感受到智慧女性的人生观和艺术观。

但是由于种种原因,中国现当代文学史上给予杨绛散文的评价不甚高,多数只用寥寥数语概括。能被提及的篇目也只有《干校六记》《丙午丁未年纪事》等,并只集中于其对特殊时期的反思批判方面,缺乏对作家的创作心理、作品内蕴、艺术风格、文学史价值等的全面把握。

新时期以来,杨绛散文研究逐渐升温,不少研究者深入文本,从社会背景、文化底蕴、喜剧精神、语言艺术、审美感受等诸方面对其艺术价值进行了初步探讨。1990年后,研究者们又从修辞学、精神内核及创作论等角度考察之,扩展了研究视野,也更加全面地反映出杨绛散文研究的整体风貌。[1] 其中,比较突出的研究成果有黄科安的《喜剧精神与杨绛的散文》、牛运清的《杨绛的散文艺术》、刘思谦的《反命名和戏谑式命名——杨绛散文的反讽修辞》、张颖和司方维的《近二十余年杨绛散文研究综述(1993—2017)》、孙大静的《行者无疆——杨绛散文综论》、于露的《朴素的谈话,回家的智者——杨绛散文论》等。其中刘思谦的《反命名和戏谑式命名——杨绛散文的反讽修辞》,从杨绛散文的反讽修辞对应的两个语境——故事发生时的语境(20世纪50年代初至70年代初)和故事写作时的语境(20世纪80年代至90年代)出发,将政治身份转化为叙述者的观察和言说视角,通过"反命名和戏谑式命名"的修辞方式,实现了对语境限制的反限制,构成了一种"互文本"的深层意义结构。孙大静的硕士论文《行者无疆——杨绛散文综论》,则以时间为顺序,勾勒出杨绛散文发展的脉络,展现杨绛不同时期散文的创作风格和侧重点,如青春期的内省式的格物散文,兼以钱锺书的散文做参照物,分析二者的区别;而杨绛的叙事散文,历经特殊时期的洗礼,转为冷峻平静的叙事忆人,寓深刻的悲剧于冷峻的幽默中;新时期,杨绛则用最质朴的语言"立此存照",记载社会历史的变迁;杨绛的说理散文,以其在九十六岁高龄完成的《走到人生边上》为例,更加旗

---

[1] 陈宇:《近十年杨绛研究综述》,《山西师大学报(社会科学版)》2005年第6期。

帜鲜明，以理取胜，逻辑严密。这些杨绛散文研究的成果，从时代背景到个案研究，从作者生平经历到创作情感及心理，从思想内蕴到艺术特色等诸方面多元论证，为杨绛散文研究开拓了新视界。

  不可否认，杨绛散文研究已取得可喜成果，但存在的问题依然明显，尤其体现在单方面或浅层面的探讨多，综合探讨、整体研究的论著少，而以"杨绛散文"为研究对象的专著至今尚无。杨绛的散文并非孤立的文学现象，唯有对其进行综合考察，才能全面地掌握其精神内核，窥探其何以能超越历史时空，具有历久弥新的魅力之所在——这正是本书的立足点与着力点。

  杨绛曾译19世纪英国诗人蓝德（W. S. Landor）的诗，并题于其散文集的扉页：

> 我和谁都不争，
> 和谁争我都不屑；
> 我爱大自然，
> 其次就是艺术；
> 我双手烤着
> 生命之火取暖；
> 火萎了，
> 我也准备走了。[1]

  晚年的杨绛坦然面对生死，"我正站在人生的边缘上，向后看

---

[1] 杨绛：《杨绛全集》，人民文学出版社2014年版，第3卷，第3页。

看,也向前看看。向后看,我已经活了一辈子,人生一世,为的是什么呢?我要探索人生的价值"[1]。纵观杨绛一生的艺术创作,都致力于人生价值的探索,晚年依然热情不减。她的探索之路,既烘烤着璀璨的生命之火,亦燃烧着百年历史和中西文化的火种,还点燃了回忆缅想之火。她的散文就是她生命散发出来的光热,其光芒卓然,其璀璨亮丽,其贡献温热,无不照亮昔今,无不具有值得琢磨的艺术价值与况味。

本书共分八章,内容简介如下:

一、文化版图的生命底色。拟从家学渊源、中西文化教育、丰厚的文化素养等影响因素,探讨杨绛散文的生命底色。

二、绵长绚烂的生命爝火。杨绛绵长绚烂的生命爝火,不仅成就其文学上的高度,还烘炙着其在哲学、编辑、教育诸方面取得的非凡成就。她高贵灵动的性情和才华,为我们当下所日渐缺失,因此尤为可贵。

三、载入族谱的生命印记。杨绛清笔绘世相,以"回忆"为生命的本质,在对故去亲人的缅怀与讲述中,将生命片段如电影胶片般回放,表现出极浓烈的生命感觉和丰富的内心体验。

四、如影随形的生命追光。杨绛对钱锺书的深爱,在众多散文中都有体现,它们实述了钱锺书真实而鲜为人知的生命"秘闻"(钱锺书语),具有丰富而宝贵的史料和文学价值,最能体现钱锺书旺盛的生命气息。

五、似癯实腴的生命理念。文化的最后成果是人格,本章通过对杨绛的艺术精神与生命理念的探究,凸显其似癯实腴的生命

---

[1] 杨绛:《走到人生边上·前言》,商务印书馆2007年版,第15页。

理念。

六、气韵生动的生命拾零。杨绛许多集子的序跋、代序、广告、维权声明等小文，既是她气韵生动的生命拾零，亦为我们当代散文的典范，充分体现了杨绛的真性情和艺术追求。

七、念兹在兹的生命执着。走到人生边缘上的杨绛，以执着地找寻精神家园的步伐和"还乡"的温馨怀想，展现了"华枝春满，天心月圆"的生命守望姿态。

八、"人生边上"的生命顿悟。钱锺书、杨绛伉俪相濡以沫六十三载，人生观、价值观、财富观等高度契合，留给后人宝贵的精神财富和智慧启示。

综上所述，全书拟体味杨绛坚韧的生命观，研讨其散文创作的生命意蕴。试图通过对杨绛散文的内蕴进行整体探究，关注其以回忆为本质的生命形式、质朴与绚烂的生命理念、执着返乡的生命姿态等，力图弥补中国现当代散文发展研讨过程中的某些偏执与遗漏，更加全面而合理地评价杨绛散文的独特价值和贡献。

"云在青天水在瓶"，对于杨绛的百岁人生和文学作品的价值，我们实际上无法评说。而她对生命真谛的顿悟，我们也没有资格议论，本书仅仅是笔者对杨绛散文著作的体味与解读而已，隔靴搔痒与言不及义在所难免，甚望方家不吝赐教。

一、文化版图的生命底色

鲁迅说:"从血管里流出来的都是血。"一个作家儿时所接受的文化浸染,就学期间的文化构成,必然决定着他的审美趣味和艺术观,从而直接影响其艺术创作倾向。而作家的文化版图构成愈丰富、愈复杂,其"杂交优势"愈明显,审美层次和趣味也愈深刻和鲜明。现代散文名家的作品之所以复杂、多样,咀嚼不尽,常常生出无以名状的美感,无疑同作家文化构成之丰富性、多样性、复杂性息息相关。他们中的多数人,既饱受我国古典文化乳汁的滋养,又沐浴过西方现代文化的雨露,因此形成了东西方文化杂糅调和的特征。这样,在他们的文本中,常常是学贯中西、文通古今,"古风"伴随"洋味儿",叫人耳目一新。如鲁迅的寸铁杀人,朱自清的情怀畅达,冰心的洁净诗心,梁遇春的洋洋洒洒……从诸家散文流露的独特审美趣味中,我们不难寻查出他们特有的文化构成。

杨绛出生于晚清末期,比辛亥革命开始早一百天,但风雨飘摇的局势并未对其成长造成不良影响。令人羡慕的家学渊源、良好的家庭启蒙、中西合璧的文化教育等优势,为她的艺术创作提供了丰富的滋养。同时,她沐浴着民主开放的时代风气,拓宽了思想视野,加之敏而好学、勤于思考的优良品质,其初出茅庐即呈现出自由开阔的迹象。

"作为一名智慧的知识女性,杨绛对自身文化姿态的建构中蕴含着地域性文学的'和而不同'和'悬置不信',包含着江南士风的耳濡目染与学院精神的言传身教,以及传统女性的兰质蕙心和西方人文的独立自主。这使得杨绛能从多种文学视角中形成一种多元的创作体系和文化体验,更能在隐身的创作姿态中'冷看',形成独特的文学世界。"[1]家学渊源的辉光与中西文化之光等交相融汇,铸就杨绛绚烂的文化版图下的生命底色,这亦是她的生命和创作不曾枯竭的底蕴所在。

○启蒙:开明教育

高尔基说:"父爱是一部震撼心灵的巨著,读懂了它,你也就读懂了人生。"父爱往往是无言而凝重的,父亲的德行对子女的影响无疑是一辈子的。杨绛的启蒙教育始于阅读父亲这本大书,她从中读懂了人性善恶与人生的真谛。

杨绛的父亲杨荫杭是位风采斐然而极富魅力的人物。1895年考入北洋大学堂,1897年又考入南洋公学读书。因成绩优异,于1899年被南洋公学送往日本早稻田大学留学。他在日本时受到孙中山、黄兴等人的革命影响,于1900年春和一批留日学生成立了励志会,从事反清活动。同年,与励志会会员杨廷栋、雷奋等人

---

[1] 李天然:《论杨绛散文中的知识分子写作立场》,名作欣赏,2022(18),151页。

创办《译书汇编》月刊。这是留学生创办最早的杂志，大量销往上海、苏州等地，在当时的进步青年中反响较大。1901年暑假回国之际，他聚集同志在家乡首创励志分会，以讲授知识为名，宣扬反帝反封建的革命思想。1905年暑假他回到无锡，在俟实学堂公开演讲宣传革命，因拒绝对祖宗牌位磕头，同族人气得要把他驱逐出族。其同乡许珏曾愤然说："此人该枪毙。"就是这样一位有胆识、有担当、铁骨铮铮的男子汉，敢于用自己的青春和生命去和中国几千年封建牢笼相拼的"斗士"，在近代史上留下坚实而有影响力的足迹。

杨荫杭精修法律，同时志趣颇广泛，多方面皆有钻研。他先后留学日本、美国学习法学并获硕士学位，精通多国法律条款。这位刚正不阿的大律师又是性情中人，他"有时忘了自己是律师而当起法官来，有时忘了自己是律师而成了当事人"（杨绛语）。锄强扶弱，铁肩担道义，是他坚守的职业操守。他虽以律师为终身职业，却喜欢做植物标本，还喜欢杜甫的诗，潜心钻研音韵学，著有《诗骚体韵》等。他擅写时评，针砭时弊，痛快酣畅——20世纪90年代初，杨绛汇集其父20世纪20年代的文章，合成《老圃遗文辑》出版，至今读来，仍可感杨荫杭那"铁肩担道义，妙手著文章"的浩然正气。但父亲从不对孩子提及往昔的辉煌，他给予子女的影响和教育深刻且丝丝入扣，他往往从最细微的地方给予孩子自由、尊重和启迪，教育他们坚忍、自立、风骨独立地生活。

杨绛的母亲唐须嫈与杨荫杭虽为旧式婚约，但夫妻情投意合、相敬如宾。母亲贤惠文静，身上凝聚着中国女性的传统美德。她接受过高级中学教育，却不像新女性那样爱出头露面地从事社会活动，她甘做贤妻良母，相夫教子，料理家务。母亲的宽容和智慧对杨绛的影响非常深远：对丈夫可以共谈事业，对子女慈爱有加，对两位颇有怪癖的姑太太宽容大度并悉心照料，即使对下人也充满着仁慈。杨家人口众多，却其乐融融，充满了人情味。父母为子女营造了一个和睦自由、民主开放的家庭氛围，实在难能可贵。杨绛成长于如此开明的家庭，可谓幸运幸福。

在民主开明的家庭氛围中，杨绛耳濡目染母亲的温婉贤惠和父亲的睿智明决，无形中在她心里形成了好家庭的标准，即和睦平等、相濡以沫。这对杨绛今后的家庭生活和文学创作都起到了导向作用。杨绛称父亲为"凝重有威"的慈父，他对生命的尊重和崇仰，其自身生命的凝重与厚实，都是孩子们的典范。父亲不仅是杨绛生命的源头，更是杨绛生命观的重要来源。正如卡里·纪伯伦在《先知》中所说：

你们的孩子，都不是你们的孩子，
乃是"生命"为自己所渴望的儿女。
他们是借你们而来，却不是从你们而来，
他们虽和你们同在，却不属于你们。
你们可以给他们以爱，却不可给他们以思想，
因为他们有自己的思想。
你们可以荫庇他们的身体，却不能荫庇他们的灵魂，
因为他们的灵魂，是住在"明日"的宅中，那是你们在梦中也不能想见的。[1]

---

[1] 纪伯伦著，林志豪译：《先知》，哈尔滨出版社2004年版，第27页。

杨荫杭如同那饱含爱的弓,在无声中倾尽自己的生命热力,使子女的生命之箭射向离真理更近的地方。杨荫杭不强求子女立志成才,达成宏大的人生目标,他甚至劝阻杨绛学法律继承己业。杨绛曾严肃认真地考虑"该"学什么才最有益于人,而不是白活一辈子。但杨荫杭说,没什么该不该,最喜欢什么,就学什么,喜欢的就是性之所近,就是自己最相宜的。"人法地,地法天,天法道,道法自然",杨荫杭深谙自然之道。他充分给予子女自由发展的空间,顺应孩子的天性加以引导。斯宾塞认为,教育中应该尽量鼓励个人的发展过程,应该引导儿童自己进行探讨,自己去推论,给他们讲的应该尽量少些,而引导他们去发现的应该尽量多些。在父亲貌似"散漫无章"的放养式教育下,杨绛的生命得以健康勃发地舒展。事实胜于雄辩,杨荫杭的教育取得了极大的成功,父女之间亦师亦友的关系起到了至关重要的作用。

杨荫杭的启蒙教育意义深远,他言传身教,以开明的父爱教育开启杨绛的生命和艺术眼界。杨荫杭曾明白地说过:"我的子女没有遗产,我只教育他们能自立。"他看重的是传统文化与西方文明中的精粹部分——重生命、重个性、重民主科学等,而这一切都让杨绛受益匪浅。每当杨荫杭看到朋友为追求生活的享受或个人私益,不惜出卖人格,甚至不顾国家的体面,私下常常无限地感慨和痛惜。父亲的正义风骨在杨绛心底生根、发芽,"在中国的书香门楣中,确实有无数条这样的沉淀着传统文化高深智慧的走廊。在这类走廊里,师傅对徒儿,父亲对女儿,正是常常以密法心印的方式传授智慧果的。杨绛的'天眼',大概就是这样被她父亲灵异的手指叩开的"[1]。

从父亲一生的德行和言传身教中，杨绛深切感受到生命的绚烂与凝重。而父亲的德行是有后光的，他的气质、品德影响了子女的一生。即使他身后，其操守依然激励着子女堂堂正正地做人、"无为而治"地处世。这些影响在杨绛的为人和艺术创作中，都得到了很好的体现。这无不印证了——"道德普遍地被认为是人类的最高目的，因此也是教育的最高目的。"（赫尔巴特语）

○视野：融贯中西

1905年我国废弃科举制度，推行学校教育，试图通过"兴办学校，教育强国"，从而开启了近代教育的发展历程。而在办学理念和课程设置方面，洋为中用，体现了中西合璧的思想。一般的学校既保留了传统教育的国文、经文，也从传统教育中衍生出历史、地理等学科，还有西方色彩浓厚的物理、化学、图画、伦理、地质、体操等，而全国各地和各级教育的实施各有不同。从课程的设置来看，近代的教育似乎是一个大而全的教育。而近代西方科技、教育的流入，对中国近现代的教育影响深远。

身处自由开放的时代氛围，杨绛的父亲深感文化教育的至关重要。他不仅支持弟妹上洋学堂、出国留学，对子女的教育亦然。《我在启明上学》一文中，杨绛提道，"我爸爸向来认为启明（原先称女塾，是有名的洋学堂，笔者注）教学好，管束严，能为学生打好中文、外文基础，所以我的二姑妈、堂姐、大姐、二姐都

---

[1] 胡河清：《灵地的缅想》，学林出版社1994年版，第69页。

是父亲送往启明上学的"[1]。杨绛当时八岁半,父亲便送她去启明上学。正是在启明,杨绛受到了正规的中西文化融合的教育,生命和艺术世界的多姿多彩在她面前铺展,融贯中西文化的开阔视野也逐渐形成。

陶行知曾指出中国教育的弊端——中国教育之通病是教用脑的人不用手,不教用手的人用脑,所以一无所能。中国教育革命的对策是手脑联盟,结果是手与脑的力量都可以大到不可思议。而启明既开设有正规的中英文课程,还有培养美育和体育的课,如钢琴课、绘画课、缝纫课、做操等。姆姆(教会学校的老师,笔者注)还教她们写家信,小鬼们都学着用毛笔写家信。学年末姆姆组织学生用全英文来排演外语歌剧,并邀请家长来观摩。对学生的知识、技能、能力等,进行全面的拓展,挖掘学生各方面的潜能。因此,启明的教学水平和质量在当时颇有名气。

杨绛曾说自己很羡慕上过私塾的人,四书五经读得烂熟。实际上,启明的教学中西合璧,并非忽视传统教育而实施单一的西方教育。启明当时请了上海名士邹先生任古文课教师,学生要读《孟子》等国学经典,每段都要背诵。杨绛每天都要老老实实地读满十遍,从而打下坚实的古文基础,她骄傲地称:"我至今还能背呢。"其中,杨绛尤爱读诗,中文诗、外文诗、古典诗、现代诗都喜欢。后来和钱锺书在一起,两人都喜欢谈诗、论诗、背诗。

邹先生沿袭传统教育方式,经常布置命题作文限学生们在课堂上做完。一次出的题目是《惜阴》,杨绛灵感泉涌,写道:"古

---

[1] 杨绛:《我在启明上学》,人民文学出版社《杨绛全集》2014年版,第3卷,第8页。

之圣贤豪杰，皆知惜阴……"姆姆看了课卷，到处称赞"小季康'明悟'好来！"（上海话，指好得很）杨绛的文学才华在那时已经"小荷初露尖尖角"了。1933年，她在朱自清先生班上做了第一篇课卷——《收脚印》，承朱自清的称许，推荐给《大公报·文艺副刊》，成为她发表的第一篇作品。

杨绛的小学阶段都有姐姐的陪伴，大姐杨寿康当时在启明边进修边教课，她每天管着杨绛读十遍书。一个人"自修"时，杨绛就翻姐姐的书囫囵吞枣地读。她阅读的书籍中西方经典都有，全面开启了杨绛多元开阔的文学视野。

后来，父亲担心教会学校会影响杨绛姐妹的自由思想，就让杨绛与三姐转读振华女校。杨绛是苏州振华女校1928年的毕业生，也是苏州十全街旧校址上老振华女校毕业的最后一届学生。那时的振华校舍很破旧，杨绛开始很不习惯，但随后她就慢慢体会到了振华的种种好处。"王季玉先生办学有方，想方设法延聘名师来校任教，教科书采用外国教科书最新的版本，学业成就是一流的；学风朴实务实。"[1] 振华女校同样是中西合璧的教育，让杨绛受益匪浅。

振华女校拓展了杜威"教育即生活""教育即生长"等理论，设置了丰富多彩的课程，教科书采用外国教科书最新的版本，并根据学生的实际需要，注重学生的实际操作。我们今天提倡"德智体美劳"全面发展，在20世纪30年代的振华女校已得到很好的实践。如让学生扫地、擦桌子，轮流登记送出去洗的衣服，目的

---

[1] 吴学昭：《听杨绛谈往事》，生活·读书·新知三联书店2008年版，第44页。

是改掉学生们身上的娇气。学校还开设"小厨房"鼓励学生练习烹饪。设立学生自治会，锻炼了学生的自治能力、人际交往能力、组织活动能力，同时让他们学会克服困难，学会做人和做事。

鲁迅说，"教育根植于爱"。杨绛在《我们仨》中一再提到振华女校的校长王季玉，王校长喜爱杨绛的聪颖好学，经常与她同桌吃饭，多方关照。王校长深谙因材施教之道，因为杨绛是转学生，各科程度参差不一，为了使她上不同班级的课而时间不冲突，在排课程表时颇费一番心思。加之杨绛勤勉好学、天资聪颖，后来她以优异的成绩考入东吴大学，毕业时获"金钥匙奖"。由此可见，中西结合的教育在杨绛身上发生了神奇效果。

大教育家夸美纽斯说："教育在于发展健全的个人。"在现代化社会中，人们无时无刻不需要学习，但人的一生中，学校教育在个体的发展中起着主导作用。学校教育具有目的性、组织性、计划性、系统性等优势，有益于孩子的全面健康发展。由于父亲对教育的重视，杨绛就读的学校都是当时知名的中西合璧的学校，拥有完善的管理制度、先进的教学理念和雄厚的师资力量，能有效培养孩子的学习兴趣，深入挖掘学生的潜力，健全学生的个性，从而能够全面提升学生的能力。这也是杨绛心目中对于好的教育的标准，她晚年的回忆性文字中对此多有论述。而这些中西合璧的正规教育，也为杨绛今后的艺术创作奠定了坚实的基础。

○读书："信马由缰"

读书钻研学问，无疑要下苦功夫。无论是为了应试，还是为了写论文、求学位、评职称，大概都是要苦读的。但读书无疑也是快乐的,我们可以与古人同行,领略陌生而美妙的风景;可以遥望历史、展望未来;可以增长见识,明辨是非;还可以淡泊名利,宁静致远。杨绛承认自己不是在苦读,她读书总是"乐在其中",这种看似"信马由缰"的散漫读书法,无疑是读书的纯粹境界。

杨绛出生于书香世家,父亲杨荫杭被誉为"江南才子""东西方法律行家"等,张謇推荐他为宣统"辅政"的肃亲王善耆讲授法律课。但父亲对杨绛的教育闲散自由,顺其天性,从而培养了杨绛浓厚的阅读兴趣,变被动学习为主动快乐地接受。杨绛在《回忆我的父亲》中提到,父亲曾与她讨论过读书的问题,父亲问她:"阿季,三天不让你看书,你怎么样?"阿季想了想,回答:"不好过。"父亲又问:"一星期不让你看书呢?"阿季张嘴便说:"一星期都白活了。"父亲微笑着看着她说:"我也这样。"[1] 杨绛喜欢文学,父亲便为她提供丰富的读物,满足她的阅读欲望。泰戈尔说,一切教育都是从我们对儿童天性的理解开始的。而如何顺应孩子的天性,遵循孩子成长的规律,杨绛的父亲给予我们现代教育良多有益的启示。

杨绛扎"四条辫子"的启明时期,便开始囫囵吞枣阅读各种中外名著。她回忆道:"我记得家在上海的第一个暑假,妈妈叫我读《水浒》,我读到'林教头刺配沧州道'的一回,就读不下去。妈妈问我怎么不读了。我苦着脸说:'气死我了。'爸爸说:'小孩子是要气的。'叫我改读《三国演义》。我读《三国演义》,读了一

---

[1] 杨绛:《回忆我的父亲》,人民文学出版社《杨绛全集》2014年版,第2卷,第124—125页。

肚子'白字'（错别字）。据锺书说，自己阅读的孩子都有一肚子'白字'，有时还改不掉。我们两个常抖搂出肚子里的白字比较着玩，很有趣。"[1] 这正是孔子说的，知之者不如好之者，好之者不如乐之者。杨绛、钱锺书从小养成读书的习惯，并终身与书为友，从中汲取汩汩不竭的滋养，尽情享受求知的快乐。

东吴大学期间，没有文学专业，杨绛退而求其次读政治系，课余时间都泡图书馆如饥似渴地读书。1935年陪钱锺书留学牛津大学，杨绛作为旁听生，有大量的时间可以支配。她为自己定下课程表，在牛津大学浩如烟海的图书馆里博览群书，该细读的书一本不漏地研读并有所思考。杨绛后来翻译了《一九三九年以来英国散文作品》等作品，正是那时勤奋学习奠定的基础。假期二人更是把全部时间都投入读书——书店和图书馆的典籍，中国带来的诗、词、诗话，朋友间借阅或寄赠的书，几乎是生活的全部。即使在动荡不安的岁月，他们依然珍惜借由读书做学问滋润生命的机会，并以此获取生活的乐趣和勇气。在"干校"的暗淡岁月，杨绛曾指着窝棚问钱锺书，给咱们这样一个棚，咱们就住下，行吗？钱锺书说，没有书。杨绛也深有同感："什么物质享受，全都罢得；没有书却不好过日子。"[2] 正因为有书籍和做学问为支撑，在别人都"小心惶惶"的年代，他们并不惶惶然，读书著述已经成为他们最重要的生活方式。

杨绛在《读书苦乐》里，进一步阐述了快乐读书法的妙

---

[1] 杨绛：《我在启明上学》，人民文学出版社《杨绛全集》2014年版，第3卷，第21页。

[2] 杨绛：《干校六记》，人民文学出版社《杨绛全集》2014年版，第2卷，第49页。

处——没有繁文缛节，却可以与不同时空的大师论道切磋。"要参见钦佩的老师或拜谒有名的学者，不必事前打招呼求见，也不怕搅扰主人。翻开书面就闯进大门，翻过几页就升堂入室；而且可以经常去，时刻去，如果不得要领，还可以不辞而别，或者另找高明，和他对质。不问我们要拜见的主人住在国内国外，不问他属于现代古代，不问他什么专业，不问他讲正经大道理或聊天说笑，都可以挨近前去听个足够。……我们可以倾听前朝列代的遗闻逸事，也可以领教当代最奥妙的创新理论或有意惊人的故作高论。反正话不投机或言不入耳，不妨抽身退场，甚至砰一下推上大门——就是说，啪地合上书面——谁也不会嗔怪。这是书以外的世界里难得的自由！"[1]

杨绛把读书比作隐身"串门儿"："可以足不出户，在这里随意阅历，随时拜师求教。谁说读书人目光短浅，不通人情，不关心世事呢！这里可得到丰富的经历，可认识各时各地、多种多样的人。经常在书里'串门儿'，至少也可以脱去几分愚昧，多长几个心眼儿吧？……我们只是朝生暮死的虫豸（还不是孙大圣毫毛变成的虫儿），钻入书中世界，这边爬爬，那边停停，有时遇到心仪的人，听到惬意的话，或者对心上悬挂的问题偶有所得，就好比开了心窍，乐以忘言……"[2] 虽然有人曾谴责杨绛读书是"追求精神享受"，她也承认自己确实不是在苦读，但精神享受为什么不能够追求呢——马克思所说的在解放全人类的同时解放自己，

---

[1] 杨绛：《读书苦乐》，人民文学出版社《杨绛全集》2014 年版，第 3 卷，第 246—247 页。

[2] 杨绛：《读书苦乐》，人民文学出版社《杨绛全集》2014 年版，第 3 卷，第 248 页。

当然包括精神的解放与享受。

2007年,杨绛以九十六岁高龄写成自问自答式的人生随笔——《走到人生边上》,其中的《论语趣》《孔夫子的夫人》,秉承她一以贯之的自由和欢快的文风。她说读《论语》看见的是孔子的一个个弟子,都是活生生的:夫子爱重颜渊,偏宠子路,子游、子夏也喜欢,不喜欢白天睡觉的宰予,对愚钝的樊迟是"敬鬼神而远之"。孔子"爱音乐,也喜欢唱歌,听人家唱得好,一定要请他再唱一遍,大概是要学唱吧!他如果哪天吊丧伤心哭了,就不唱歌了……孔子是一位可敬可爱的人,《论语》是一本有趣的书"[1]。可见,杨绛读《论语》,并不将其当作道德教科书来领悟,她另辟蹊径的观察角度,引领读者窥见生命鲜活的一面。杨绛曾说,读书如读人,要从最高境界来欣赏和品评。孔子也是有趣而丰富的个体,值得人们重新细细品评。可见,杨绛以"散漫"自由的视角和淡泊的心态,在书籍的海洋里畅游,不仅增长了见识,而且开阔了学术视野。

杨绛看似"信马由缰"的快乐读书法,不仅使自己的生命获得了滋养,同时也使她的文字流光溢彩,闪烁着灵动的智慧光芒。就连人们较少关注的杨绛文论,无论是关于《红楼梦》的研究,还是关于《堂吉诃德》的文论,同样是一篇篇优美流畅的学术散文。它们不是搭起生硬的学术架子,布满深奥的理论,反倒总能深入浅出,用最浅显的例子和鲜活的语言、清晰的条理为读者阐明一个个有趣的文学发现。如此寓学于乐的读书方式,无疑为杨绛的生命注入汩汩鲜活的甘泉,滋养着她的现实人生和艺术生命,

---

[1] 杨绛:《走到人生边上》,商务印书馆2007年版,第139页。

也是支撑她坚韧地迈向寂寂归途的灵魂慰藉。

○态度：市亦可隐

"夫隐之为道，朝亦可隐，市亦可隐。隐初在我，不在于物。"（《晋书·邓粲传》）"市亦可隐"，是指有修为者在任何境地，都应保持心灵和态度的自由旷达。于创作方面，这需兼容各种艺术与人生的智慧，建构在扎实功底之上而看似信手拈来、自然放达。崇尚自由的艺术家，以虔诚的热忱和执着对待艺术，往往能创作出纯美而丰富、灵动而优雅的作品。此所谓"海纳百川，有容乃大。壁立千仞，无欲则刚"。

杨绛在《走到人生边上》说，"我是一个平平常常的人，无党无派，也不是教徒，没什么条条框框干碍我思想的自由"[1]。而她的生命历程和散文创作的轨迹，无不彰显了她走到人生边上的自由足迹。但这非杂乱无章的拉杂弹，而是上演于"人生边上"的生命交响曲，流淌着自由从容的动人音韵。

小时候，杨绛就喜欢听父母亲谈话："过去的，当前的，有关自己的，有关亲戚朋友的，可笑的，可恨的，可气的……他们有时嘲笑，有时感慨，有时自我检讨，有时总结经验。两人一生中长河一般的对话，听来好像阅读拉布吕耶尔（Jena de La Bruyere）《人性与世态》（Les Caracteres）。他们的话时断时续，我当时听了也不甚经心。我的领会，是由多年不经心的一知半解积累而得。我父亲辞官后做了律师。他把每一件受理的案子都详细向我母亲

---

[1] 杨绛：《走到人生边上》，商务印书馆2007年版，第15页。

叙述：为什么事，牵涉什么人，等等。他们俩一起分析，一起议论。那些案件，都可补充《人性与世态》作为生动的例证。可是我的理解什么时候开始明确，自己也分辨不清。"[1] 父母亲可比《人性与世态》的谈话，开启了杨绛的妙悟和慧目，助她在人生和创作上格物致知，洞察世态人心，却始终保有一颗澄明剔透的慧心。

而与钱锺书相濡以沫的六十多年里，他们享过欢乐幸福，也饱经了忧患离愁，但夫妇俩常把日常的感受，当作美酒般浅斟细酌，细细品尝，从中获得无穷的乐趣和世俗的智慧。夫妇俩后来加上女儿钱瑗，变成神奇的"我们仨"组合。"我们仨"喜欢出去吃馆子，因为"吃馆子不仅仅吃饭吃菜，还有一项别人所想不到的娱乐。锺书是近视眼，但耳朵特聪，阿瑗耳聪目明，在等待上菜的时候，我们观察其他桌上的吃客。我听到的只是他们的一言半语，也不经心。锺书和阿瑗都能听到全文。我就能从他们连续的评论里，边听边看眼前的戏或故事"[2]。他们享受站在"人生边上"看戏的乐趣，"你方唱罢我登场"，世态人情随意享用，比清风明月更饶有趣味，可做书读，可当戏看，杨绛读出了不寻常的意蕴。大凡"中国之君子，明乎礼义而陋于知人心"（庄子语）。杨绛虽然为人处世毫不张扬，却非目光短浅、不通人情世故的书呆子。她自由、敏锐的心灵对于世事的洞察、对"人心"和生命的体悟皆有过人之处。

---

[1] 杨绛：《回忆我的父亲》，人民文学出版社《杨绛全集》2014年版，第2卷，第94页。
[2] 杨绛：《我们仨》，人民文学出版社《杨绛全集》2014年版，第4卷，第239页。

一、文化版图的生命底色

胡河清说:"经常关上大门的杨绛,并非不知世事的'书呆子',她之所以喜欢关闭,因为她对人生中的险诈罗网看得太透彻了!然而她又有一副菩萨心肠,因而免不了为别人暗暗担心。虽然她常年关闭,但又有什么隐曲之事躲得过她阅尽人间沧桑的慧目呢?"〔1〕"外面看不见里面,里面却看得见外面"两句,精练地概括了杨绛和钱锺书处理个人和社会关系的独特智慧。垂帘外面人间龙争虎斗、刀光剑影,只有站在"人生边上"看人生才能够洞察纤毫。这是杨绛在不自由的困境里"自由"地感受生命的内蕴和韵律,从而借纸笔悟死生,道出的精妙生命哲理。

钱杨夫妇说玩笑话时,都希望披着隐身衣外出遨游,摆脱羁绊,到处游历。但"这种隐身衣的料子是卑微。身处卑微,人家就视而不见,见而无睹……唯有身处卑微的人,最有机缘看到世态人情的真相,而不是面对观众的艺术表演"〔2〕。穿上如斯隐身衣,可体味人生别样的风景,可以保全天真,从容自然地潜心自己的事。而在物欲横流的现实社会,一般人争当"人上人""出人头地",穿这样以卑微为料的"隐身衣",站在"人生边上"观赏无关功利的美景,能有几个人?因此,杨绛立身于"人生边上"的处世智慧也非功利浮躁的现代人能轻易练就,这需要甘于"卑微"的处境和保持自由无碍的心灵作为"代价",能有多少人愿意付出如此代价?

可见,杨绛爱读书,也爱读人世社会。她"市亦可隐"的"人生边上"的智慧,大概是她阅历和体察变幻无穷的有情人间,

---

〔1〕 胡河清:《灵地的缅想》,学林出版社1994年版,第84页。
〔2〕 杨绛:《隐身衣》,人民文学出版社《杨绛全集》2014年版,第2卷,第197—200页。

渐渐领悟和磨砺出来的。同时,她注重对"世态"的展示,并不像大多数的作家那样在自己的作品当中随意挥洒犀利机智的评价和议论,她把自己当作一个披着隐身衣的看客,不动声色地"看"这世间的男男女女张皇骚动的百态。而这种充满理性的"看"并不意味着冷眼旁观,而是掺杂着同情与感伤,增添了些许关怀、怜悯、爱惜之情,这是她对于世界的双重关照。[1]可见,杨绛兼具了对有情世间的深细揣度和对东方传统的精深理解,常以过人的智慧观照宇宙间的复杂关系,以深挚的同情了解人生内部的矛盾冲突,以宽容的态度体谅芸芸众生的苦衷,使她笔下的文字也罩上一层柔和的金光。

○人格:信仰与尊严

伟大的教育家陶行知说,把自己的私德健全起来,建筑起"人格长城"来。由私德的健全,而扩大公德的效用,来为集体谋利益。杨绛也认为,修身——锻炼自身,是做人最根本的要求。而她的"修身"不仅为了一己之身,更要为齐家、治国、平天下,最终是求得全世界的和谐和平。因此,修身锻炼的最后成果应是人格,文化的最后成果也应是人格。

中国的文人,历来重人格、重气节,并以爱国为第一要义。一个人内在的价值观、品德涵养一旦失去器识,无论其技艺多么超群,都是不足称道的。因此,老一辈知识分子终生恪守着修身自省的原则,用切实的行动和人格魅力感染后人。杨绛则强调知

---

[1] 王雨桐:《论杨绛创作的外来影响》,福建师范大学,2021。

识分子的铮铮风骨,"要修身,先得正心,不能偏心眼儿。要摆正自己的心,先得有诚意,也就是对自己老老实实,勿自欺自骗。不自欺,就得切切实实了解自己"[1]。她力求以赤诚的态度剖析自己的良心和人格,谨守"贫贱不能移,威武不能屈"的古训。朱虹最佩服杨绛,她在什么情况下都抱有尊严感。朱虹用"漂亮"来形容杨绛,她的漂亮,是整个诗书气蕴的外在显示,她天生有种大家气派——一百岁了还这样。

上海孤岛时期,杨绛乘公车经过租界,需停车接受检查并要起立向日本兵行鞠躬礼。有一次,她站得比别人略晚些,这也和她不愿鞠躬同一道理。"日本兵觉察了,他到我面前,瞧我低头站着,就用食指在我颔下猛一抬。我登时大怒。他还没发话,我倒发话了。我不会骂人,只使劲咬着一字字大声说:'岂有此理!'我看见日本兵对我怒目而视。我们这样相持不知多久,一秒钟比一分钟还长。那日本人终于转过身,我听他蹬着笨重的军靴一步步出去,瞥见他几次回头看我,我保持原姿态一动都不动。"[2]

国难当头之际,一致对外抗敌,更易激发国人的爱国热情,人性最真实的一面也能淋漓尽致地激发出来。这无疑增加了知识分子的人生磨难,也为高洁者张扬人格魅力提供了舞台。杨绛冒着生命危险,捍卫了中国人作为"人"的尊严和风骨。"像牲口一样活,像蝼蚁一样死",往往为视尊严和人格为生命的知识分子所不耻,亦为杨绛所不为。

杨绛在《走到人生边上》中回忆,抗日胜利后,国民党某高

---

[1] 杨绛:《走到人生边上》,商务印书馆2007年版,第84页。
[2] 杨绛:《阴祸的边缘》,人民文学出版社《杨绛全集》2014年版,第3卷,第103—104页。

官曾邀钱锺书任联合国教科文组织的职位,他一口拒绝并解释"那是胡萝卜"。他能拒绝"胡萝卜"的引诱,亦不受"大棒"的驱使。解放战争时期,人心惶惶,许多人想逃往国外。有人劝杨绛、钱锺书离开祖国并为他们安排很好的工作。他们考虑再三,还是舍不得离开父母之邦,这是他们的自主选择。夫在前,妇随后,钱锺书和杨绛一辈子不愿为虚名所累,更不愿仰人鼻息过日子,始终保持着知识分子的独立人格和自由意志。

《丙午丁未年纪事》里,杨绛记载了特殊时期沦为"陪斗者"的黯淡岁月。而杨绛心里坚信,"打我骂我欺侮我都不足以辱我","我自巍然不动"。此可谓"清清淡淡的悠远,不是皎皎者易污,也非峣峣者易折"。但在这"威武不屈"的坚定背后,我们依稀可见杨绛倔强地含泪微笑,她不曾低下高贵的头颅和挺拔的腰杆,因为这是人格和生命尊严的象征。

在真理与谬误之间,杨绛不为利益所扰,亦不向权势低头认罪,而是严肃地思考生命不自由的痛苦与真相。"智慧和信念所点燃的一点光明,敌得过愚昧、褊狭所孕育的黑暗?对人类的爱,敌得过人间的仇恨吗?向往真理、正义的理想,敌得过争夺名位权利的现实吗?为善的心愿,敌得过作恶的力量吗?"[1] 身处逆境而泰然自若,杨绛展示了高洁坚忍的人格魅力。她坚强乐观的豁达态度,让人觉得她不再是"象牙塔"里"孱弱文人",还有为真理舍命抗争的"怒目金刚"的一面。钱锺书的堂弟钱锺鲁最佩服的是大嫂身上的尊严感和坚定的信仰,"杨绛先生身上的坚强性

---

[1] 杨绛:《傅译传记五种·代序》,人民文学出版社《杨绛全集》2014年版,第2卷,第363页。

格有她父亲老圃先生的传统,老圃先生豁达,并不训示子女,不过他自己的言传身教,使杨绛变得坚强乐观"[1]。无疑,杨绛的尊严和信仰既得益于父亲的教育,亦源自个人人格的修为。

杨绛曾说,"我的'向上之气'来自信仰,对文化的信仰,对人性的信任"。她把尊严看得很重,因为她信仰祖国的文化。她坚信,几千年宝贵的传统文化不会被毁灭,人性也不会彻底泯灭。杨绛"信仰文化的永恒,相信人性中的真善美可以胜过假恶丑。这种信仰并非出自哲学的思辨或宗教的虔诚,而是对于人生的一种切实感受,不是为了抵达彼岸而否定此在,而恰恰是出自对此在人间的热爱"[2]。正是这股流淌在血液里的尊严与信仰,让杨绛在百年的生命长河里,浅语淡笑迎击命运的种种安排。杨绛以其坚守的尊严和信仰,为我们展示了伟大而永恒的人格力量,并将为我们时代和历史所铭记。

○友声:君子之风

杨绛在《〈称心如意〉原序》中叙述了有趣的场景:"去年冬天,陈麟瑞先生请上馆子吃烤羊肉。李健吾先生也在。大家围着一大盆松柴火,拿着二尺多长的筷子,从火舌头里抢出羊肉夹干烧饼吃。据说这是蒙古人吃法,于是想起了《云彩霞》里的蒙古王子,《晚宴》里的蒙古王爷。李先生和陈先生都对我笑说:'何

---

[1] 王恺:《百岁杨绛:尊严和信仰》,《三联生活周刊》2011年第31期。
[2] 张颖:《论杨绛思想随笔中的信仰问题》,名作欣赏,2021(21):17。

不也来一个剧本?'"[1]杨绛说,烤羊肉的风味不易忘却,几天后她就写出了《称心如意》。

而陈麟瑞、李健吾、夏衍等都是现代文坛赫赫有名的剧作家,他们对杨绛的写作风格和人品都赏识有加。夏衍曾多次说:"你们捧钱(锺书),我捧杨(绛)。"陈麟瑞长期从事翻译和戏剧创作,笔名石华父。杨绛在上海沦陷区创作的"喜剧双璧"——《称心如意》《弄真成假》都是受到他的热情鼓动和悉心指点而成。

杨绛、钱锺书和陈麟瑞一家私下关系很好。抗战时期,两家住得很近,交往也颇密,杨绛对陈麟瑞有着亦师亦友的热爱。《怀念石华父》一文中,杨绛对陈麟瑞进行顾及全人的介绍,短短的篇幅里,陈麟瑞"忠厚长者、谦和君子"的形象跃然纸上。

在钱锺书、杨绛夫妇的眼中,陈麟瑞非常随和,待人宽容。他曾笑呵呵地指着钱锺书对杨绛说:"他打我踢我,我也不会生他的气。"[2]杨绛感激至今。他对朋友有时如对小孩子般溺爱纵容,有时又像老大哥那么崇敬。"他往往引用这位或那位朋友的话,讲来满面严肃,好像是至高无上的权威之论。后来那几位朋友和我们渐渐熟识,原来他们和麟瑞同志一样,并不以权威自居。他们的话只是朋友间随意谈论罢了,麟瑞同志却那么重视。"[3]实在令人感动。钱锺书也视陈为知己,在《写在人生的边上》的扉页上题词——陈麟瑞、李健吾两先生曾将全书审阅一遍,并且在出

---

[1] 杨绛:《〈称心如意〉·原序》,人民文学出版社《杨绛全集》2014年版,第4卷,第5页。

[2] 杨绛:《怀念石华父》,人民文学出版社《杨绛全集》2014年版,第3卷,第100页。

[3] 杨绛:《怀念石华父》,人民文学出版社《杨绛全集》2014年版,第3卷,第100页。

版和印刷方面,不吝惜地给予了帮助。在另一部著作《管锥编》前言中也提到此书经过陈麟瑞审看,可见他对陈的倚重。柯灵也称"麟瑞同志是学者和作家,品性高洁,为人谦和谨饬,其事迹自有流传价值"。在其《有怀西禾》及《关于"海誓"》等文中皆有论及陈麟瑞,评价极高。

杨绛感动于陈麟瑞的温厚谦虚,同时他创作方面对自我的严格要求,更让杨绛深受启发。陈麟瑞1928年毕业于清华大学,先后留学美国、英国、法国、德国,选读英美文学和戏剧研究,文学功底十分厚实。1933年回国后任上海暨南大学、复旦大学、光华大学、震旦女子文理学院教授等职。据他的学生回忆,"麟瑞同志是最认真、最严格的老师",他的言传身教让学生受益匪浅。他不仅严格律人,更是严于律己,"他对自己剧作的要求,显然比他对学生功课上的要求更加严格要求"[1]。"1965年,某出版社要求重出他的剧本。他婉拒说,那些旧作还待修改后看看是否值得重版。又据说,他曾告诉学生,他在哈佛大学专攻戏剧,对喜剧尤感兴趣,可是他从未透露自己用石华父的笔名写戏。这都可见他对自己剧作的态度多么严谨。"[2] "学高为师,德高为范",陈麟瑞深谙教育之道,在戏剧教育方面做出了表率和巨大的贡献。而"科学的道路永无止境",他对待艺术亦精益求精,从而确立了他在近现代戏剧史上的地位。

陈麟瑞无疑是杨绛戏剧创作的"引路人",而陈的翻译和戏剧

---

[1] 杨绛:《怀念石华父》,人民文学出版社《杨绛全集》2014年版,第3卷,第100—101页。

[2] 杨绛:《怀念石华父》,人民文学出版社《杨绛全集》2014年版,第3卷,第101页。

创作始于清华读书时。他曾先后翻译德国施笃谟的中篇小说《傀儡师保尔》上部（罗念生译下部）、培莉的《十二磅容貌》《永远不死的人》等。他著名的剧本有《职业妇女》《尤三姐》等，改编剧本有《晚宴》《孔雀屏》《雁来红》《海葬》（原名《抛锚》，上演时改名），《石华父戏剧选》被列入"上海抗战时期文学丛书"。这些剧本不管是创作还是改编，都非易事。一则需引进新的时代风尚，对国民有一定的启发教化意义。二则要适应当时的社会风气，特别是外国剧改编成中国剧，需运用精细的手法进行再创造。而陈麟瑞以精湛的创作及改编技巧，使剧本获得巨大的成功，舞台反响也空前热烈，深受大众喜爱。杨绛回忆《职业妇女》《晚宴》等的演出盛况，评价其时代性和教育意义兼具，不愧是现代戏剧的经典之作。

陈麟瑞耿直忠厚，始终坚守着正直高洁的品行、不屈的意志，他的离世让杨绛等亲友扼腕痛惜。她想到陈麟瑞遍寻不到的《尤三姐》《海葬》等佳作，产生了无穷的感慨。而对于他生前未完成的剧本及论著，杨绛更有无限的向往。但她的文字却一以贯之地坚持"哀而不伤，怒而不怨"的表达方式，平静的叙述中沁渗出丝丝凉意，更发人深省。

同声相应，同气相求，通过杨绛的笔触，我们再次触摸到陈麟瑞等先生的人格魅力和经典作品，也触摸到岁月的回响。这些宝贵的文学财富无疑丰富和滋养了杨绛的灵魂，成为她文化版图的生命底色。

许久以来，"报告"兴盛，游记兴盛，"纪实"兴盛，我们的散文不自觉地偏离了悟道的轨道，而有意无意地钻进了急功近利的"圈套"，忘却了对自身的观照和反思；加之散文作家的文化心理构成单一，对事物的感受和思考常倾向取线性思维的方式。文化结构的单调、思想深度的浅陋，势必使作家难有深刻独到的见解和妙悟，他们往往抓住一个可发挥的"兴奋点"，按照既定的主体模式套牢，营造"诗意"或"意境"，最后抒发对社会人生的"蝇头"体验，牵强浅显得可怜。

不可否认，一些作家迎合时代的主流，的确创作出不少脍炙人口的散文。但从总体而言，人无深悟，文无深度的现象不在少数。特别是当代多数散文作家的文化素养比之冰心、杨绛、宗璞等学贯中西的现代作家，常常显得捉襟见肘、缺乏底蕴。而商品经济的冲击，使人们日益功利化，无暇亦无兴趣去探求宇宙人生的哲理。因此，不少文章虽则手法新颖、感情浓郁，却总让人感到缺乏深层的内涵和感悟，缺少可反复咀嚼的滋味。

"知识分子的自由精神使得杨绛的散文更注重读者的阅读感受，她从不随波逐流，保持着'大隐隐于市'的创作独立与情感体验……其以文养身的情绪抒发，而无功利性的客观娱乐体验和文字的平静化艺术处理也使得杨绛的文学创作在伤痕与反思的浪潮中独树一帜，特色鲜明。"[1] 杨绛的散文把国事和家事融会贯通，展示了以中西文化为底蕴的和谐生命韵律，铸就了其生命和散文底蕴的大气与厚重。这无疑为现当代散文提供缺失已久的宝贵养分，也为后人的写作提供成功的范例。

---

[1] 李天然：《论杨绛散文中的知识分子写作立场》，名作欣赏，2022（18）：150。

二、绵长绚烂的生命爝火

杨绛在散文、小说、戏剧、翻译诸方面颇有成就,在20世纪三四十年代文坛已经成名,当时连钱锺书都说:"你们只会恭维季康(杨绛,笔者注)的剧本,却不能知道钱锺书《围城》——钱锺书在抗战中所写的小说——的好处。"[1] 然而,后人在钱锺书"文化昆仑"光环的闪耀下,往往忽视杨绛的才华与贡献。人们爱把她称为"钱锺书的夫人",而她也深深为丈夫自豪,甘心为丈夫研究著述的功业牺牲自我。

事实上,杨绛无愧于钱锺书口中"最贤的妻,最才的女"。尤其散文创作方面,她温柔敦厚、哀而不伤的性情和文风,恰恰是我们这个时代日渐缺失的。女儿钱瑗说:"妈妈的散文像清茶,一道道加水,还是芳香沁人。爸爸的散文像咖啡加洋酒,浓烈、刺激,喝完就完了。"而钱锺书亦说:"杨绛的散文是天生的好,没人能学。"

同时,杨绛漫长的人生历程,其生命爝火绚烂延绵。她不仅

---

[1] 李明生等编:《文化昆仑:钱锺书其人其文》,人民文学出版社1999年版,第232页。

在文学翻译上著述颇丰，在哲学、编辑、教育等方面都表现了非凡的智慧和鲜明的个性。她高贵而深湛的灵魂，为我们这个时代注入清凉的润藉。这也正好印证了夏衍多年前——"你们捧钱（锺书），我捧杨（绛）"的慧眼独具。只是老朋友钱锺书似乎并不买账，还说"老婆要自己老公捧"，亦可见夫妇间的敬重总是互相的。

○ "凡有所学，皆成性格"

"凡有所学，皆成性格"，知识塑造人的性格，几乎是中外一致认同的真理。杨绛拥有深厚的家学渊源、和睦开明的家庭教育、寓学于乐的读书方式、中西合璧的文化陶养等多元起点，加之敏而好学、淡泊宁静等品质，使其成为文学的多面手，她以从容淡雅的风格和不事张扬的姿态安于文坛的一隅。

杨绛的文字渲染而不矫情、朴实而有黏性、清远而经得住琢磨，归根到底是因为她以深厚的中西方文化为底色的"信手拈来恰到好处"的功力，将学问自然而然地融入了大白话，丝毫用不着搜肠刮肚、拼凑史料、堆积"文化"，此所谓"腹有诗书气自华"。

杨绛平日十分注重修炼自己的内在涵养，认识她的亲友都说她特别端庄，穿得很整齐，说话温柔有礼，即便一百岁也是如此。而同事则用"漂亮"形容杨绛诗书气蕴的外显，她温婉脱俗、典雅大方，由内而外散发出独特的书卷气质。数十年如一日，钱杨夫妇深居简出专心学问，获得了丰富的知识和人生的智慧。百余岁高龄时，杨绛依然坚持读书、写作和习字。

说到杨绛的学问，同事兼后辈朱虹深有体会："杨先生的学术文章绝对不是八股文，她的知识系统其实很博大，在漫长的时间里，杨先生不仅翻译了《堂吉诃德》，还翻译了系列的流浪汉小说……事实上，这背后有类似于艾略特提出的'原型'理论在支持。"[1] 然而当时大家不知道艾略特的理论，所以杨绛写的系列学术文章知音难求。朱虹说，杨先生的那些小说的序，不都是最好的学术论文？外文所的薛鸿时当年常常帮钱锺书借书，经常去钱家，有时候也拿些小问题向杨绛讨教，有一次他翻译美国某作家的散文遇到瓶颈，杨绛轻巧的几句话就让他明白了很多道理。"她写的《翻译的技巧》，我是拿着当宝典的。"[2] 后来他翻译狄更斯，也是受杨绛的鼓励而成。杨绛对后辈的指点和提携，从来都不是正儿八经的说教，而是施行父亲当年对她的"不言之教"，以自身的学识和修养感化身边的人。

杨绛曾讲过，她和钱锺书初次见面，两人就表示自己一生的志趣不过是在书斋做普通人，贡献一生，做做学问。两人志同道合，相濡以沫地走完了一生。杨绛始终把自己看得很"卑微"，甚至压缩为一个"零"。她坚守着"永远活在群众中"的处世原则，对于名利漠然处之，对自己的学识和成就也始终谦虚自珍。实际上，她的学问比很多大学者要高明。但她始终淡泊名利，从不夸耀自己的学问，其"不言之教"的大师魅力，让身边每个人都深受教化。

"人情练达即文章"，杨绛的智者风范和世俗智慧，犹如清风

---

[1] 王恺：《百岁杨绛：尊严和信仰》，《三联生活周刊》2011年第31期。
[2] 王恺：《百岁杨绛：尊严和信仰》，《三联生活周刊》2011年第31期。

二、绵长绚烂的生命爝火

明月，耐人寻味。有论者称，杨绛散文中的主人公"杨季康""杨绛"，"是个爱读书、爱写作、爱家庭、爱人与人之间真情的善人；是个世事洞明、处事练达、有识见、有胆量、有几分儿童式好奇心，爱'冒险'，喜欢'包打听'，经常冷眼观世却又善于与人沟通的能人；是个爱父母、爱丈夫、爱女儿的柔美女人；也是个百折不挠、不服输、不服软、不怕啃硬骨头的女强人。春风得意时不得志忘形，运交华盖时不气馁志短。世界有千般变化，我有做人的基本底线。困难情况下求生存，泥泞路上求前进，黑云压顶时望光明，孤苦伶仃时顽强地点亮生命之火自我烤暖。杨绛式的聪明，杨绛式的颖悟，杨绛式的韧性，杨绛式的宠辱无惊，在当前讲究利益的社会，愈加难能可贵"[1]。其实，不管书里书外，杨绛的人生和艺术造诣都是精彩绝伦的，她拥有令人称叹的自由出入人生"围城"的智慧。

林语堂曾说，"学者"作文时善抄书，抄得越多越是"学者"。思想家只抄自己肚里文章，越是伟大的思想家，越靠自家肚里的东西。学者如乌鸦，吐出口中食物以饲小鸟。思想家如蚕，所吐出的不是桑叶而是丝。[2] 其实，林语堂并没有贬低学者的意味，而在于说明独立思考，独抒己见的重要性。散文家只有像蚕一般，吃下"桑叶"——自己人生的阅历、所思所感、学识积累，经过"消化""吸收"，才能吐出珍贵的"丝"——思想见解深刻、独到，韵味无穷而"面目可喜"的绝妙好辞。而杨绛以思想家、智者的风范，注重人生经验的历练和学问的积淀，同时还重视思想

---

[1] 牛运清：《杨绛的散文艺术》，《文史哲》2004年第7期。
[2] 林语堂：《林语堂作品集》，云南人民出版社2001年版，第389页。

素养的提升,借此来养自己浩然之底气。此外她还切实践行独立探索宇宙人生的准绳,从而使自己下笔作文时,才思酣畅、言之成理、文采斐然,令人击节称叹!在她笔下,我们读到许多奇思妙想和绝妙好辞。

"腹有诗书气自华",杨绛的散文为其智者特有的从容、淡雅和深刻,融合了开阔自由的个人气质所成就。佘树森说:"限于文化环境、学识涵养、生活阅历等因素,近年来的女性散文作家的人生批判,尚缺乏足够的从容和深刻,其文字,即使欲达杨绛散文的那种境界,还需再经一番人生的洗练与文化的陶养。"[1] 应该是一语中的。杨绛百年生命所承载的自由足迹和深厚的底蕴,其散文表现出动人的生命韵律和浓郁书卷气,这是许多当代作家穷其一生也无法做到的。

○ "最贤的妻,最才的女"

杨绛与钱锺书相濡以沫六十多年,他们共享欢乐幸福,也饱经忧患离愁,从中获得世俗的智慧和乐趣。1935年,钱锺书杨绛新婚不久,钱锺书赴英留学,杨绛放弃了清华的学业,自费和钱锺书一同前往,生活上钱锺书十分依赖妻子。《我们仨》提及,杨绛住院生女儿,钱锺书每天到医院探望总是愁眉苦脸,说自己做了很多错事。杨绛出院后,把钱锺书做的种种"坏事"全部修好。堂弟钱锺鲁记得,钱锺书穿着打扮都是大嫂一力负责,保证大哥每次都体面地出现在客人面前。

---

[1] 佘树森:《现当代散文研究》,北京大学出版社1993年版,第96页。

二、绵长绚烂的生命爝火

《文汇报》记者采访杨绛,提及她是开明家庭和教育中长大的"新女性",和钱锺书结婚后,进门却需对公婆行叩拜礼,学习做"媳妇",连父亲老圃先生都心疼宝贝女儿的辛勤劳累。但她丝毫不觉得委屈,她深谙夫妻之道需要相互体谅、相互支撑。抗战时期在上海,生活艰难,她也很自然地把人生角色由大小姐转换为"老妈子",这一切皆源自爱。她说:"我爱丈夫,胜过自己。这种爱不是盲目的,是理解,理解愈深,感情愈好。相互理解,才有自觉的相互支持。"[1]

杨绛的妯娌们私下都说"钱家的媳妇是不好当的",但杨绛得到众口一词的夸奖。因为她凡事先人后己,甘于吃苦,继承了母亲隐忍和牺牲的精神。她由大户人家嫁到钱锺书的贫寒之家,坚持不带保姆,避免大家以为她是"娇小姐"。她入乡随俗,乐于侍奉公婆,团结妯娌,照顾上下老小,深得大家的喜爱。

上海"沦陷"时期,杨绛在孤岛相继写出喜剧《称心如意》《弄真成假》,柯灵曾誉之为"喜剧的双璧""中国话剧库存中有数的好作品"。但她称写作剧本不为稻粱谋,只为换钱给家人买肉吃。为支持钱锺书写作《围城》,她不请保姆以节省开支,自己甘为灶下婢。"劈柴生火烧饭洗衣等我是外行,经常给煤烟染成花脸,或熏得满眼是泪,或给滚油烫出泡来,或切破手指。"[2] 但她皆不以为苦,只为分享钱锺书创作的成果与喜悦。

钱锺书曾在《人·兽·鬼》的样书上,写过一句既浪漫又体

---

[1] 周毅:《坐在人生的边上——杨绛先生百岁答问》,《文汇报》2011 年 7 月 8 日。

[2] 杨绛:《记钱锺书与〈围城〉》,人民文学出版社《杨绛全集》2014 年版,第 2 卷,第 172 页。

己的话——

>赠予 杨季康
>绝无仅有的结合了各不相容的三者：
>妻子、情人、朋友。
>
>　　　　　钱锺书

朋友说钱锺书有誉妻癖，钱锺书也乐于承认，并在诗人王辛笛家闲谈时分享了杨绛的逸事。其一是《称心如意》公演后，杨绛一夜成名，但她和以前没有变化，照样烧饭洗衣照顾钱锺书起居。其二，日本人来家搜查，杨绛沉着应付，把他们引进客堂，假装倒茶，快速上楼把《谈艺录》稿子藏好。其三，有次保姆把煤油炉灌得太满，溢得到处都是，点火后火势无法控制，周边还有干柴，大家皆惊呆，杨绛灵机一动，顺手抄起一个晾在旁边的尿罐倒扣，火势得到控制，一场大祸才得以幸免。[1] 无疑，钱锺书的心目中，杨绛为家庭竭尽所能，他对杨绛的"妻子、情人、朋友"三者合一的评价，中肯而发自内心。

多年前，钱锺书十分赞赏一位英国传记作者对理想婚姻的概括——"我见到她之前，从未想到要结婚；我娶了她几十年，从未后悔娶她，也未想过要娶别的女人"——也得到杨绛的认同。夏志清盛赞，20世纪中国文学界再没一对像钱锺书和杨绛才华高而作品精、同享盛名的夫妻。

---

[1] 吴学昭：《听杨绛谈往事》，生活·读书·新知三联书店2008年版，第225页。

二、绵长绚烂的生命爛火

清华读书期间，杨绛已小有名气，她由朱自清先生推荐发表了《收脚印》《璐璐，不用愁》等作品。她自学法语、西班牙语，翻译了《小癞子》《堂吉诃德》《吉尔·布拉斯》等名著，并获西班牙"智慧国王阿方索十世十字勋章"。新时期她迎来了散文创作的春天，结集出版了《干校六记》《回忆两篇》《将饮茶》《杂忆与杂写》等集子。她怀人忆旧，把笔触伸进历史与人心的深处，简洁而饱含深意，平实不乏奇崛。

"世间好物不坚牢，彩云易散琉璃脆。""我们仨"风风雨雨走过半个多世纪，女儿和丈夫相继去世后，年近九旬的杨绛强忍悲痛，继续找寻生命的意义。天命不可违，亡者不可追。因此，她尽量保存自己，只为了完成最后的人生职责——打扫战场。她整理出版了厚重的《钱锺书手稿集》，呕心沥血只为"逝者如生，生者无悔"。她完成回忆录《我们仨》，自豪而悲悯地追忆"我们仨"的神奇遇合和离散。九十六岁高龄她再创奇迹，完成了人生哲思录《走到人生边上》，以从容淡雅的风格和不事张扬的姿态安于文坛的角落。

总之，杨绛其文其人洋溢着女性魅力：恬静缄默的智慧，洞彻世态的豁达。她首先是一个女人：乖巧聪慧的女儿、深情体贴的妻子、隐忍宽厚的儿媳、睿智慈爱的母亲；然后是一个文人，才华横溢的作家、翻译家、学者。在她身上体现了中国传统女性与西方知识女性的奇妙结合，其人其文，充溢智慧女性的人生观和文学观。钱锺书"内不避亲"地称赞杨绛为"最贤的妻，最才的女"。

○ "含泪的微笑"

中国现当代不少作家，写尽身边鸡毛蒜皮的琐事，可称作"私人化写作"，强调的是"个人话语"的支配性、个人风格的合理性和所谓"独一无二的感受"，最终却导致私人话语的全封闭，宣告了个体无声无息的孤独。实际上，我们并不否定此类散文的先锋性或个人独立意识的觉醒，但不少散文题材狭窄，或哼哼唧唧的无病呻吟，或哗众取宠的矫情造作，或"到此一游"的简单抒情，就是脱不出个体所属的庸常状态来介入社会历史过程，写不出那种更为广博的世情和更为普遍的人间关怀。

杨绛的散文创作跨越了八十年的时空，寓涩苦于清新，置从容于淡雅，个中况味和独特风格颇耐咀嚼且历久弥新。其散文往往是以悲剧情绪透入人生，以乐观的情绪超脱人生，字里行间常常隐现作者"含泪淡笑"的温婉目光，凸显其为人类祈求光明和幸福的美丽心灵，无意中她又担任了人道主义者的角色，黯眼看待这个物欲横流的俗世。"甘于边缘的自由创作使得杨终处于一种流亡的中间状态，而悲悯宽厚的文学语言则使得她生命中的痛苦黯然消隐，只留平静。作者一边以个人记忆书写历史，一边则以写实的虚化作为其现实主义文学的主要特色。"[1]

弥尔顿的《失乐园》里，"他竭尽天使的目光望断天涯，但见悲风弥漫，浩渺无限"。杨绛的《软红尘里·楔子》同样是满目凄

---

[1] 李天然：《论杨绛散文中的知识分子写作立场》，名作欣赏，2022（18），151页。

二、绵长绚烂的生命爝火

凉,悲风迎面——

> 天,穿了窟窿,臭氧层破裂了。地,总是支不稳:这里塌,那里陷,这里喷火,那里泥石流,再加上捣乱的暴风,随处闯祸。从未偃息的战火,放定是愈烧愈烈。瘟疫的种类,现在也愈出愈奇。机械发达,把江湖海洋全都污染了。芸芸众生蒙在软红尘里,懵懵懂懂,还只管争求自己的幸福。他们活一辈子,只在愚暗中挣扎……[1]

杨绛借用寓言的手法,揭示了芸芸众生的目光短浅、愚昧可笑。然而她自身没有半点智性的优越,而是饱含"哀其不幸,怒其不争"的痛苦,我们仿佛能看见她那充满担忧和悲悯的温婉目光。杨绛借女娲之口,表达了自己一片苦心,她只愿芸芸众生一代代求得智慧,能累积下来,别淤塞,别枯竭。只求人类彼此之间,能和谐一致,同心同德,把这个世界收拾得完整些,美好些。

《软红尘里·楔子》是杨绛对生命课题的宏观把握,乃至"终极"思考,她通过对补天女娲与太白金星的对话,抒写自己对当今人类处境的忧虑。其内蕴丰富,意味深刻,无疑是给生活在现代"软红尘里"的芸芸众生的一则"警世通言"。

回顾人类文明最爱称道的人间奇迹,杨绛又发现了极其残酷的历史真相,犹如鲁迅笔下的"狂人"翻看历史,发现满纸"仁义道德"的缝里写满了"吃人"二字——

---

[1] 杨绛:《软红尘里·楔子》,人民文学出版社《杨绛全集》2014年版,第2卷,第249页。

秦始皇少年得志，为了抵御匈奴，命将军蒙恬驱使当时曾犯错误的人去筑长城。相传孟姜女的丈夫被抓去筑长城，一去不返。孟姜女寻夫，到长城下痛哭，哭得长城都塌了一角，她丈夫的尸体，赫然压在长城下。"紫塞"即长城也。老百姓血肉之躯掺和了泥土，恰是紫色。世界各地历代文明的创始人，都是一代天骄，都是南征北伐，创立了自己的皇朝，建立了一个朝代又一个朝代的文明。[1]

兴，百姓苦；亡，百姓苦。杨绛认为，天地生人的目的在于人，而并不在于人类的文明，人自身才最可贵。的确，以牺牲人最宝贵的性命为代价的文明，算哪类文明呢？杨绛的目光不局限于自身或本民族的范围，她始终站在人道主义者的立场，悲悯地看待人类文明的发展轨迹，同时期盼人类求得大智慧，能有光明美好的前景。这是怎样的哀痛者与灵魂的质问者？

杨绛拷问人性，同时也深味生命的尊贵，不放弃对人类的大爱。她悲悯睿智的目光，饱含着洞察人性弱点后的宽容同情，表达虽含蓄隐蔽，而批判与讽刺显然满含温热。这样的谅解和殷殷劝慰，源自作者广博的胸怀，而藏于关爱背后的是人道主义者宽厚的慈悲和温情。

杨绛或许未达到包容一切超脱一切的境界，为此她的文字常常是"含泪地微笑"，充满了对人类的关怀与悲悯。但假设她真达到"彻悟""大悟"的境界，无情无欲，四大皆空，人生还有什么滋味可言呢？可以这么说，当杨绛的双眼在人类生活的景观前促

---

[1] 杨绛：《走到人生边上》，商务印书馆2007年版，第77—78页。

狭地观望时,"她还睁着第三只眼睛,哀伤悲悯地看着浮世众生,维护着人性。这只隐藏的眼睛暴露了她不能绝对超然冷静。一方面,既然人性的弱点与人同在,像阳光一样普照,那么讳莫如深固是不必要,却也不能毫无顾忌地臧否。另一方面,杨绛洞察世态炎凉,人情甘苦,因而在幽默和嘲讽背后,还有看透一切的严肃与悲哀"[1]。因此,杨绛往往是以悲剧情绪透入人生,以乐观的情绪超脱人生,体现了人道主义者温婉宽厚的情怀。

○ "简朴的生活,高贵的灵魂"

"简朴的生活,高贵的灵魂是人生的至高境界。"这是杨绛非常喜爱的名言,她也一直身体力行着。在亲友眼里,杨绛生活俭朴、为人低调。她的寓所,是所在小区唯一没有封阳台也不带室内装修的。素雅的小居,粗朴的水泥地板,只放置几张简拙的桌椅,浓浓的书香气息外,没有多余的装饰。

而这位简朴的老人,却把上千万的版税设为"好读书"基金,奖掖优秀的清华学子。她以特有的庄严自重的风度,对莘莘学子提出殷切期望——勉励清华学子践行"自强不息,厚德载物"的校训。她于百岁高龄之际,依然关心现实生活、关心社会、关心大自然、关心普通老百姓。她追求"简朴的生活,高贵的灵魂",则是另一种意义上的富有,为我们消费时代的人们所难以理解。她以诚挚的灵魂拷问者的目光,悲悯地凝视着人类日渐荒芜的"生命绿洲"。

---

[1] 林筱芳:《杨绛创作论》,《文学评论》1995年第5期,第100页。

杨绛2010年在《文汇报》上发表了一篇文章,名为《俭为共德》,进一步阐述了生活简朴与灵魂高尚的内在联系,为人类寻求共同的精神救赎——

余辑先君遗文,有《说俭》一篇,有言曰"昔孟德斯鸠论共和国民之道德,三致意于俭,非故作老生常谈也,诚以共和国之精神在平等,有不可以示奢者。奢则力求超越于众,乃君主政体、贵族政体之精神,非共和之精神也。"(见《申报》1921年3月29日)

近偶阅清王应奎撰《柳南随笔·续笔》,有《俭为共德》一文。有感于当世奢侈成风,昔日"老生常谈"今则为新鲜论调矣。故不惜蒙不通世故之讥,摘录《俭为共德》之说,以飨世之有同感者:

"俭,德之共也。共,同也,言有德者,皆由俭来也。《司马公传家集训俭篇》云……'俭,德之共也';顾仲恭《炳烛斋随笔》有言云,'共之为义,盖言诸德共出于俭。俭一失,则诸德皆失矣……'凡人生百行未有不须俭以成者,谓曰'德之共',不亦信乎!"[1]

古人注重修身自省,《论语·学而》中有"吾日三省吾身:为人谋而不忠乎?与朋友交而不信乎?传不习乎?"而自省修养,贵在慎独,多反省,把外在的道德约束内化为自觉的要求。杨绛提倡"俭为共德",亦是"简朴的生活,高尚的灵魂"别样的阐释。杨绛等老一辈知识分子,恪守修身内省的古训,守护着不为物役的高洁品格。

---

[1] 杨绛:《俭为共德》,《文汇报》2010年3月10日。

二、绵长绚烂的生命爝火

杨绛在《走到人生边上》说:"在这物欲横流的人世间,人生一世实在是够苦。你存心做一个与世无争的老实人吧,人家就利用你,欺侮你。你稍有才德品貌,人家就嫉妒你、排挤你。你大度退让,人家就侵犯你、损害你。你要不与人争,就得与世无求,同时还要维持实力,准备斗争。你要和别人和平共处,就先得和他们周旋,还得准备随时吃亏。"[1]面对道德感日渐衰退的社会,杨绛致以最严酷的拷问,试图提出疗救的药方:"天生万物的目的,该是堪称万物之灵的人。但是天生的人,善恶杂糅,还需锻炼出纯正的品色来,才有价值。"[2]杨绛修身自省的思想,无疑是现代人自我救治的良方。杨绛以灵魂拷问的姿态与纯明的赤子之心,守护着人类永恒的生命家园,足以引发现代人的深刻反省。

实质上,杨绛始终坚信人性和良心不会灭绝,人类积淀数千年的文化不会毁灭。她在《走到人生边上》通过当今社会的人和事,生动地阐明这个道理。《新民晚报》登载了一则报道,吉林省延吉市郊农村一对夫妇将十年前捡来的四万元交给了延吉市公安局,要求公安局为他们找到失主。事情的原委是,十年前的一个夜晚,这位出租车司机把两位乘客送到了目的地,分文未得还挨了一顿臭骂。乘客离去后,这位司机发现他们的一大包钱遗忘在车上,共四万元。这位司机是在贫困中挣扎求生的可怜人,生平未见过这么多钱,感到很害怕。四天以后,乘客带了三个彪形大汉,找到了这位司机,气势汹汹地问他有没有捡到五万元钱。又把他带到当地派出所,说这司机捡了他们丢的五万元钱不还。这

---

[1] 杨绛:《走到人生边上》,商务印书馆2007年版,第80页。
[2] 杨绛:《走到人生边上》,商务印书馆2007年版,第85页。

司机又害怕又生气，就一口咬定没有捡到钱。这位司机和他的妻子，十年里良心受到极大的考验，内心经历了痛苦的挣扎。这老实的夫妻俩得了这笔巨款，放弃又舍不得；动用吧，良心又不许。这笔钱像一座大山，压得他们十年喘不过气来。他们终于把这笔钱交到了公安局，虽然过日子还是很艰苦，心上却踏实了。这个事例，感动了警察和很多人，杨绛也为这对夫妇十年的"天人交战"终得胜利感到安慰，她因此坚信："良心出自人的本性，除非自欺欺人，良心是压不灭的。"[1]

"伟大的品质是与生俱来的，它不仅具有直接的，而且具有一种持续的，不断发展和永不消失的力量。即使具有这种品质的人去世了或他所生活的时代过去了，这种力量还会继续存在下去，它的生命力也许比他的国家和他所操的语言更强。"（埃弗雷特语）杨绛已经站在人生的边上，但她依然没有停止追求和拷问人类的存在意义与价值。她以为，"人活一辈子，锻炼了一辈子，总会有或多或少的成绩。能有成就，就不是虚生此世了。向前看呢，再往前去就离开人世了。灵魂既然不死，就和灵魂自称的'我'还在一处呢"[2]。因此，她相信，人类一辈子的灵魂修炼，具有永恒的价值，并不会随人的肉体灭亡而消亡，其成果也最终会积累为全人类的大爱和大德，福泽后人。

○ "编者不如编辑"

钱锺书去世后，年近九旬的杨绛殚精竭虑地整理其20世纪30

---

[1] 杨绛：《走到人生边上》，商务印书馆2007年版，第191页。
[2] 杨绛：《走到人生边上》，商务印书馆2007年版，第100页。

二、绵长绚烂的生命爝火

年代到 90 年代的笔记,并做全面细致的编排,结集出版了三卷《容安堂馆札记》,二十卷《钱锺书手稿集　中文笔记》,一百七十八册外文笔记。为钱锺书研究、国学研究、中外文化研究,提供了新视角、新命题和新方法,具有不可估量的学术价值和史料价值。

杨绛自然无心做编辑,但是,亲情、使命感与学养使得她拿起编辑的笔,成为不折不扣的责任编辑。对于一般人而言"艰涩难懂"的钱锺书手稿,杨绛显示了优秀的编辑的特质,远非一般的编者能媲美。《钱锺书手稿集》的整理出版集中体现了她鲜明的编辑理念和优秀编辑的特质:

其一,编辑对作者"人"与"文"的熟悉程度,决定文集的质量层次。

钱锺书与杨绛相濡以沫六十三载,既是生活上的恩爱夫妻,又是事业上的知音益友,没有谁比她更合适或更具资格为钱锺书立传并任其著作的编辑。

更重要的是,杨绛为自己熟悉挚爱的生命写下最深情的文字。钱锺书的绝顶聪明、学识渊博杨绛不写,单写他多思好学、笔耕不辍。"钱锺书好读书,肯下功夫,不仅读,还做笔记;不仅读一遍两遍,还会读三遍四遍,笔记上不断地添补。"[1] 这样评价与其说是嘉许丈夫,不如说是编辑在"吃透作者"。钱锺书每天总爱翻阅一两册笔记,常把精彩片段读给杨绛听,这正是杨绛有意无意"熟悉作者"的重要一环。如此推心置腹的"编前会",是任何

---

[1] 杨绛:《钱锺书手稿集·序》,人民文学出版社《杨绛全集》2014 年版,第 2 卷,第 315 页。

钱氏著作的编者都无法享有的特权。共同的志趣与生活，使杨绛十分了解《谈艺录》《管锥编》等著作的材料依据、笔记所在与成书经过，也让杨绛作为编辑的"钩沉"意识倍加鲜明。

"梦魂长逐漫漫絮，身骨终拼寸寸灰"，出于对钱锺书的挚爱和熟知，年近九旬的杨绛呕心沥血，居然整理出七万余页天书般的笔记。她正是凭借对钱锺书朝夕相处的了解，和个人深厚的学术素养及认识体悟功力，反复整理，终于顺利出版《钱锺书手稿集》，从而保证了文集的质量层次。

其二，编辑的文化功底与对作品的解读能力，决定文集的精准程度。

父亲杨荫杭具有的中西文化视野对子女影响深远，且杨绛就读于著名的启明女校、振华女校，打下了良好的中西文化基础。1928年杨绛考入东吴大学政治系，毕业时获"金钥匙奖"。1932年借读清华大学，次年考入清华研究生院攻读文学。1935年钱锺书考取英庚款留英奖金，完婚后两人齐赴牛津大学。杨绛非正式学生，且无功课之累，除了听课，她为自己定下课程表，一本一本地读，并认真做笔记。[1]

回国后，杨绛任清华大学外文系兼职教授，开始从事翻译。后转到北京大学文学研究所，从事外国文学研究。她敏而好学，自学法语和西班牙语，直接从法文翻译《吉尔·布拉斯》，从西班牙文翻译《堂吉诃德》，从英文翻译《小癞子》等，深受专家和读者的好评。她在文学创作和理论方面皆有丰厚的积淀和贡献。长

---

[1] 田蕙兰等编：《钱锺书　杨绛研究资料集》，华中师范大学出版社1997年版，第597页。

篇小说《洗澡》，施蛰存称之为"半部《红楼梦》加上半部《儒林外史》"；《喜剧二种》被誉为"喜剧的双璧""中国话剧库存中有数的好作品"；《干校六记》《将饮茶》《杂忆与杂写》《我们仨》等，文字看似平淡却奇崛，言近而旨远，余味无穷。杨绛说："我们爱中国的文化，我们是文化人，中国的语言是我们喝奶时喝下去的，我们是怎么也不肯放弃的。"拥有如此深厚的文化功底，对于一般人认为"难懂"的钱氏著作，杨绛自然驾轻就熟，解读起来似庖丁解牛，游刃有余。

所以，杨绛整理编排钱锺书手稿的全过程，再现了这位文化昆仑治学的心路历程与学术思想。当然，整个编辑过程困难重重。但如她引用16世纪意大利批评家卡斯特维特罗的名言："欣赏艺术，就是欣赏困难的克服。"她在欣赏和解读艺术的同时，克服艰难险阻，出色地完成了宏伟的手稿编排工作。

其三，编辑的分类能力和命名能力，决定文集的特定风格。

"讲编辑工作是创造性劳动，就是说，在编辑过程中，不全是一种被动的、简单的、程序性的劳动，其中有编辑的主观努力和创造性思维在里面，这是传播链中不可缺少的环节和内容。"[1] 在"全媒体"时代以前，编辑与作者、策划者、出版者等，往往一身多任或是一体化的传播者。而现代社会分工细密，对编者的分类和命名能力提出更高要求。可以说，编辑的业务水平与命名能力直接决定了文稿的质量和风格取向。

杨绛并非专业编辑，对于现代网络科技她自称"新时代的文盲"，但她的分类和命名能力甚至超出专业编辑的水平，从而奠定

---

[1] 方延明：《新闻实务方法论》，南方日报出版社2005年版，第349页。

了文集的特定风格。鲁迅先生说："选本可以借古人的文章寓自己的意见……则读者虽读古人书，却得了选者之意。"[1] 杨绛经反复揣摩作者意图，依据一定的原则反复整理，分出三类：

第一类是外文笔记，包括英、法、德、意、西班牙、拉丁文；第二类是中文笔记；第三类是"日札"——钱锺书的读书心得。杨绛以这三大类为底本，条分缕析，一丝不苟。为了保持原著博学、翔实、互证、严谨的风格，她把整个晚年全部贡献于此，念兹在兹，毫不懈怠。她不懂德语、意大利语和拉丁文，恰逢翻译《围城》的德国汉学家莫芝宜佳博士来京，杨绛请她帮忙编排全部外文笔记。整理出外文笔记一百七十八册，共三万四千多页——把浩如烟海的文字辑录得有条不紊，难以想象杨绛一一细读、耙梳、分类、命名曾经付出了怎样的劳动。如今，这些经她整理、校订的笔记，对于学习外国文学、研究钱锺书著作的人，都是珍贵的材料。

杨绛之于钱锺书著作的编辑活动，及艰苦卓绝的编辑过程中体现出的编辑理念，正应了"国外经典教材"《编辑的艺术》作者的总结："编辑不是某一狭隘领域的专业人士，而是知识渊博的多面手。"[2]

○ "个性主义教育"

杨绛的文学活动始于20世纪30年代在清华大学的习作，跨越

---

[1] 鲁迅：《选本》，人民文学出版社《鲁迅全集》2005年版，第7卷，第138—139页。

[2] 布雷恩·S·布鲁克斯等：《编辑的艺术》，中国人民大学出版社2009年版，第8页。

二、绵长绚烂的生命爝火

了八十年的历史时空,留给世人咀嚼不尽的精神财富。而她自1938年任振华女中上海分校校长兼英文教师始,历任高中补习老师、小学代课教员、清华大学兼任教授、研究所研究员等的从教经历,往往容易被世人忽略。后人往往注重对其散文、小说、戏剧、翻译等进行研讨,而对其独特的教育思想和实践关注不够,甚至在现当代教育的研究领域鲜少提及杨绛的文字。而杨绛个性主义的教育思想与实践,给时下倡导的素质教育和"以德治国"留下有益的思考和启示,具有深远的现代意义。

杨绛的个性主义教育,强调学生自由、民主、个性的发展。她认为,"一个人,一个性;十个人,十个性",不能企图改变学生的个性,但可以引导他们朝良好的方向发展。杨绛当过三年的小学教员,专教一、二年级的课。杨绛善于分析学生的个性特点,循其个性因材施教,以个人固有特性而发展之,无疑能起到好的教育效果。因此她所教的班级秩序最好,学生好学知礼,个性鲜明而葆其纯真。这与其父杨荫杭的"大扣则大鸣,小扣则小鸣"的教育理念不谋而合,也切实践行了个性主义教育的理念。

无疑,启蒙教育是人一生当中最重要的教育,不少老师采取"管、卡、压"等态度压制孩子的天性,或者不理不管的纵容方式,这两种极端的态度,都不利于孩子的健康成长。杨绛的个性主义教育,既有对学生人格的尊重和个性的引导,又有对学生的理解和期许。她不仅要培养"有开阔视野和现代知识的学生",还要培养"有会思考的头脑,经过操作训练出来的强健的身体和灵活的双手,有得到自由发展的个性和勇气"[1],这在传统教育根深蒂固的当时极其难能可贵。

杨绛在百岁感言中提到,"好的教育"首先是启发人的学习兴趣,学习的自觉性,培养人的上进心,引导人们好学,和不断完善自己。要让学生在不知不觉中受教育,让他们潜移默化。这方面榜样的作用很重要,言传不如身教。[2]

因此,在教育学生之前,杨绛十分注重修炼作为人师的内在涵养。不论身为中学校长,大学教授还是小学教员,甚至是补习老师,她始终专注于教书育人的本分,兢兢业业对待工作。教授任何一门课程,中文还是英文,新课还是旧课,她都能做到精于业,一头扎进教育的海洋,迅速获得为人师的"一桶水"。同时,她注重讲授知识以外的言传身教,譬如上课要经历两小时的车程,她从不迟到,给学生树立榜样和典范。她以温柔的魅力、典雅的素养、渊博的学识,让学生受到无言的教诲。

杨绛在其教育生涯中,不仅以其"不言之教"的力量感染后人,还给予其精神和物质上的实质扶持。即使特殊时期,她一如既往无畏地扶持困难的师生,朱虹、郑土生等至今感怀杨绛的"雪中送炭"。钱锺书和钱瑗去世后,杨绛把女儿六万元存款赠予北京师范大学,并以"我们仨"的名义把夫妇全部稿费和版税,捐赠给清华大学设立"好读书"奖励基金,宗旨是扶助好读书的贫寒子弟顺利完成学业。

---

〔1〕 王天一等:《外国教育史》(下),北京师范大学出版社1993年版,第222页。

〔2〕 周毅:《坐在人生的边上——杨绛先生百岁答问》,《文汇报》2011年7月7日。

二、绵长绚烂的生命爝火

　　蒋梦麟曾指出:"为近世教育学家所公认,教育根本方法之一"便是"个性主义"[1]。杨绛不仅在教育实践中践行个性主义教育,而且在管理层面彰显了自己的个性风格。杨绛从筹备到建成分校共计花费两年多时间,最初由王季玉校长手把手教导,很快就全权管理学校的一切事务。她秉承王校长的办学理念,并使杜威的教育理论进一步在实际的教育实践中发扬光大。杨绛拓展了杜威的"教育即生活"的内涵,结合学校的实际和学生的发展需要,实行了一系列"生活的教育"措施,即以生活为中心的教育:"生活教育是生活所原有,生活所自营,生活所必需的教育。"[2] 她注重丰富教育的意义,使学生切实体会生活的变化和其中蕴含的道理,旨在培养个性全面自由发展的"完整的人"(马克思语)。而作为教育管理者,杨绛自身也受益匪浅,她晚年总结收获,特别提到这段经历有利于"增加人生的智慧和经验",可见"生活教育"促进了师生的共同成长。

　　杨绛的个性主义教育思想和实践的现代意义,在于重现了中国现代教育体系的探索历程,其教育经历极为丰富,涉及我国现代初等教育至高等教育的各个层面,对于我们现代教育有全面的把握和深刻的体验。不同的历史时期,她担当过丰富多样的教育角色,其履历和经验可供现代教育研究参考借鉴。同时她勇于推进教育改革,积极走自由平等的路线,希望实现对传统教育的颠覆和对现代教育理念的重建,为"传统社会转变为现代社会过程

---

〔1〕 蒋梦麟:《蒋梦麟教育论著选》,人民教育出版社1995年版,第26页。
〔2〕 储朝晖:《多维视野中的生活教育》,安徽教育出版社2011年版,第75页。

中形成一系列新的知识理念与价值标准"[1]提供有益的佐证，在中国教育发展史上留下了闪亮的一页。

《庄子·逍遥游》曰："日月出矣，而爝火不息；其于光也，不亦难乎！"在杨绛绵长的人生历程中，始终以"简朴的生活，高贵的灵魂"为人生的至高境界。即便近代以降的文坛上星河璀璨，光芒万丈，但她仍然以从容优雅的姿态，不事张扬地安于中国文坛的一角。她安静而明亮的生命爝火，不仅成就了其文学翻译上的高度，还烘炙着其哲学、编辑、教育诸方面的非凡成就。她质朴而绚烂的才情和性情是喧嚣浮躁时代温润的慰藉。

而她对文学、翻译、编辑、教育、哲学乃至人生亦有独到的见解，带给我们对生命意义和价值的思考。她让我们感觉到，人生多么丰盈而美好，"活着可以这么美，这么有希望！"她对人生和世界的敏锐感受，引领我们走进一个芬芳而美丽的世界。

---

[1] 严家炎：《二十世纪中国文学的现代性特征》，《中国艺术报》2010年7月5日。

三、载入族谱的生命印记

20世纪80年代以来,杨绛的散文以忆旧怀人为主,比起三四十年代显得更成熟、老练。她被誉为继鲁迅之后最集中写作记叙性散文,并取得巨大成功的当代作家。牛运清认为,杨绛散文的主要成就是对人物的塑造。杨绛写人,不用轰轰烈烈的斗争场面,也不作细腻入微的心理描写,不哗众取宠,不做惊人之语,而是平平常常甚至于平平淡淡,以清淡的文笔画出栩栩如生的人物肖像。"清笔绘世相",是对杨绛散文内涵的精简概括。

杨绛在《杂忆与杂写·自序》中写道,此集第一部分为"怀人忆旧之作","怀念的人,从极亲到极疏;追忆的事,从感我至深到漠不关心"[1]。她晚年将自己生命片段如电影胶片般回放,在怀人忆旧的缅想与讲述中,表现出极浓烈的生命感觉和丰富的内心体验,从而赋予个人经验以历史意义。正如阐释学大家伽达默尔说的:"艺术作品就被理解为生命之完美的象征性再现,每一种体验似乎正走向这种再现,因此,艺术作品本身就表明为审美

---

[1] 杨绛:《杂忆与杂写·自序》,人民文学出版社《杨绛全集》2014年版,第3卷,第3页。

经历的对象,这便得出一个美学结论:所谓的体验艺术则是真正的艺术。"[1] 由此,杨绛的散文于生命的象征性再现中,自成完整的艺术体系。

在杨绛的散文作品中,"回忆"不是一个心理学的概念,而是一个生命哲学的概念。它既是杨绛散文的写法,也是她真实的活法。它不仅是杨绛的生存方式,甚至已经是她生命的本质,特别对于她生命中孤寂的晚年时期。她在《我们仨》的开头即说:

> 我们这个家很朴素;我们三个人,很单纯。我们与世无求,与人无争,只求相聚在一起,相守在一起,各自做力所能及的事。碰到困难,锺书总和我一同承当,困难就不复困难;还有个阿瑗相伴相助,不论什么苦涩艰辛的事,都能变得甜润。我们稍有一点快乐,也会变得非常快乐。所以我们仨是不寻常的遇合。现在我们三个失散了。往者不可留,逝者不可追,剩下的这个我,再也找不到他们了。我只能把我们一同生活的岁月,重温一遍,和他们再聚聚。[2]

有人认为,回忆的世界比当时当地的现实生活更为现实。杨绛以"回忆"为生命的本质,将生命片段如电影胶片般回放,在于能与亲人在永恒的时光隧道里相聚相守。她用回忆之火,悲悯而幸福地点亮了寂寂归途。而这归途与缅想之火,没有炙可熔钢

---

[1] 伽达默尔著,洪汉鼎译:《真理与方法》(上卷),上海译文出版社1992年版,第21页。

[2] 杨绛:《我们仨》,人民文学出版社《杨绛全集》2014年版,第4卷,第175页。

的沸腾和热力,却有铅华落尽后的温热,烘烤着杨绛柔弱而坚韧的晚年生命,亦刻入人类永恒的史册。杨绛不曾写一部自己家的族谱,却用回忆的笔法,提供了关于她的家人不可多得的珍贵史料。

○父亲——凝重有威

2013年,钱锺书私信将遭拍卖,一百零二岁的杨绛愤然维权,连发紧急公开声明起诉拍卖行。记者电话采访,杨家保姆转述杨绛的话说:"我爸爸就是学法律的,我也懂法,知道法律一定会保护老百姓的通信秘密。"杨绛的父亲杨荫杭,是现代史上响当当的法律人。他早年被派送日本留学,获早稻田大学学士学位,后留学美国获宾夕法尼亚大学法学硕士学位。回国后曾任江苏省高等审判厅厅长,以维护"民主法治"的"疯骑士"之美名传世。

1979年,杨绛应中国社会科学院近代史研究所之邀,为调查清末中国同盟会(包括其他革命团体)会员情况,撰写了父亲的介绍简历及传记资料。为此杨绛竭尽自己多年的追忆思索、体会、感触、理解,融合了丰富的史料,为学术界和读者呈现了一份翔实可靠、"可供参阅"(杨绛语)的杨荫杭的资料——《回忆我的父亲》。

杨荫杭(1878—1945),字补塘,笔名老圃。出生于无锡书香门第,自小受到严格家庭教育。他是"江苏省最早从事反清革命活动的人物之一,参加过东京励志社,创办《国民报》《大陆杂志》，在无锡首创励志学社，著有影响"[1]。青年时考入北洋公学，当时北洋公学由外国人掌权，部分学生因对伙食不满掀起学潮，"洋鬼子"开除了一名带头闹事者。杨荫杭并未参与，但他看到许多学生慑于洋人淫威，愤而挺身说："还有我！"遂亦遭开除。幸而他立即考入南洋公学，后以南洋公学的官费留学生身份赴日本留学，参加了励志会，创办《译书汇编》。1902年日本东京专门学校（今早稻田大学）本科卒业，1907年获早稻田大学法学士学位。后赴美留学，获宾夕法尼亚大学法学硕士学位。回国后在北京一个政法学校授课。到上海后，父亲在申报馆任编辑，同时也是上海律师公会创始人之一。不久经张謇举荐，任江苏省高等审判厅厅长。后在北京历任京师高等审判厅厅长、京师高等检察长、司法部参事等职。他对当时所谓的"廉政政府"颇为失望，便辞职南归在上海申报馆当副编辑长，重操律师旧业。抗日战争爆发后，他迁居上海法租界，在上海震旦女子文理学院、上海私立大同大学教书。1945年在苏州中风去世。

在杨绛的笔下，父亲杨荫杭的形象丰满而有血性。

其一，他是个刚直不阿、铁面无私地护卫民主法治的"疯骑士"。杨荫杭主张司法独立，他虽然只是一名省级的高等审判厅厅长，但"为了判处一名杀人的恶霸死刑，和庇护杀人犯的省长和督军顶牛，直到袁世凯把他调任"[2]。此外，他为了调查津浦铁路管理局租车购车舞弊案，曾传讯交通总长许世英，轰动一时，

---

[1] 杨绛：《回忆我的父亲》，人民文学出版社《杨绛全集》2014年版，第2卷，第91页。

[2] 杨绛：《回忆我的父亲》，人民文学出版社《杨绛全集》2014年版，第2卷，第93页。

但他也因此被交付惩戒。杨荫杭看透了当时官官相护的政府，宪法不过一纸空文，他的"顽固不灵"在官场上难免会遭到"难以共事"的非议，明知道是鸡蛋碰石头，但他始终坚持正直的秉性，"铁肩担道义"，为实现自己救国救民的理想而不改初衷。

其二，他是个扶弱锄强、正气浩然的律师。杨荫杭做律师时专为人鸣不平，申诉冤情，他有时甚至"为当事人气愤不平，自己成了当事人，躺在床上还撇不开。他每一张状子都自己动笔，细心策划，受理的案件一般都能胜诉"[1]。面对违法犯罪分子，则无论其职位多高，权势多大，酬金多厚，一律不予受理。譬如一家银行保险库内巨款失窃，明明是银行经理监守自盗，却诬告两位管库职工，辩称是他们所为。杨荫杭知道后十分气愤，义务为这两位职工出庭辩护。有一个驻外领事私贩鸦片，案情败露后想请杨荫杭为他辩护，派秘书再三上门请求，并许以重金相酬，但杨荫杭坚决不予受理。

其三，他是个眼界开阔、传播新知的学者。早年留学日本期间，杨荫杭和东京励志社的会员一道创办了《译书汇编》，专门译载欧美政法名著，如《民约论》（卢梭）、《万法精义》（孟德斯鸠）等，曾在留学生和国内学生中风行一时，被称赞为"于吾国青年思想之进步收效至巨"的进步刊物。鲁迅在他的《琐记》中也提及他考入矿路学堂，开始"看新书"，如《天演论》《译书汇编》等。1910年杨荫杭回到无锡，创设了励志学会，借宣扬新知之机，宣传排满革命思想。此后又创办了"理化研究会"，提倡研

---

[1] 杨绛：《回忆我的父亲》，人民文学出版社《杨绛全集》2014年版，第2卷，第117页。

究理化并学习英语。杨荫杭精通英、日等外语，曾在译书院编译书籍。上海沦陷期间，杨荫杭在中国公学、务本女校等教书，胡适曾亲口向杨绛承认"你老娘家（苏沪土语'尊大人''令尊'的意思）是我的先生"。此外他潜心研究音韵学，将《诗经》逐字逐句地加注音韵，又将屈原的《离骚》加注音韵，后将两本音韵注文合成一书，题名《诗骚体韵》。可惜，这本被人称之为"绝学"的著作，在他生前未能出版，在他逝世后连手稿也散佚了。

其四，他是个"望之俨然，即之也温"的慈父。孩子们虽然怕父亲，却也和他很亲。他喜欢和孩子们一起吃甜食，俗称"放放焰口"，这个习惯一直保留至儿女成年依然没有改变。杨绛姐妹小时候偷烤年糕，自制冰激凌和"叫花蛋"，都在父亲的包庇或亲自指导下完成，甚至还助兴品尝他们的劳动成果。父亲与孩子亲密有间，杨绛称父亲"凝重有威"。他对子女的教育之道融合了道家和儒家的思想精髓，或曰"法自然"顺应天性，奉行"大叩则大鸣，小叩则小鸣"的教育方式。"我父亲有个偏见，认为女孩子身体娇弱，不宜用功……我在高中还不会辨平仄声。父亲说，不要紧，到时候自然会懂。有一天我果然四声部能分辨了，父亲晚上常踱过廊前，敲窗考我某字什么声。我考对了他高兴而笑，考倒了他也高兴而笑。父亲的教育理论是孔子的'大叩则大鸣，小叩则小鸣'。"[1] 他有一篇论"生活程度"的短文发表于《申报》，语重心长地告诫世人——"凡坚忍耐苦之民族，乃可与外族竞存。生活程度高者，食必甘旨衣必轻煖，夏不耐暑，冬不耐寒，

---

[1] 杨绛：《回忆我的父亲》，人民文学出版社《杨绛全集》2014年版，第2卷，第120页。

乃脆弱之民族，不适于生存者也……"[1] 这既是他对民族未来的忧虑和高瞻远瞩，亦是他教育子女的为人之道。俭朴耐苦不仅仅是一个人的私德，还关系到一个国家、一个民族的前途命运。

杨绛曾经说过，"好的教育"首先是启发人的学习兴趣，学习的自觉性，培养人的上进心，引导人们好学和不断完善自己。要让学生在不知不觉中受教育，让他们潜移默化，言传不如身教。而父亲的"不言之教"正是如此："父亲说话入情入理，出口成章，在《申报》的评论一篇接一篇，浩气冲天，掷地有声。我佩服又好奇，请教秘诀，父亲说：'哪有什么秘诀？多读书，读好书罢了。'我学他的样子，找父亲藏书来读，果然有趣，从此读书入迷。"[2] 杨荫杭以其"不言之教"的魅力感染着儿女，在为人的原则上有傲人的风骨和正确的抉择，从而树立起名士和学者的独特风范。

○母亲——亦慈亦让

有关母亲唐须嫈的记叙，是杨绛对于中国传统女性的理想描述。她早年没有专门写过回忆母亲的文章，直到一百零二岁才写了一篇《忆孩时·回忆我的母亲》。

唐须嫈共生育了八个孩子，杨绛排第四。大家庭人多事杂，妈妈难得有工夫照顾她。在她的小心眼里，妈妈只疼大弟弟。实际上，母亲对每个孩子都是尽心尽力。如杨绛回忆道："我六岁的

---

[1] 杨荫杭：《老圃遗文辑》，长江文艺出版社1993年版，第582页。
[2] 周毅：《坐在人生的边上——杨绛先生百岁答问》，《文汇报》2011年7月8日。

冬天,有一次晚饭后,外面忽然刮起大风来。母亲说:'啊呀,阿季的新棉裤还没拿出来。'她叫人点上个洋灯,穿过后院到箱子间去开箱子。我在温暖的屋里,背灯站着,几乎要哭,却不懂自己为什么要哭。这也是我忘不了的'别是一般滋味'。"[1]母爱温暖着杨绛小小的心灵。同时她也体恤母亲的繁忙与辛苦,从小便养成了独立的性格和处事方式,小学便离开妈妈跟姐姐去启明上学,生活和学习都能应付得很好。

唐须嫈性格娴静,忠厚老实。如果受了欺侮,她往往后知后觉,事后总笑着说"哦,她(或他)在笑我",或"哦,他(或她)在骂我"。但是她从不计较,不久就都忘了。她心胸豁达,不斤斤计较,因此能和任何人都友好相处,一辈子没一个冤家。母亲的心胸开阔,深深地影响着杨绛,在绵长的人生道路上,妈妈的豁达与包容,成为她潜移默化中深受教化的力量。

在《回忆我的父亲》中,杨绛曾经提及,母亲曾在上海著名的女子中学务本女中读书,与杨绛的三姑母杨荫榆以及章太炎的太太汤国梨同学。杨绛以为:"妈妈并不笨,该说她很聪明。她出身富商家,家里也请女先生教读书。她不但新旧小说都能看,还擅长女工。我出生那年,爸爸为她买了一台缝衣机。她买了衣料自己裁,自己缝,在缝衣机上缝,一会儿就做出一套衣裤。缝纫之余,妈妈常爱看看小说,旧小说如《缀白裘》,她看得咪咪地笑。看新小说也能领会各作家的风格,例如看了苏梅的《棘心》,又读她的《绿天》,就对我说'她怎么学着苏雪林的《绿天》的

---

[1] 杨绛:《回忆我的父亲》,人民文学出版社《杨绛全集》2014年版,第2卷,第120页。

三、载入族谱的生命印记

调儿呀?'我说:'苏梅就是苏雪林啊!'"[1]

但母亲不像一般新女性那样爱出头露面从事社会活动,而甘做贤妻良母,相夫教子。母亲在杨绛心里种下好家庭的种子,夫妻和睦,父母慈爱。杨绛提及父母感情非常好,父亲不管身居官位,还是当律师、《申报》编辑,生活上工作上的事情都会跟母亲谈及,条分缕析。杨绛以为,父母一生的谈话可比长河,听来好像阅读拉布吕耶尔的《人性与世态》。妈妈每晚记账,有时记不起这笔钱怎么花的,爸爸就夺过笔来,写"糊涂账",不许她多费心思了。妈妈每月寄给无锡大家庭的家用,一辈子没错过一天。这很不容易,因为她每天当家过日子就够忙的。因父亲的工作没固定的地方,常常调动。父亲后来改行做律师了,做律师要有个事务所,就买下了一所破旧的大房子,妈妈便更忙了。但母亲毫无怨言,在家庭中默默地付出自己的心血和劳动,维持着大家庭的经济平衡与和睦的状况。可见夫妻间最重要的是相互理解和平等的精神境界,这也深深地影响了杨绛对婚姻的期许,她后来与钱锺书一辈子相濡以沫,琴瑟友和,可谓循着父母婚姻所树立的榜样。但杨绛以为,她和几个姐妹,没有人能够超越母亲对于整个家庭的贡献。对子女慈爱有加,对丈夫包容支持,对所有人都大度体恤,母亲是杨绛关于理想女性的现实抒写。

"人生没有不散的筵席。"父母生前也会谈论生死的问题。一次父母谈笑时提到谁先死的问题。母亲说"我死在你头里",父亲说"我死在你头里",后来母亲想了下,当仁不让地说:"还是让

---

[1] 杨绛:《忆孩时》,《文汇报》2013 年 10 月 15 日。

063

你死在我头里吧，我先死了，你怎么办呢。"[1] 父母亲当时好像笃信两人说定就可以算数的，可见夫妻之间处处为对方着想的深厚感情。而杨绛晚年也曾说过"夫在前，妻在后"，顺序不能乱，与母亲当年的想法一样，她甘心留下来"打扫战场"。后来，日寇侵华，全家避居乡间，母亲得恶疾一病不起，父亲强忍悲痛安葬了母亲，"我父亲在荒野里失声恸哭，又在棺木上、瓦上、砖上、周围的树木上，地下的砖头石块上——凡是可以写字的地方写满自己的名字。这就算连天兵火中留下的一线联系，免得抛下了母亲找不回来"[2]。当时杨绛还在国外留学，初为人母，方体会到当母亲的辛苦与难处，没来得及报答恩情就失去了母亲，个中痛楚难以言表，只会一味痛哭。

如冰心问母亲："妈妈，你为什么爱我？"母亲回答："不为什么，只因为你是我的女儿。"一百零二岁的杨绛想念妈妈，写下了《忆孩时》的文章，而"回忆我的母亲"部分，饱含着对母亲的无尽想念和深情眷恋！但此时她已无父无母，甚至兄弟姐妹也离开了人世，她只能痴痴地回忆和思念，这怎不让人感慨？

○三姑母——"落水狗"及其他

杨绛怀人忆旧，往往能顾及全人，她尤擅于把笔触伸到人物的日常生活领域，描摹她亲见耳闻而鲜为人知的方方面面。许多

---

[1] 杨绛：《回忆我的父亲》，人民文学出版社《杨绛全集》2014年版，第2卷，第131页。

[2] 杨绛：《回忆我的父亲》，人民文学出版社《杨绛全集》2014年版，第2卷，第131—132页。

三、载入族谱的生命印记

逸事虽是琐碎、浮光掠影的记忆碎片，读者却能从中读出生命的丰富与复杂，人生百味尽在其中。《回忆我的姑母》便是最好的例证。

"三伯伯"即杨绛的三姑母杨荫榆，在杨绛笔下她不仅仅是鲁迅先生痛斥的在"女师大风潮"中"镇压学生"、助纣为虐的"落水狗"，多年来一直被钉在历史耻辱柱上的罪人形象，还是在日寇入侵苏州时责备日军奸淫掳掠的暴行，致力于保护和解救妇女，最后因骂敌而遇害的爱国志士。但杨绛并不刻意回避或为三姑母平反那段不光彩的历史，更没有拔高其形象的意图。她只是更多地通过生活琐事表现三姑母的性格孤僻、怪客，从而把三姑母复杂却真实的一生呈现给读者，让读者去体会和评判。

杨绛对三姑母的感情是："我不大愿意回忆她，因为她很不喜欢我，我也很不喜欢她。也许正因为我和她感情冷漠，我对她的了解倒比较客观。我且尽力追忆，试图为她留下一点比较真实的形象。"[1] 这样的心理距离，使杨绛的回忆和感受更具有客观性。杨绛回忆中的三姑母，是位冲破封建家庭包办婚姻，留学美国获哥伦比亚大学硕士学位的新女性。回国后做了女师大的校长，从此被打落下水，成了一条"落水狗"。但她曾经是受师生爱戴的人，出国赴美时，好些学生为她送行，当时的场面在小杨绛心目中留下了深刻的印象：

一位老师和几个我不认识的大学生哭得抽抽噎噎，使我很惊

---

[1] 杨绛：《回忆我的姑母》，人民文学出版社《杨绛全集》2014年版，第2卷，第150页。

奇。三姑母站在火车尽头一个小阳台似的地方，也只顾拭泪。火车叫了两声（汽笛声），慢慢开走。三姑母频频挥手，频频拭泪。月台上除了大哭的几人，很多人也在擦眼泪。我虽然早已乘过多次火车，可是我还小，都不记得。那次是我记忆里第一次看到火车，听到"火车叫"。我永远把"火车叫"和哭泣连在一起，觉得那是离别的叫声，听了心上很难受。[1]

那时候的三姑母还一点都不怪僻，甚至还有过短暂而绚烂的人生阶段。杨绛的叙述符合事物的发展规律，宇宙万物并非静止不动，而是一个动态的过程，充满了复杂性和变异性。因此，三姑母并非与生俱来的性格怪僻和令人生厌，她的生命轨迹也并非一成不变地直线前进，而是如林语堂等作家自称的"一团矛盾"或"一束矛盾"，所以不可片面而论。杨绛就是通过多个侧面向我们呈现了人物复杂的性格和生命的轨迹。

后来三姑母变得性格孤僻，又不会照顾自己，总使唤杨绛的母亲为她干活，好像那是母亲的本分。家里的用人总因为"姑太太难伺候"而辞去，所以家里经常换人，这又给杨绛的母亲增添了麻烦。然而母亲怜悯三姑母早年嫁傻子的遭遇，最佩服她"个人奋斗"的经历，凡事总为她辩护，但三姑母从来不懂得感激。姑母的孤僻自私与母亲的宽厚大度形成鲜明的对照，杨绛姐妹们总觉得三姑母欺负母亲，心里总不服气，所以她始终和三姑母不亲，也不喜欢她。杨绛对三姑母的感情和回忆，很大程度上，是

---

[1] 杨绛：《回忆我的姑母》，人民文学出版社《杨绛全集》2014年版，第2卷，第155页。

三、载入族谱的生命印记

童年的追忆和孩童的感受,而孩子的直觉最纯粹且无太多的功利色彩。

遭遇人生的种种挫折后,三姑母变得愈加乖戾和怪癖,后来她成了不合时宜的人,其言行甚至与杨绛文中提及的"怪物"无二致。三姑母爱看电影,不愿一人出去,就带着杨绛等一群孩子,可是只给他们买半票。转眼杨绛十七八岁,都在苏州东吴大学上学了,她还给买半票。电影演到中间,查票员命令他们补票,三姑母就与其争辩。[1] 孩子们都不胜厌烦三姑母这种行为。三姑母的怪僻发展到最后,甚至有了心理扭曲的倾向。1935年夏天杨绛结婚,三姑母来吃喜酒,穿了一身白夏布的衣裙和白皮鞋。贺客诧怪,以为她披麻戴孝来了。杨绛倒认为她不过是一般所谓"怪僻"罢了。

可见,杨绛并不以大家都熟知的、影响三姑母一生命运的"女师大事件"着笔,而从生活的方方面面小事揭示姑母的性格,写出她的孤僻、乖戾、不谙人情世故……正是因为她的这些性格,造成了她不可能甘心做逆来顺受的传统妻子,后来人变得愈加怪癖和不近人情。由此再反观"女师大事件"就显得有迹可循、顺理成章了。

然而,也是这样一位近似"怪物"的女性,生前磕磕绊绊,却敢于伸张正义、同情弱小,指责日军的暴行,最后被日寇刺杀,让人唏嘘不已。邻近为她造房子的一个木工把水里捞出来的遗体入殓,因棺木太薄不管用,家属领尸的时候,已不能更换棺材,

---

[1] 杨绛:《回忆我的姑母》,人民文学出版社《杨绛全集》2014年版,第2卷,第161页。

又没有现成的特大棺材可以套在外面，只好在棺外加钉一层厚厚的木板。杨绛感慨道："奇模怪样的棺材，那些木板是仓促间合上的，来不及刨光，也不能上漆。那具棺材，好像象征了三姑母坎坷别扭的一辈子。"[1] 对于三姑母悲惨的结局，杨绛貌似平淡的口吻里，充满了伤感和沧桑。对于日军的残暴，杨绛于不动声色中控诉和指责。

对于三姑母这位深陷矛盾的悲剧人物，杨绛没有做过多的评价，只是轻轻地慨叹："她多年在国外埋头苦读，没看见国内的革命潮流；她不能理解当前的时势，她也没看清自己所处的地位。如今她已作古；提及她而骂她的人还不少，记得她而知道她的人已不多了。"[2] 杨绛通过对三姑母的回忆揭示了生命的复杂性，希望人们在"知道"后对三姑母进行客观公正评价，同时对他者的生命能多一分理解、体谅和宽容，而非一味的偏见和苛求。

这篇"一言难尽"的回忆散文，杨绛"将三姑母放置于大量史实和诸多生活场景之中，不仅还原历史，而且还充分展现了人物的性格特征，文中的以'反'衬'正'，表现得极其自然，没有任何雕琢的痕迹，文章总体给人'拉家常'一般的亲切感，恰恰构成了这篇散文的非同寻常"[3]。维特根斯坦说，在艺术上，说这样的话是困难的：什么都别说。杨绛的讲述往往意在言外，而言外的内涵比言内的要多得多。

---

[1] 杨绛：《回忆我的姑母》，人民文学出版社《杨绛全集》2014年版，第2卷，第167页。

[2] 杨绛：《回忆我的姑母》，人民文学出版社《杨绛全集》2014年版，第2卷，第167页。

[3] 陈亚丽，殷欣童：《"落水狗"抑或"替罪羊"？——论鲁迅、杨绛笔下"多维"的杨荫榆形象》，北京印刷学院学报，2021（11），50页。

三、载入族谱的生命印记

○杨必——"真大小姐"

杨必是杨绛最小的妹妹,比杨绛小十一岁,行八。父亲像一般研究古音韵学的人,爱用古字,"必"是"八"的古音。杨绛对杨必的感情,宠爱与疼惜并存。

杨必是家里最小的孩子,因此在大家的娇惯和宠爱中长大。童年的阿必是个聪明喜人的孩子,杨绛记下她许多童年趣事,惟妙惟肖地刻画了一个"骄气十足"的小女孩形象。童年时代的阿必是个乖孩子,只两件事不乖:一是不肯洗脸,二是不肯睡觉。

每当用人端上热腾腾的洗脸水,她便觉不妙,先还慢悠悠地轻声说:"逃——逃——逃——"等妈妈拧了一把热毛巾,她两脚乱蹬急促地逃跑,一迭连声喊:"逃逃逃逃逃!"总被妈妈一把捉住,她便哭着洗了脸。

杨绛在家时专管阿必睡午觉。她表示要好,尽力做乖孩子。她乖乖地躺在摇篮里,乖乖地闭上眼,一动都不动,听姐姐唱着催眠歌谣入睡。杨绛把学校里学的催眠歌都唱遍了,以为她已入睡。可每当姐姐停止了摇和唱,她便睁开眼,笑嘻嘻地"点戏"。原来她一直在品评,挑选她最喜爱的歌。姐姐火了,沉下脸说:"快点困!"(无锡话:"快睡!")阿必觉得姐姐太凶了,乖乖地又闭上了眼,杨绛只好耐心再唱。她往往假装睡着,过好一会儿才睁眼。

杨绛把一个天真又乖巧的小女孩儿形象描摹得丝丝入扣,其中饱含着姐姐对小妹妹的宠爱与深情追忆。年幼的阿必是全家的开心果,她与生俱来的幽默感和模仿天赋吸引着大家的注意力。

阿必有个特殊的本领：善模仿。她一个小女孩，模仿家中的哈巴狗，一见主人就从头到尾——尤其是腰、后腿、臀、尾一个劲儿地又扭又摆又摇，大概只有极少数的民族舞蹈能全身扭得这么灵活而猛烈，散发出热腾腾的友好与欢欣。阿必没有尾巴，学来却神形毕肖，逗得大家都大乐。她几乎模仿什么都极其神似，尤其喜欢学和她完全不像的人，如模仿美国电影《劳来与哈代》里的胖子哈代，同样惟妙惟肖。她能模仿方言、声调、腔吻、神情，有声有色，传神逼真。所以阿必到哪里，总是欢笑的中心。

阿必长大后，聪明、随和、热情，依然是大家喜爱的人物。阿必由中学而大学，毕业后她留校当助教兼任本校附中的英语教师。"阿必课余就忙着在姐姐哥哥各家走动，成了联络的主线。她又是上下两代人中间的桥梁，和下一代的孩子年龄接近，也最亲近。不论她到哪里，她总是最受欢迎的人，因为她逗乐有趣，各家的琐事细故，由她讲来都成了趣谈。她手笔最阔绰，四面分散实惠。默存常笑她'distributing herself'（分配自己）。她总是一团高兴，有说有讲。我只曾见她虎着脸发火，却从未看到她愁眉苦脸、忧忧郁郁。"[1]

阿必性格随和，身材好，讲究衣着，是个很"帅"的上海小姐。"一九五四年她因开翻译大会到了北京，重游清华。温德先生见了她笑说：'Eh, 杨必！Smart as ever！'"[2] 她交游甚广，朋友男女老少、洋的土的都有，大家都对她赞赏有加。她对婚姻也

---

[1] 杨绛：《记杨必》，人民文学出版社《杨绛全集》2014年版，第3卷，第47页。
[2] 杨绛：《记杨必》，人民文学出版社《杨绛全集》2014年版，第3卷，第49页。

有自己的看法，而不随流俗。如爸爸生前看到嫁出的女儿辛勤劳累，心疼地赞叹说："真勇！"而阿必是个"家事不能干，也从未操劳过"的"真大小姐"，爸爸深知阿必虽然看似随和，却是个刚硬的人，要驯得她柔顺不容易。因此他理解体恤阿必，认为"如果没有好的，宁可不嫁"。阿必的确也有几分钱锺书形容"西碧儿"（Sibyl，古代女预言家）气味，太晓事不盲目。所以她真个成了童谣里唱的那位"我家的娇妹子"，谁家说亲都没有说成。可是她好像比谁都老成有主意，姐妹如有什么问题，总请教阿必。总而言之，阿必是个有个性、成熟稳重的角色，别人说什么，她都不在乎，活得潇洒自在。

杨绛姐妹耳濡目染父亲的正直不阿，也继承了父亲的优良禀赋，即使是特殊的年代也不肯做昧良心落井下石的事情。"三反"时期，一位跟杨绛和杨必都相熟的修女"方凳妈妈"被疑为"特务"，有人让阿必交代出"方凳"当"特务"的证据，但阿必不愿编织谎言陷害他人，即使是这位早已离境的修女，因此受牵连给长期"挂"起来。但阿必坦然接受，并把精力投入翻译中。

曾有评论家以为，杨绛和杨必姐妹遗传了父亲的翻译天赋，她们在翻译上都有出色的表现。傅雷曾鼓励杨必翻译，并请她教傅聪英文。阿必翻译玛丽亚·埃杰窝斯的《剥削世家》、萨克雷的《名利场》等，至今都是众多译本中的优秀版本。但她并不满意，曾嘱托杨绛为其译作修改，因此杨绛晚年念念不忘妹妹的遗愿，致力于对《名利场》的校改。

可惜，杨必"向来体弱失眠，工作紧张了失眠更厉害，等她赶完《名利场》，身体就垮了。当时她和大姐、三姐住在一起。两个姐姐悉心照料她的饮食起居和医疗，三姐每晚还为她打补针。

她自己也努力锻炼,打太极拳,学气功,也接受过气功师的治疗,我也曾接她到北京休养,都无济于事。阿必成了长病号"[1]。杨绛以为,繁重的授课任务加上夜以继日地翻译令她积劳成疾,过早把妹妹的身体拖垮。

有一晚她一觉睡去,没有再醒过来。"她使我想起她小时不肯洗脸,连声喊'逃逃逃逃逃!'两脚急促地逃跑,总被妈妈捉住。这回她没给捉住,干净利索地跑了。"姐姐说:"她脸上非常非常平静。"[2] 早已逃脱世俗缠累的杨必,如她的散文《光》所描述的那样,平静永恒地进入梦乡——"当第一条金红的阳光跳上墙的时候,整个世界都变过了,隔夜的黑影,梦境里的幻象,都被驱散无遗……你有没在暗里听见你所最爱的声音在叫你唤你?这声音出乎意料的温柔亲切……于是你觉得一切都有依靠,可以放心了,你微笑着,满心安慰,满腹希望,让黑夜把你卷进了梦乡。"[3]

杨绛笔下的杨必,特立独行,热情大方,充满了智慧与魅力。杨绛看似平静温馨的追忆文字中,饱含着对妹妹深情的怀念与无限的痛惜。杨绛欣赏杨必的为人和才华,却无力挽救她脆弱的生命,只能深深地哀叹杨必所担受的痛苦与不平。她身前所遭受的不平等,在相隔十余年后也终得平反,给予杨绛等亲人一丝心灵的慰藉。

---

[1] 杨绛:《记杨必》,人民文学出版社《杨绛全集》2014年版,第3卷,第50页。

[2] 杨绛:《记杨必》,人民文学出版社《杨绛全集》2014年版,第3卷,第51—52页。

[3] 杨必:《光》,上海古籍出版社《无花的春天——〈万象〉萃编》1999年版,第396—400页。

三、载入族谱的生命印记

○女儿——"尖兵钱瑗"

生命中有太多不可承受之重,其中以离别最甚,而亲人间的送别更令人是肝肠寸断。杨绛在漫长的生命长河中,送别了无数亲友。而她和钱锺书生平最伤心的事,莫过于送别唯一的女儿钱瑗。为此,杨绛对当时已不能言语的钱锺书说"我要写一个女儿,让她永远陪着我",钱锺书点头赞同,于是便有了感人至深的写给女儿的文字——《我们仨》。

父母称之为"阿圆""圆圆"的钱瑗是爸爸(及外公)家的中心人物。她是爷爷心目中的"读书种子",父亲称叹的"可造之材",母亲"生平唯一的杰作",师友眼中的"天使"。钱杨夫妇曾探讨女儿的个性,钱锺书说:"刚正,像外公;爱教书,像爷爷。"两位祖父不同的性格,在钱瑗身上表现得都很突出。

《老子》中说:"谷神不死,是谓玄牝。玄牝之门,是谓天地根。绵绵若存,用之不勤。"(《老子·六章》)(陈鼓应译为:虚空的变化是永不停歇的,这就是微妙的母性。微妙的母性之门,是天地的根源。它连绵不绝地永存着,作用无穷无尽。)事物都有母性,而老子所谓的"微妙母性"如阳光普照万物,仁慈而宽厚,她用自己的汁液滋养天地万物,把时间和空间润泽。她或许是阔大、温暖、疼爱、无私等的代名词,她也可具体表现为形形色色的母爱言行,我们却无法用一个词语涵括她的全部意义。母性以慈卫之,对生命满溢着深情与包容。

杨绛回忆女儿钱瑗,正是立足于母亲的角度,追忆女儿童年的乖巧善良,怀念"我们仨"共同生活的快乐点滴,及对女儿病重逝世的哀痛和思念，蓄满了对女儿生命的深爱和痛惜之情。

钱瑗一岁左右，就是一个可爱的小人儿。杨绛回忆道：

> 我把她肥嫩的小手小脚托在手上细看，骨骼造型和锺书的手脚一样一样，觉得很惊奇。锺书闻闻她的脚丫丫，故意做出恶心呕吐的样儿，她就笑出声来。她看到镜子里的自己，会认识是自己。她看到我们看书，就来抢我们的书。我们为她买一只高凳，买一本大书。她坐在高凳里，前面摊一本大书，手里拿一支铅笔，学我们的样，一面看书一面在书上乱画。[1]

两岁半时，别人识字她在一边看，将《看图识字》倒过来读得一字不差。外公感叹"过目不忘是有的"。杨绛对女儿最初的生命仍记忆犹新，她与女儿共同分享生命成长的喜悦，并用笔墨记载下爱女的生命历程，这也是作为知识女性的杨绛对女儿爱的表达。

一次，杨绛为圆圆买了一套《苦儿流浪记》，才看开头，圆圆就伤心痛哭，一大滴热泪掉在凳上足有五分钱的镍币那么大……多年后，她已是大学教授，却来告诉妈妈这个故事的原作者是谁，译者是谁，苦儿的流浪如何结束，等等。她大概一直关怀着这个苦儿。[2]

圆圆长大了，"会照顾人了，像姐姐；会陪我，像妹妹；会管

---

[1] 杨绛：《我们仨》，人民文学出版社《杨绛全集》2014年版，第4卷，第197—198页。

[2] 杨绛：《我们仨》，人民文学出版社《杨绛全集》2014年版，第4卷，第210—211页。

我,像妈妈"[1]。"多年父女成兄妹",圆圆跟爸爸最"哥们儿",爸爸领着圆圆学习和玩耍,乖巧安分的圆圆成了"人来疯";但在生活上,圆圆又成了"姐姐",钱锺书倒是"弟弟"了。杨绛写这对"哥们儿"时,心里该储着怎样的温柔和疼爱呢!杨绛从女儿的生命中看到了善良、美好的品性。孩子的生命虽借父母而来,却又回馈了父母无法清点的生命财富,这是杨绛关于女儿的文字带给读者的启示。

钱瑗后来考上了北京师范大学,立志要当教师的"尖兵"。母亲料想尖兵是"一名小兵而又是好兵",她毕业后留校当教师,就尽心竭力地当尖兵。她坚信"没有教不好的学生,只有教不好的老师"。她认为教材要"一面教,一面才会有新的发现,才能修改添补"。对比某些教师,一本教材讲十年八年,上课只是唐僧诵经,钱瑗的勤勉认真无疑让许多人汗颜。

钱瑗将毕生的心血和精力都投入到祖国高级人才的培养中,殚精竭虑地在我国高校首次开辟了"文体学"这门课程。她一人兼任四门研究生课程,还开本科的课程,并指导毕业论文和对项目进行管理。她爱教书,也爱学生,是学生人生路上的引导者和知心朋友。她惜时如金,从不懈怠专业的研究,并卓有建树。即使恶疾缠身,疼痛难耐,她仍躺在病床上阅读教学报告,指导研究生论文,甚至还撰写科研论文……杨绛回忆,钱瑗"每天超负荷的工作,据学校评估,她的工作量是百分之二百,我觉得还不

---

[1] 杨绛:《我们仨》,人民文学出版社《杨绛全集》2014年版,第4卷,第258页。

止,她为了爱护学生,无限量地加重负担"[1]。妈妈心疼她,让她偷点懒别太认真,她总摇头。妈妈曾劝她早些退休休养,她却心系教育,说恐怕再过三五年也退不成。然而,当她感到心力交瘁时,却早就身不由己,骑"在虎背上"下不来了,最后导致了不可挽回的悲剧。所以当杨绛惊闻女儿病重,无疑是晴天霹雳,痛不欲生。第一个获得诺贝尔文学奖的法国人——普吕多姆说,人们可以让最好的朋友不高兴,但对于母亲,人们只能使她痛苦,永远不能使她不高兴。

杨绛家的用人方五妹最称赏钱瑗孝顺父母,说她"世界路上只有一个"。钱瑗生病住院,重病中仍然记挂着她深爱的父母,不忍把病情如实告知,坚持每天忍痛与妈妈通长电话,鼓励和安慰妈妈。钱瑗去世前几天,不放心妈妈的一日三餐,特写信教妈妈如何做简易饭食,而她自己已不能进食,如此孝心催人泪下。

对女儿的痛惜是不言而喻的,但杨绛极少正面描写自己的哀痛。而是采用梦境的方式,梦境与现实交织,虚实难分,情感流露却真挚动人。杨绛在一个个沉重的梦中追随着女儿的踪迹,偎依在女儿身边,与女儿心贴心。当她听到女儿病重,她觉得心上给捅了一下,绽出一个血泡,像一只饱含着热泪的眼睛。老人的眼睛是干枯的,只会在心里绽出血泡。当得知女儿去世,杨绛心痛欲裂——"我的手撑在树上,我的头枕在手上,胸中的热泪直往上涌,直涌到喉头。我使劲咽住,但是我使的劲儿太大,满腔热泪把胸口挣裂了。只听得噼嗒一声,地下石片上掉落了一堆血

---

[1] 杨绛:《我们仨》,人民文学出版社《杨绛全集》2014年版,第4卷,第260页。

三、载入族谱的生命印记

肉模糊的东西。"[1] 所有的心碎和悲伤,杨绛只能在写梦境时才得以痛快地表达。而杨绛的心碎,又怎一个"痛"字能了?

慈母纵使是心碎,仍要哽咽着温柔地哼着摇篮曲,默默为爱女祝福——"也许你要睡一睡,那叫夜鹰不要咳嗽,蛙不要号,蝙蝠不要飞,不许阳光拨你的眼帘,不许清风刷上你的眉,无论谁都不能惊醒你,撑一伞松荫庇护你睡。"[2] 杨绛的内心也许藏有一片泪海,但流出来,只是两颗泪珠。由杨绛或欢乐或悲痛的回忆文字,我们再一次证实了女人的根本是母性,甚至世界万物的根本也是母性,母爱能渗透到儿女身上,乃至一切生命所能到达的时间和空间。

2013年《感动中国》有一段动人的颁奖词,同样适用于对钱瑗的缅怀——"你捐出自己,如同花朵从枝头散落,留得满地清香。命运如此残酷,你却像天使一样飞翔。你来过,你不曾离开,你用平凡生命最后的闪光,把人间照亮。"钱瑗的灵魂和精神将永远瞩照世人。钱瑗逝世后,她生前所在的学校——北京师范大学的师生们,每年都自发举行纪念活动,表达对钱瑗的敬意和怀念,这些行为都深深地抚慰了慈母的心。从杨绛对于女儿的回忆中,我们洞见的是对所有敬业者——尤其是站在三尺讲台上辛勤耕耘的教师生命的讴歌,及对自己的生命能够在女儿身上永恒延续的自豪和安慰。

李健吾如是说:"杨绛不是那种飞扬躁厉的作家,正相反,她

---

[1] 杨绛:《我们仨》,人民文学出版社《杨绛全集》2014年版,第4卷,第158页。
[2] 闻一多:《死水》,人民文学出版社1980年版,第13页。

有缄默的智慧。她是一位勤劳的贤淑的夫人,白皙皙的,不高、不瘦,不修饰,和她一起,你会觉得她和她的小女孩子一样腼腆。唯其有清静的优美的女性的敏感,临到刻画社会人物,她才独具慧眼,把线条勾描得十二分匀称。一切在情在理,一切平易自然,而韵味尽在个中矣。"[1] 杨绛的散文挥洒的似乎不是笔墨,而是她独有的生命观和过人的智慧。但她的感情又不是肆意流淌,而是冷静、幽默的含泪浅笑,不掺杂一丝杂质的纯净本色。如一杯清茶,平淡之中透出一丝甜、一丝苦,还有一丝淡远的回甘,如同她晚年的生命,铅华落尽却余温不绝,内热不断。

---

[1] 孔庆茂:《杨绛评传》,华夏出版社1998年版,扉页。

四、如影随形的生命追光

杨绛与钱锺书是志同道合、相知相契的夫妻，他们最初由于酷爱文学、痴迷读书而相互吸引走到一起，相濡以沫走完一生，二者互为知己，相得益彰。两人淡泊名利，蜗居书斋过着简朴的生活，把智慧和精力贡献于中西文化的研究著述上，成为20世纪中国文坛"才华高而作品精、同享盛名"（夏志清语）的传奇伉俪。

杨绛爱钱锺书胜过爱自己。她说："我了解钱锺书的价值，我愿为他研究著述志业的成功，为充分发挥他的潜力、创造力而牺牲自己。这种爱不是盲目的，是理解，理解愈深，感情愈好。相互理解，才有自觉的相互支持。"[1] 钱锺书也十分欣赏妻子，他把杨绛誉为"妻子、情人、朋友"的完美结合，朋友中盛传着他"誉妻癖"的美名。

多年前，杨绛对钱锺书的《围城》进行题解，让人击掌惊叹——"围在城里的想逃出来，城外的人想冲进去。对婚姻也罢，

---

[1] 周毅：《坐在人生的边上——杨绛先生百岁答问》，《文汇报》2011年7月8日。

对职业也罢，人生的愿望大都如此。"对于婚恋乃至人生的"围城"，她有进出自如的绝妙本领，即对生命的领悟与欣然接纳。

而杨绛对钱锺书的深爱，在众多散文中都有体现，《我们仨》《记钱锺书与〈围城〉》《钱锺书离开西南联大的实情》等篇章，为我们实述了钱锺书真实而鲜为人知的生命"秘闻"（钱锺书语），这些散文具有丰富而宝贵的史料和文学价值，最能够体现杨绛虔诚"追光"的生命气息，迸发出延绵不绝的生命热力。

○ "痴气旺盛"的"呆子"

钱杨夫妇都不爱空名，常说"但愿多一二知己，不要众多不相知的人闻名"。人世间留下一个空名，让不相知、不相识的人信口品评，说长道短，有何意义？他们只愿"嘤其鸣兮，求其友声"。钱锺书淡泊致远，他曾对杨绛说，他志气不大，但愿竭毕生精力，做做学问。因此，他从不出回忆录或传记赚虚名，"对来信和登门的读者常常是表现歉意：或是诚恳地奉劝别研究他的作品或客气地推说'无可奉告'，或者竟是既欠礼貌又不讲情理的拒绝"[1]。

20世纪80年代以来，自《围城》重版，《管锥编》等巨著出版，读者对这位文化昆仑甚是心驰神往，仰慕和好奇之心油然而生，而钱锺书又往往对此采取不近人情的态度。杨绛一来担心丈夫冲撞人，二来应清华老同学、理论大家胡乔木之邀，写了《记

---

[1] 杨绛：《记钱锺书与〈围城〉·序》，人民文学出版社《杨绛全集》2014年版，第2卷，第134页。

四、如影随形的生命追光

钱锺书与〈围城〉》,对好奇的读者是个交代,也为丈夫解了围。

杨绛与钱锺书相濡以沫六十三载,既是生活上的恩爱伴侣,又是事业上的良友知音,以她的认识体悟功力和文学造诣,没有谁比她更合适或更有资格来为钱锺书作传了。但她担心以自己的身份,容易写成钱锺书所谓"亡夫行述"之类的文章。所以她在文中既不称赞,也不批评,只据事纪实,钱锺书读后也承认没有失真。就是这样,她为文学研究界留下了宝贵的第一手材料。更重要的是,杨绛为自己挚爱的生命写下了最深情和深刻的文字。

文章第一部分是"钱锺书写《围城》",着重讲《围城》杂取种种人捏为一个的捏造方法,此部分最具研究价值。很多读者对《围城》产生兴趣,也对作者产生兴趣,并把小说里的人物和情节当作真人实事。有的干脆把小说的主角视为作者本人。高明的读者承认作者不能和书中人物等同,但作者创造的人物和故事,离不开他个人的经验和思想感情。为此,杨绛引用了自己曾写的文章——《事实—故事—真实》予以反驳:"创作的一个重要成分是想象,经验好比黑暗里点上的火,想象是这个火所发的光;没有火就没有光,但光照所及,远远超过火点儿的大小。创造的故事往往从多方面超越作者本人的经验。要从创造的故事里返求作者的经验是颠倒的。"[1] 杨绛对《围城》的解剖,"正像堂吉诃德那样,挥剑捣毁了木偶戏台,把《围城》里的人物斫得七零八落,满地都是硬纸做成的断肢残骸"[2]。这对于爱考据和对号入座的

---

[1] 杨绛:《记钱锺书与〈围城〉》,人民文学出版社《杨绛全集》2014年版,第2卷,第169—170页。
[2] 杨绛:《记钱锺书与〈围城〉》,人民文学出版社《杨绛全集》2014年版,第2卷,第178页。

读者或学究而言，不失为有力的纠正和善意的劝告。

第二部分是"写《围城》的钱锺书"，是钱锺书生命的精彩写真。钱锺书的绝顶聪明、过目不忘、学识渊博杨绛不写，单写一个"痴"字——

众兄弟间，他比较稚钝，孜孜读书的时候，对什么都没个计较，放下书本，又全没正经，好像有大量多余的兴致没处寄放，专爱胡说乱道。钱家人爱说他吃了痴姆妈的奶，有"痴气"。我们无锡人所谓"痴"，包括很多意义：疯、傻、憨、稚气、騃气、淘气等。他父母有时说他"痴癫不拉""痴舞作法""呒着呒落"（"著三不著两"的意思——我不知正确的文字，只按乡音写）。他确也不像他母亲那样沉默寡言、严肃谨慎，也不像他父亲那样一本正经。他母亲常抱怨他父亲"憨"。也许锺书的"痴气"和他父亲的憨厚正是一脉相承的。[1]

钱锺书在杨绛笔下总是痴态可掬：他记不得自己的出生年月日，小时候他不会分左右，穿布鞋不分左右脚。后来上美国教会中学时，穿了皮鞋，他仍然不分左右乱穿。在美国人办的学校里，上体育课用英语喊口号。他因为英文好，当上了班长，可是嘴里能用英语喊口号，自己两脚却左右不分。因此只当了两个星期的班长被老师罢了官，他也如释重负。他穿内衣或套脖的毛衣，往往前后颠倒，衣服套在脖子上只顾前后掉转却里外不分，结果又

---

[1] 杨绛：《记钱锺书与〈围城〉》，人民文学出版社《杨绛全集》2014年版，第2卷，第179页。

四、如影随形的生命追光

造成里外颠倒了。在《我们仨》里，钱锺书依然不改"痴"的本色，他初到牛津，就吻了牛津的地，磕掉大半个门牙。他经常童心大发，饱蘸浓墨给熟睡的杨绛画花脸，或在女儿肚子上画鬼脸。他曾央求中学读书的女儿为他临摹过几幅有名的西洋淘气画，其中一幅是《魔鬼临去遗臭图》，魔鬼一边跑一边排出肥皂泡泡样的臭气，画很妙。生命怀童心来，人人皆然；生命怀童心去，能有几人？身为文化昆仑却兼怀赤子之心，钱锺书显得十分难能可贵。

胡河清说得好，杨绛写钱锺书，主要是以弥漫在他身上的一股"痴气"的内在发展为线索的。"痴气"者，无非是生命直觉之冲动也。这实际上已包含着属于"魔界"的东西了。而杨绛对此知之甚稔，也自然反映出她文化人格的另一方面。她从钱锺书小时候的种种"混沌"表现写起，由这"混沌"中生出的"痴气"一开始便带有生命本能自我觉醒的意味，杨绛实在是参透了钱锺书感情世界的发展流程。她不正面写钱锺书的感情历史，而只是带着淡淡的微笑嗔他的"痴气"。然而在这些"痴"的零星表现之下，却很深微地展示了钱锺书生命内力积累、孕育成熟的过程。[1]

钱杨夫妇在漫长的人生旅途中，二者的生命相互交融和补充，相生共鸣。因此，杨绛写丈夫的"痴""笨""拙"，无不带着理解、怜爱和深情。杨绛说："我认为《管锥编》《谈艺录》的作者是个好学深思的锺书，《槐聚诗存》的作者是个'忧世伤生'的锺书，《围城》的作者呢，就是个'痴气'旺盛的锺书。"[2] 杨绛偏爱一"痴"字，并指出其贯穿了钱锺书生命的始终，可谓著一

---

[1] 胡河清：《灵地的缅想》，学林出版社1994年版，第72—73页。
[2] 杨绛：《记钱锺书与〈围城〉》，人民文学出版社《杨绛全集》2014年版，第2卷，第192页。

"痴"字,尽得风流!

○ "志气不大"的凡夫

晚年的杨绛和钱锺书"皆老且病"。钱锺书曾手术去一肾,后做膀胱癌切除手术,又遭遇肾功能急性衰竭,险象环生,全程皆由杨绛一人照料,可谓心力交瘁。1997年3月,他们唯一的女儿因病去世,杨绛强忍悲痛对钱锺书隐瞒实情。后得知女儿去世,钱锺书病情转重。于此背景下,《钱锺书集》出版在即,杨绛强打精神,以眷属的身份写下《钱锺书对〈钱锺书集〉的态度》作为代序,表明钱锺书的出版立场和态度,为读者呈现了至情至性的钱锺书。

钱锺书性情淡泊,专心著述,他不愿意扬名立万,也不提倡别人研究他的作品。他对待自己的作品十分严谨认真,"他不愿意出《全集》,认为自己的作品不值得全部收集。他也不愿意出《选集》,压根儿不愿意出《集》,因为他的作品各式各样,糅合不到一起"[1]。因此,钱锺书的作品向来只是单独出版,没有合成所谓意义上的"集"。这也是钱锺书出版文集的见解和立场,他有自己严格的准则。

但出版社的同志们从不同的角度,给钱锺书提出版建议,杨绛归纳为三点:(一)钱锺书的作品,由他点滴授权,在台湾地区已出了《作品集》。咱们大陆上倒不让出?(二)《谈艺录》《管锥

---

[1] 杨绛:《钱锺书对〈钱锺书集〉的态度》,人民文学出版社《杨绛全集》2014年版,第2卷,第313页。

编》出版后,他曾再三修改,大量增删。出版者为了印刷的方便,《谈艺录》再版时把《补遗》和《补订》附在卷末,《管锥编》的《增订》是另册出版的,读者阅读不便。出《集》重排,可把《补遗》《补订》和《增订》的段落,一一纳入原文,读者就可以一口气读个完整。(三)尽管自己不出《集》,难保旁人不侵权擅自出《集》。[1] 这几点意见倒也合情合理,钱锺书为此转变态度,同意出《钱锺书集》,这是杨绛开篇即交代钱锺书关于《钱锺书集》出版的初衷。其中有为读者阅读的便利着想的因素,也有效抑制乱七八糟营利性的《钱锺书集》出版,自己把握出版的主动权的现实需求,可谓利大于弊。

当下,钱锺书一直被学术界誉为"国学大师""文化昆仑"。回顾钱锺书少年成名,学识渊博,国学大师吴宓曾公开对清华学生说过:"自古人才难得,出类拔萃、卓尔不群的人才尤其不易得。当今文史方面的杰出人才,在老一辈中要推陈寅恪先生,在年轻一辈中要推钱锺书,他们都是人中之龙,其余如你我,不过尔尔!"[2] 年轻时钱锺书血气方刚,坦率耿直,被誉为"狂生"。他曾说:"一个人二十不狂没志气,三十犹狂是无识妄人。"[3] 他引用桐城先辈语:"弟子二十不狂没出息,三十犹狂没出息。"不少人以为他恃才傲物,甚至在孔茂庆所著《钱锺书传》中有这样几句话,据说年轻气盛的钱锺书在西南联大任教时,曾对外文系的三巨头做过评价:"西南联大的外文系根本不行,叶公超太懒,

---

[1] 杨绛:《钱锺书对〈钱锺书集〉的态度》,人民文学出版社《杨绛全集》2014年版,第2卷,第313页。
[2] 朱仲蔚:《学人说钱锺书》,《团结报》1988年10月8日。
[3] 杨绛:《我们仨》,人民文学出版社《杨绛全集》2014年版,第4卷,第222页。

吴宓太笨，陈福田太俗。"[1]但杨绛在《吴宓先生与钱锺书》中，断然否认了此类说法，并明确表示钱锺书对于恩师是非常尊重的。

无疑，作为钱锺书相濡以沫数十年的同路人，杨绛对丈夫最为了解，也最有发言权。她以为"钱锺书绝对不敢以大师自居。他从不侧身大师之列。他不开宗立派，不传授弟子。他绝不号召对他作品进行研究，也不喜旁人为他号召，严肃认真的研究是不用号召的"[2]。这跟钱锺书一以贯之的淡泊明志、宁静致远的性情相符。一般人最难抵制名利的诱惑，而钱锺书的淡泊名利以身体力行之，非一般知识分子能达到的纯粹境界。他生前曾明确表明态度："我不进现代文学馆。"杨绛亦"夫在前，妻在后"地紧随，这在现当代文坛并不多见。他最不愿看到别有用心者谬托知己，死后成为"苍蝇撒蛆的臭肉"，为此他生前深叹"浮名为累"。

《钱锺书集》共收录了钱锺书的作品有：《谈艺录》《管锥编》《宋诗选注》《七缀集》《围城》《人·兽·鬼》《写在人生边上》《人生边上的边上》《石语》《槐聚诗存》，计十种，三百余万字，可谓皇皇巨著。但杨绛进一步阐述了钱锺书对于自己的作品的态度，并非踌躇满志、心满意足。"《钱锺书集》不是他的一家言。《谈艺录》和《管锥编》是他的读书心得，供会心的读者阅读欣赏。《七缀集》文字比较明白易晓，也同样不是普及性读物。他酷爱诗。诗的意境是他深有领会的。所以他评价自己的《诗存》只是恰如其分。他对自己的长篇小说《围城》和短篇小说以及散文等创

---

[1] 孔庆茂：《钱锺书传》，江苏文艺出版社1992年版，第85页。
[2] 杨绛：《钱锺书对〈钱锺书集〉的态度》，人民文学出版社《杨绛全集》2014年版，第2卷，第313—314页。

作，都不大满意。'小时候干的营生'会使他'骇且笑'。"[1] 杨绛的阐释，可谓客观精准，恰如其分。她没有刻意地谦虚礼让，也没有过分地抬高钱锺书的地位和价值，只是据实评价，力图向读者展现钱锺书对集子的真实态度。由此可见，对于《钱锺书集》的出版，钱锺书是同意的，但是集子的作品并非"洽调一致"，只是出自同一作者之手而已，钱锺书有他的遗憾。无奈老病相催，他实在无力弥补缺憾。

代序的最后，杨绛引用了钱锺书六十年前说过的话：他志气不大，但愿竭毕生精力，做做学问。而六十年来，钱锺书闭门杜嚣，潜心学术，扎扎实实写下了大量作品，《钱锺书集》收集了他的主要作品。"因为懂得，所以慈悲"，杨绛发自心底希望他"毕生的虚心和努力，能得到尊重"，也希望人们能对知识分子的人格尊严和劳动价值给予基本的尊重。从而让读者感受到，杨绛作为钱锺书眷属及有良知的知识分子的殷殷期盼。

○ "为德不卒"的"小人"

"痴气旺盛"的钱锺书，在《我们仨》里曾上演了令人感动的一幕幕：当年杨绛生产住院归来，他炖了鸡汤，还剥了碧绿的嫩蚕豆瓣，煮在汤里，盛在碗里端给妻子吃。杨绛颇感动地说："钱家的人若知道他们的'大阿官'能这般伺候产妇，不知该多么惊

---

[1] 杨绛：《钱锺书对〈钱锺书集〉的态度》，人民文学出版社《杨绛全集》2014年版，第2卷，第314页。

奇。"[1]年逾六十岁"笨手拙脚"的钱锺书，生平第一次划火柴，只为了给自己和妻子生火做早饭。《钱锺书离开西南联大的实情》里，钱锺书为侍奉老父，"迫于严命"不得不辞掉清华的聘任，顺从父亲（钱基博，国学大师，著有《经学通志》《现代中国文学史》等，笔者注）的命令到兰田师范学院当英文系主任。他心中纵使有一万个不愿意，最后甚至背上"为德不卒""有始无终"的"小人"骂名，却只能苦着脸遵命。"凋疏亲故添情重，落寞声名免谤增"，钱锺书始终把家庭和亲人放在第一位。

探究《钱锺书离开西南联大的实情》里，钱锺书所谓"难言之隐""不堪为外人道"的"隐情"，说白了，只是父命难违，兼有家人一致沉默逼他顺从，但他始终不愿把责任推给家人。直至六十年后，当事人都已经离开人世，杨绛才把这一历史真相澄清，为钱锺书正名。

《钱锺书离开西南联大的实情》为《杨绛文集》（人民文学出版社2004年版）首次公开发表的文章之一，写于1999年。杨绛的写作意图，应该有二：一为还原历史真相。历史的面貌总是复杂多样的，并非人们简单的"想当然"，杨绛试图揭示其中隐藏的多方面的历史原因；二则为钱锺书正名，道明隐情，洗脱其"为德不卒""有始无终"的"小人"等无辜骂名。

首先，钱锺书1939年暑假回沪探亲，接到父亲来信，要他赴湖南兰田师范学院任英文系主任。既可陪侍父亲，又得系主任美差，岂不是完善得"四角俱全"？家人都一致认同他去湖南就任，

---

[1] 杨绛:《我们仨》，人民文学出版社《杨绛全集》2014年版，第4卷，第77页。

但杨绛和钱锺书有口难辩。"不论从道义或功利出发,锺书绝没有理由舍弃清华而到兰田师院去。"[1] 1938年钱锺书回国,即被母校清华大学破格聘为教授,成为当时最年轻的教授。他工作才一年,正希望不辜负母校师长的期望,好好干下去。且钱锺书再急切"向上爬",也不致愚蠢得不知清华大学和兰田师院的等差。但他从小到大,都不敢违逆父亲的意愿,因此在一家人的压力下,只能低头合作,舍清华而选择兰田师院,实属勉为其难。

其次,钱锺书父命难违,只好写信给当时西南联大外语系主任叶公超说明情况,但他并没有给校长梅贻琦递交辞职信,这是他的疏忽大意,同时也因为他内心深处还是希望下一年暑假能够重返清华,可谓存有最后一丝期望和私心了。无奈,叶公超一直没有给他答复,他料想清华的工作已经辞掉,便无可奈何地赴兰田师院就任。这一走便在路上耗费了三十多天,可谓路途多艰,也因此错过了最重要的复职信息。

杨绛在2003年出版的《我们仨》中,对这个事件有更深切的探究。她曾问过钱锺书是否得罪过叶公超,钱锺书表示自己对几位恩师十分敬重崇拜,但他这次"辞职别就",清华任职不满一年便跳槽到兰田做系主任,确实得罪了叶公超,"会使叶先生误以为锺书骄傲,不屑在他手下做事"[2]。因为曾有人向叶公超问及钱锺书,叶先生说"不记得有这么个人",后来又说"他是我一手教出来的学生",显然对钱锺书是有气的。两年后,西南联大外文系

---

[1] 杨绛:《钱锺书离开西南联大的实情》,人民文学出版社《杨绛全集》2014年版,第3卷,第96页。

[2] 杨绛:《我们仨》,人民文学出版社《杨绛全集》2014年版,第4卷,第88页。

主任陈福田迟迟不发聘书,及后来《吴宓日记》的出版,再次证实钱锺书重返清华希望破灭的深层原因。

再次,命运弄人。钱锺书心存侥幸,单给叶公超写信而没给梅贻琦校长写信,希望下一年能重返清华,但梅校长不知情下,仍连发两个电报催他回校,实在是"大度宽容"、真心爱才。但命运总是那么别扭,钱锺书偏偏没有收到第一封电报,第二封电报又迟到了一两天,由杨绛转到兰田师院,已经是一个多月后的事了。否则,他可以以清华尚未解聘、不能擅离职守为由,恳请父母体谅。但天不遂人愿,只能说造化弄人。

杨绛注重史料的价值。她特意抄录了报纸上别人发表的钱锺书致梅贻琦和沈履(梅贻琦秘书)的信,证实钱锺书确有难言之隐"不堪为外人道"。他自认是"为德不卒""有始无终"的"小人",实属自古忠孝两难全。他在致信沈履时,愧悔之情溢于言表——"老父多病,思子欲瘼,遂百计强不才来,以便明夏同归。当时便思上函梅公,而怯于启齿。至梅公赐电,实未收到,否则断无不复之理。向滇局一查可知也。千差万错,增我之罪。静焉思之,惭愤交集。急作书向梅公道罪。亦烦吾兄婉为说辞也……"[1] 致梅贻琦的信中也表达同样难以启齿的"隐情"——"生此来有难言之隐,老父多病,远游不能归,思子之心形于楮墨。遂毅然入湘,以便明年侍奉返沪。否则熊鱼取舍,有识共知,断无去滇之理。尚望原心谅迹是幸。"[2] 由此可见,钱锺书并非

---

[1] 杨绛:《钱锺书离开西南联大的实情》,人民文学出版社《杨绛全集》2014年版,第3卷,第98页。

[2] 杨绛:《钱锺书离开西南联大的实情》,人民文学出版社《杨绛全集》2014年版,第3卷,第98页。

外面所传言的急于"高升""为德不卒""有始无终",他的"毅然入湘"当然是他的主观选择,但"严父之命不可违"的孝心犹可鉴,命运的作弄也在其中起了关键的作用。

柏格森在《时间与自由意志》里说过,人在当时的处境中,像旋涡中的一片落叶或枯草,身不由己。古罗马哲学家克罗齐也说,愿意的人,命运领着走,不愿意的人,命运拖着走。面临命运的安排,大多数人只能各自领受属于自己的命运,钱锺书也只能领受命运的安排。杨绛据实讲述,不做主观臆测,只把史料和"隐情"一一摆出来,告知世人,钱锺书就是在这样的情形下离开西南联大的,个中的是非曲直由读者去评判。

○ "整缀董理"的书虫

《〈宋诗纪事〉补正》是钱锺书"利用他四十多年来业余小憩的时间断断续续做成的"(杨绛语),可谓锱铢积累的成果。杨绛所作的《〈宋诗纪事〉补正·前言》,为读者展示了一个"好学深思"、锱铢积累学问的钱锺书。

钱锺书敏而好学,少年成名。当年考清华大学,数学只有15分,但由于国文和英文成绩特优,被清华破例录取。他入清华后的志愿是"横扫清华图书馆"。钱锺书异乎常人的用功及过人的悟性,使他在清华大学名声大震。清华大学的众多名教授,如叶公超、吴宓、冯友兰等皆对他称赞有加,吴宓更称钱锺书为"人中之龙"。清华大学的教授,也是钱锺书老乡的钱穆回忆道:"及余去清华大学任教,锺书亦在清华外文系任学生,而兼通中西文学,博及群书，宋以后集部殆无不过目。"[1]

钱锺书后来回忆自己的学习生涯，提及："及入大学，专习西方语文。妄企亲炙古人，不由师授。择总别集有名家笺释者讨索之，以注对质本文，若听讼之两造然，时复检阅所引书，验其是非；欲从而体察属词比事之惨淡经营，资吾操觚自运之助。渐悟宗派判分，体裁别异，甚且言语悬殊，对疆阻绝，而诗眼文心，往往莫逆冥契。"[2] 不论是中西诗词的研究，还是其他学科的钻研，他皆是这般掌握第一手材料，不囿于前人成果和所谓的权威，且进行多方比照考证，得出自己的真知灼见，此为钱锺书的治学之道。清华读书期间，他曾在《新月》上发表批评文章，指出周作人新著的《中国新文学的源流》存在概念混乱和事实错误。他条分缕析、见解独到，文笔和语气都非常老练。

在家学渊源的熏陶和父亲的严格训练下，钱锺书诗文的造诣颇深。他入读清华时就诗兴浓郁，开始写作和发表诗作。父亲见"孺子可教"，便携其拜望晚清大诗人陈衍老先生，请陈先生指点他。陈衍在清末民初的诗坛地位颇高，他在诗歌和评论方面都有较大的影响。陈衍的诗歌主要受宋诗影响，他指导钱锺书也是着重于宋诗。追寻钱锺书诗歌的影响轨迹，他"起初受陈衍的影响不小，即使在后来陶冶百家，自铸伟词的独特风格中，宋诗的影响也占有不小的比重"[3]。杨绛在《〈宋诗纪事〉补正·前言》提到，二十世纪四十年代末，钱锺书得了王云五主编的"万有文库"厉鹗《宋诗纪事》一集共十四册。"他半卧在躺椅上休息，就

---

[1] 钱穆：《师友杂忆》，岳麓书社1986年版，第111页。
[2] 钱锺书：《谈艺录》（补订本），中华书局1984年版，第346页。
[3] 孔庆茂：《钱锺书传》，江苏文艺出版社1992年版，第41页。

四、如影随形的生命追光

边看边批，多半凭记忆，有时也查书。他读完并批完全书，用毛笔淡墨，在第一册扉页上写了如下几行：'采撷虽广，讹脱亦多。归安陆氏补遗，买菜求益，更不精审，披寻所及，随笔是正之，整缀董理，以俟异日。槐聚识于蒲园之且住楼。（我家曾于一九四九年早春寄居蒲园某宅之三楼，锺书称为且住楼。）'"[1] 后来由于工作繁忙，这项工作就搁置下来。编《宋诗选注》时期，他又重新补正多处。

钱锺书在他的诗歌论著中，对宋诗的选本颇多微词。他认为"宋人别集里的情形比唐人别集里的来得混乱，张冠李戴、挂此漏彼的事几乎是家常便饭"。他比较推崇的两个选本是吴之振等的《宋诗钞》和厉鹗的《宋诗纪事》。这两本书"规模很大，用处也不小"[2]。钱锺书尤为推崇《宋诗纪事》，承认它是部"渊博伟大的著作"，但"有些书籍它没有采用到，有些书籍它采用得没有彻底，有些书籍它说采用了而其实只是不可靠的转引"[3]。钱锺书以为，《宋诗纪事》的谬误主要有二：开错了书名，删改原诗。因此，他在题词里说其"采撷虽广，讹脱亦多"。而陆心源的《〈宋诗纪事〉补遗》，钱锺书认为"是部错误百出的书"，所补漏的百余家有滥竽充数者不在少数，错误者皆属于"作者自夸"。故此，钱锺书才有"归安陆氏补遗，买菜求益，更不精审"之说。

钱锺书四十年间断断续续采取"披寻所及，随笔是正之，整

---

[1] 杨绛：《〈宋诗纪事〉补正·序》，人民文学出版社《杨绛全集》2014年版，第2卷，第319页。
[2] 钱锺书：《宋诗选注·序》，生活·读书·新知三联书店2002年版，第22页。
[3] 钱锺书：《宋诗选注·序》，生活·读书·新知三联书店2002年版，第22页。

缀董理,以俟异日"的补正方法,"书上有或粗或细的钢笔字,又有毛笔字、圆珠笔字、铅笔字等等,说明这些批补是叠次添上的"[1]。可见做学问毫无捷径可走,只有扎扎实实地一点点补正。这"坐冷板凳"的工作,需要有较大的兴趣和毅力,还需要作者有渊博的学识和扎实的考证功底。后来钱锺书年老多病,没有精力亲自"整缀董理",便借助助手、社科院研究员栾贵明之力,由其找到"补正"所据的原书,一一核对,然后把补正誊录在稿纸上。钱锺书发现错误,便要求其重新核对抄正。钱锺书对《〈宋诗纪事〉补正》第一稿进行了彻底的审阅和校对,但他并不满足于此,在随后的第二稿中"又一再添补",篇幅增加了不少,他又从头到尾校阅了一遍,态度极为严谨认真。

老一辈学人往往囿于传统的纸笔治学的方式,对于新式的研究方法较难认同和接受。但钱锺书却是个思想开放、敢于创新的老学者。"八十年代后期,锺书见到电子计算机对文献工作的功用,嘱栾君用计算机再核查某书、某书。但计算机只能罗列事物,不能判别真伪、选择精要。锺书嘱栾君把计算机所提供的资料,连同原书一并搬来,对照研究,指点如何判断、选择。"[2] 如此又拓展为更加详尽扎实的《〈宋诗纪事〉补正》的第三稿。钱锺书校阅了前六十九卷,限于精力体力,就嘱栾贵明仔细核对校正后出版。

杨绛的《〈宋诗纪事〉补正·前言》,重现了钱锺书"好学深

---

[1] 杨绛:《〈宋诗纪事〉补正·序》,人民文学出版社《杨绛全集》2014年版,第2卷,第319页。
[2] 杨绛:《〈宋诗纪事〉补正·序》,人民文学出版社《杨绛全集》2014年版,第2卷,第320页。

思"、锱铢积累的治学精神,他不吝时日和精力,几十年如一日地深入研究,并乐在其中,这是治学的纯粹境界。文中不着一字赞扬,却处处表现了杨绛对钱锺书严谨治学的认同。

○ "不喜名利"的学人

钱锺书一生"不喜名利",甘于平淡。他临终之际交代杨绛:"遗体只要两三个亲友送送,不举行任何仪式,恳辞花篮花圈,不留骨灰。"告别世界之际,他始终如一地坚持淡泊名利的姿态。

1996年,无锡市要建立钱锺书纪念馆,钱锺书在病中特意嘱咐杨绛要致信有关部门"表示不同意建馆",因为"没有必要"。当时钱锺书尚未去世,无锡市政府迫于国家严控为活人建纪念馆的压力,计划因此暂时搁浅。

2002年,搁浅的无锡市钱锺书无锡故居的修复计划重新启动,计划依托故居建立"钱锺书文学馆""钱锺书生平事迹展"等。而这一切,都没有经过钱锺书本人或家属同意便私自进行。为此,九旬高龄的杨绛执笔写作了《为无锡修复钱锺书故居事,向领导陈情》(下简称《陈情》),严正地表明了钱锺书和自己的态度。

《陈情》中,杨绛复述了无锡市政府有关负责人修复故居的理由:"对外开放,教育众人。"他们嘱杨绛"予以关心和帮助,为文学馆资料的征集提供方便",且提到"建文学馆等等是为了宣扬钱锺书为人之道和治学精神"。杨绛惊愕之余,与原负责人取得联系,并复印了"我和钱锺书辞谢建馆的信和某些名流联名呼吁建馆的信"。呼吁建馆的信上说,钱锺书是"无形的资产",可资"实用","为旅游业创汇"。原来如此!如此目的,不啻把钱锺书当作"创汇"的旅游资产,而并非尊重和宣扬文化的价值本身。一而再地违逆钱锺书生前的意愿建立纪念馆,既是对钱锺书本人极大的不尊重,也是触犯有关法律的侵权行为。

钱锺书生前深叹"浮名为累",担心成为"苍蝇"在上面"撒蛆的烂肉"。无奈他最担心的事情,在其身后不幸被言中。这是让人非常痛心的事。杨绛说:"钱锺书连自己的骨灰都不愿保留,何况并不属于他的钱氏故居!他愿意保留的,只是他奉献于后人的几部著作。他的著作,除了个别例外,不具普遍性;能保留也只是冷门。他不求外加的力量为他推广或保存。他的生平很平常,一份履历就足以包括一生,没什么值得展览的。"[1]钱锺书一生淡泊明志,始终保持了纯净的治学之道,他在致老友郑朝宗的信中说:"大抵学问是荒江野老屋中二三素心人商量培养之事,朝市之显学必成俗学。"杨绛对钱锺书的了解无人能及,她略显平实而谦逊的话语,包含了钱锺书一生的追求和为人姿态,她希望世人能理解和尊重。

但对于纷扰喧嚣的物质社会,这并非容易理解和接受的事。钱锺书"不喜名利",不了解的人往往认为他太"迂",书生气太重。譬如改革开放后,钱锺书作为中国代表团的成员走出国门,他渊博的学识和机警幽默的谈吐让他大放异彩,不少国家的学者和各著名大学纷纷邀请他去讲学,母校牛津大学也高薪邀请他,但他都一一拒绝。1979年他访问了美国、法国等,海外媒体对此进行大肆渲染。但在他给好友黄裳的信中颇不以为然:"弟无学可

---

[1] 杨绛:《为无锡修复钱锺书故居事,向领导陈情》,人民文学出版社《杨绛全集》2014年版,第3卷,第275页。

讲，可讲非学。彼邦上庠坚邀，亦皆婉拒。报章渲染，当以疑古之道疑今。……又君美才，通函以少作相询，弟老无所成，壮已多悔。于贾宝玉所谓'小时干的营生'，讳莫如深。"[1]可见钱锺书的淡泊名利是实实在在的处世之道，他对于自己以前的作品也"讳莫如深"，不提倡别人研究，自己也从不提及。

钱锺书不仅自己不喜名利，对于先父的名誉亦如此。华中师大为其父钱基博做百年诞辰纪念，他声明不参与。他以为"三不朽自有德、言、功业在，初不待于招邀不三不四之闲人，谈讲不痛不痒之废话，花费不明不白之冤钱也"[2]。此外，他还谢绝了一家出版社为其父出集子的提议，这都充分说明他对名利淡然处之的态度。

钱锺书的一生，始终恪守"言行如一，不喜名利"的原则。文末，杨绛进一步表明钱锺书对于无锡市政府建立钱氏故居和文学纪念馆，都是坚决反对的。她情理兼具，充分摆明理由："假如无锡市领导要把钱锺书作为'无形资产'，作为招徕旅游的招牌，那是对钱锺书'淡泊名利'的莫大讽刺。假如无锡市领导是出于爱重而要为他建馆纪念，那就首先应当尊重钱锺书，尊重他的意愿。用他坚决反对的方式来纪念他不合适的。"[3]这样一个合情合理的请求，无疑是九旬高龄的老人最无奈而痛心的请求。她留下来独自"打扫战场"，不仅仅坚守着钱锺书留下来的著作和精神遗产，她还希望用尽生命最后一点孱弱的微光，继续烛照人们逐

---

[1] 黄裳：《榆下说书》，安徽教育出版社2006年版，第233页。
[2] 孔庆茂：《钱锺书传》，江苏文艺出版社1992年版，第238页。
[3] 杨绛：《为无锡修复钱锺书故居事，向领导陈情》，人民文学出版社《杨绛全集》2014年版，第3卷，第276页。

渐遗忘的社会良心和道德准则。

即便杨绛一再明确地"陈情"钱锺书和自己的意愿,还是阻挡不了当地官方的行动信念。钱锺书故居和文学馆如期修建,并且被冠以"无锡市爱国主义教育基地""假日新视野活动点"等名号,为当地增创旅游外汇和名气。无怪乎杨绛曾说:"智慧和信念所点燃的一点光明,敌得过愚昧、褊狭所孕育的黑暗?对人类的爱,敌得过人间的仇恨吗?向往真理、正义的理想,敌得过争夺名位权利的现实吗?"[1] 在这个物欲横流的社会,正义的力量真的敌不过争夺名利的现实吗?现实再一次让这位智慧老人失望,也让许多为善的人们愤慨。物质文明高度发展的当今社会,淡泊名利也挡不住利欲熏心的侵害。

○ "誉妻成癖"的丈夫

自从20世纪80年代,钱锺书的《围城》由人民文学出版社重印以来,其在广大知识青年中引起了巨大的反响。1990年,由黄蜀芹导演、陈道明等主演的同名电视剧热播,在国内外引发了追捧钱锺书的热潮并延续至今,"钱学"的研究经久不衰。

生前,钱锺书对自己的作品要求甚高,很少有满意的作品。在1980年人民文学版《围城》"重印前记"中他曾提到,"我写完《围城》,就对它很不满意"。他还提到待完成的长篇《百合心》,已写成约两万字,可惜1949年从上海迁居北京时丢失了手稿,以

---

[1] 杨绛:《傅译传记五种·代序》,人民文学出版社《杨绛全集》2014年版,第2卷,第306页。

致兴致大减没能最终完成。钱说,"假如《百合心》写得成,它会比《围城》好一点"。而杨绛与钱锺书在人生态度方面同出一辙,2004年《杨绛文集》出版,出版社准备大张旗鼓宣传。杨绛风趣地打比方,"稿子交出去,卖书就不是我该管的事了。我只是一滴清水,不是肥皂水,不能吹泡泡"。钱杨夫妇只希望少一些困扰,可以安心潜居书斋,专心著述。

钱锺书整天闭门治学,自得其乐。他虽然足不出户,但订阅了许多中西报刊,故消息非常灵通。当时,"国内外报刊上每天几乎都有关于他的近似'神话'般的逸闻、传说,更让人啼笑皆非的是还有诸如'三个老婆'说之类荒唐故事的剪报寄来"[1]。此外,学术或政治会议邀请,研究者、仰慕者的求见,研究性文章的评审等,外界的打扰纷至沓来,钱锺书不胜其烦。一次杨绛听见他在电话里对一位求见的英国女士说:"假如你吃了个鸡蛋觉得不错,何必认识那下蛋的母鸡呢?"钱锺书采用或温婉或干脆拒绝的态度对待仰慕者,从而也引发外界对他愈加好奇和关注。

此外,钱锺书一生极少接受媒体或个人的采访,也没有留下任何自传,他认为自传不真实,因此他谈论自己的文字也极少,而学术界研究钱锺书的传记史料也极为稀缺。钱锺书不愿做动物园里的稀奇怪兽,杨绛只好帮钱锺书做"守门人"。很多时候都是她出面来挡客,以免他人干扰钱锺书的读书写作。杨绛曾对记者说:"不见记者倒不是对媒体有偏见,主要是怕他们写我们,破坏我们的安静。""我其实很羡慕做一个记者,假如我做记者我就做一个像《焦点访谈》那样的跟踪记者,或者战地记者,有一定危

---

[1] 孔庆茂:《钱锺书传》,江苏文艺出版社1992年版,第234页。

险性和挑战性。但是，我不愿做追逐名人的记者，访什么名人呀！"

"世事洞明皆学问，人情练达即文章"，杨绛十分体谅大家对钱锺书的敬仰之情。因此，20世纪80年代初，她应胡乔木之邀，写下《记钱锺书与〈围城〉》，记载了钱锺书早年的事迹，几乎可当作钱锺书的自传材料。钱锺书还特别在此文稿背面写了一则《附识》——

这篇文章的内容，不但是实情，而且都是"秘闻"。要不是作者一点一滴地向我询问，而且勤奋地写下来，有些事迹我自己也快忘记了。文笔之佳，不待言也！

钱锺书识
一九八二年七月四日[1]

当时杨绛看了，并未领会钱锺书的深意，以为是赞许自己的话，"单给我一个人看的"，于是她小心地珍藏起来。十五年后，她又看回钱锺书这则"附识"，才恍然明白钱锺书这句话"是写给别人看的"，当年确实是"'谦虚'得糊涂了"。当年，钱锺书用心良苦，他担心杨绛"以妻写夫，有吹捧之嫌"，为避免不必要的非难，故写下这则《附识》。且文坛盛传钱锺书"誉妻成癖"，把妻子誉为"妻子、情人、朋友"的完美结合。因此，杨绛糊涂得也正好，因为"如果当年和本文一起刊出，读者岂不笑钱锺书捧老

---

[1] 杨绛：《收藏了十五年的附识》，人民文学出版社《杨绛全集》2014年版，第2卷，第195页。

四、如影随形的生命追光

伴儿！读者如今看到，会明白这不是称赞我"[1]。

十五年后，钱锺书已离开了这个世界，杨绛才发现附识背后蕴藏的深意。历经时间的沉淀，世事沉浮，我们回看这则《附识》，也有了新的理解和感悟。这既是钱锺书对杨绛如实作传态度的嘉许，同时显示了钱锺书目光高远、洞察力强，他并非躲在"象牙塔"里不晓人情世故的书呆子。他以自己独特的方式保护妻子，对杨绛今后可能遭遇的"有吹捧之嫌"的非议予以最有力的反击！这既反映了学者严谨据实的治学态度，也足见他对妻子的深情厚谊，"誉妻成癖"又如何！

杨绛无心为丈夫立传，更不愿成为丈夫所讽刺那种"魔鬼"传记的作者，她也担心"以妻写夫，有吹捧之嫌"。但她担心丈夫的直率和"不谙世事"冲撞了人，自然充当起钱锺书的"代言人"，而她无疑是最有资格的"代言人"和"执笔者"。钱锺书曾表示"为别人做传记也是自我表现的一种；不妨加入自己的主见，借别人为题目来发挥自己"[2]。而杨绛笔下为读者呈现的钱锺书，可汇集成一部小型的钱锺书"传记"，且是钱锺书唯一认可的写自己的纪实文字。她采用回忆往事的手法，不抬高也不贬损，只据实纪事向读者展示了钱锺书的"秘闻"和其中鲜为人知的实情，钱锺书读后也承认没有失真。这也是钱锺书特意为杨绛向读者证明，杨绛所写皆是实情，并非魔鬼所指的"别传亦自传"，无疑是对杨绛最高的褒扬。客观上，为中国学术界留下钱锺书研究宝贵的第一手史料。

---

[1] 杨绛：《收藏了十五年的附识》，人民文学出版社《杨绛全集》2014年版，第2卷，第194页。
[2] 钱锺书：《写在人生边上》，辽宁人民出版社2000年版，第3页。

"钱锺书如英气流动之雄剑,常常出匣自鸣,语惊天下;杨绛则如青光含藏之雌剑,大智若愚,不显锋刃。"[1] 钱锺书和杨绛被誉为20世纪中国文坛上的两把名剑,两人可谓琴瑟友和,共铸伟辞,其生命如影随形互为知己。

综观杨绛绵长的生命历程,她没有受到人生的"围城"之困。同时,她还扮演了钱锺书"守门人""发言人"等角色。杨绛的文章向我们展示了钱锺书不为人知的诸多方面,不论是"痴气旺盛",还是"为德不卒";不论是"志气不大",还是"好学深思";不论是"不喜名利",还是"誉妻成癖",都是钱锺书鲜为人知的生命"秘闻"。杨绛深谙钱锺书生命内在发展的韵律和流程,对丈夫生命内力的积累、成熟的过程进行深微的展示,字里行间包含着对丈夫的深情与挚爱。钱锺书的堂弟钱锺鲁说杨绛"像一个帐篷,把大哥和钱瑗都罩在里面,外在的风雨都由她抵挡。她总是想包住这个家庭,不让大哥他们吃一点苦"。为此,钱锺书由衷地称赞杨绛为"妻子、情人、朋友"的合体。

---

[1] 范培松 张颖:《钱锺书杨绛散文比较论》,《文学评论》2010年第9期,第189页。

五、似癯实腴的生命理念

杨绛是生命的"烤火者",她早年曾译英国诗人蓝德的诗:"我和谁都不争/和谁争我都不屑/我爱大自然/其次就是艺术/我双手烤着/生命之火取暖/火萎了/我也准备走了。"在大自然和艺术的滋养中,杨绛一百零五年的生命历程,始终蓬蓬勃勃地散发着热力和光芒。她八十年如一日潜心文艺创作,供给后人以取之不尽的艺术素养和精神财富。

刘勰以为"情性所烁,陶染所凝",艺术精神既"肇自血气",又"功以学成",是艺术家先天陶养和后天修炼相融合的产物。杨绛生于辛亥革命前百日,亲历了百年风云变幻,拥有渊博的学识和丰厚的艺术根底。费尔巴哈说,文化的最后成果是人格。而杨绛的人格和艺术品格,处处显示着质朴与绚烂的二重节奏,似癯实腴,质而实绮,彰显其独特的艺术精神和生命理念。

○崇尚古典的清明理性

杨绛在百岁感言中,提及自己中西文化互融的创作风格,"我生性不喜趋时、追风,所写大都是心有所感的率性制作。我也从未刻意回避大家所熟悉的'现代气息'……我崇尚古典的清明理性，上承传统，旁汲西洋"。由此可见，杨绛的创作，既饱汲古典文化滋养，又沐浴西方现代文明雨露，她两脚踏中西文化，形成了东西方文化杂糅调和的特性。

　　杨绛的中西文化交融的思想，首先来自她的父亲杨荫杭。这位学贯中西、精通法律的自由主义民主斗士，开启了杨绛最初的中西文化视野。父亲民主开明、海纳百川的广博胸怀，使杨绛深刻领悟中西文化的博大与灿烂。其次，杨绛在中小学教育阶段，深受中西文化影响。杨绛就读过当时上海两所著名的学校——启明女校和振华女校，全面拓展了中西文化融合的视野。"全校有两间自修室。小的一间叫'中文课堂'，大的一间很大很大，也很亮，在长廊正中，叫'英文课堂'。学英文的，不管英文、法文，都在英文课堂自修。每个人的台板和座位都是固定的，几年也不变。我们的书和纸、墨、笔、砚以及手工课上的针线活儿，都收藏在台板里。这个座位连台板，相当于宿舍里的床和小衣柜。楼上宿舍的床位，楼下自修室的座位，饭堂里吃饭桌上的座位，都是固定不变，所以我们放假后回校，就好像回到自己家里一样。"[1] 启明和振华女校都拥有相对完善的管理制度，良好的教学环境，为杨绛的求知和成长提供了平台。而杨绛在中西融合的氛围中，受到独立、平等、兼容并包等精神的滋养，这段宝贵的人生经历在其今后的人生和文艺道路上占据重要地位，而她众多散文篇章对此皆有体现。

---

[1] 杨绛：《我在启明上学》，人民文学出版社《杨绛全集》2014年版，第3卷，第13页。

五、似虚实腴的生命理念

1935年，杨绛与钱锺书完婚后，同赴英国牛津大学留学。其间，他们游历了牛津和伦敦等地的名胜古迹，感受着古老传统与现代文明融合的神秘气息，而西方文化于杨绛有较大的吸引力。期间，杨绛作为旁听生，不受课业所累，阅读了大量西方的文化经典。其中英国文学读得最多，她喜欢简·奥斯丁的笔调轻快，也喜欢乔治·艾略特的心理刻画和社会解剖，而弥尔顿是她喜欢的诗人，特别是他的《欢乐颂》和《沉思颂》，显示了人文主义者的立场和观点。杨绛有感于诗人对人生积极的态度和深沉的爱恋，对人情世态透彻的思考，她于1936年写下一篇意境优美、哲理丰富的散文《阴》，发表于朱光潜主编的《文学杂志》创刊号，这篇文章寄托了她对人生和大自然的爱恋和独特感受——

一棵浓密的树，站在太阳里，像一个深沉的人：面上耀着光，像一脸的高兴，风一吹，叶子一浮动，真像个轻快的笑脸；可是叶子下面，一层暗一层，绿沉沉地郁成了宁静，像在沉思，带些忧郁，带些恬适。松柏的阴最深最密，不过没有梧桐树胡桃树的阴广大。疏疏的杨柳，筛下个疏疏的影子，阴很浅。几茎小草，映着太阳，草上的光和漏下地的光闪耀着，地下是错杂的影子，光和影之间那一点绿意，是似有若无的阴。[1]

杨绛观察细致入微，赋予大自然以人的情感和思想。自然界的一切物体，石头、山、烟、浓云、屋舍、大地等，都有阴影。她

---

[1] 杨绛：《阴》，人民文学出版社《杨绛全集》2014年版，第3卷，第232页。

精巧地塑造了"阴"灵动的艺术形象，借以揭示"阴"所蕴含的古老的阴阳辩证法："一阴一阳谓之道。"（《易经》）自然万物阴阳相生相依，相反相成，这是宇宙运转不息的永恒之道。所谓"天地有官，阴阳有藏，慎守汝身，物将自壮。"（《庄子·在宥》）而杨绛以敏锐的目光，深邃的思索，丰富的感受力，启发读者对唯物主义宇宙观和世态人性进行思考，将中西文化的朴素哲理蕴藏其中。

此外，《风》《流浪儿》《喝茶》《窗帘》《听话的艺术》等散文，均发表于20世纪40年代，不同程度地体现了杨绛对中西文化的思考。如《喝茶》中，她反复论证了西方和东方对于茶的不同态度和见解，英国人"把茶当药，治伤风，清肠胃。""一六六〇年的茶叶广告上说：'这刺激品，能驱疲倦，除恶梦，使肢体轻健，精神饱满。尤能克制睡眠，好学者可以彻夜攻读不倦。身体肥胖或食肉过多者，饮茶尤宜。'""法国人不爱喝茶。巴尔扎克喝茶，一定要加白兰地。《清异录》载符昭远不喜茶，说'此物面目严冷，了无和美之态，可谓冷面草'。茶中加酒，使有'和美之态'吧?"[1]杨绛旁征博引、深入浅出，比照各国茶文化的特征及其反映的文化心理，让读者大开眼界。而杨绛曾旅居英国，虽然文中她不推崇牛奶加红茶，但在《我们仨》中曾述，一早起来一壶牛奶红茶，已经成为她和钱锺书的习惯。由此可见，杨绛对于中西方文化，不管是饮食习惯，还是思维方式，都有深入的了解和奇特的融合能力。

而多年前杨绛对《围城》的题解，更让人击掌惊叹——"围

---

〔1〕 杨绛：《喝茶》，人民文学出版社《杨绛全集》2014年版，第3卷，第238—239页。

在城里的想逃出来，城外的人想冲进去。对婚姻也罢，对职业也罢，人生愿望大都如此。"不得不说这是杨绛对中西文化和现实人生进行透彻领悟后，做出的颇具深意的哲理思考。这异曲同工于弘一法师"咸有咸的好，淡有淡的好"的禅悟。

杨绛从容地站在中西文化的交接点上，以初生婴儿般新奇的眼光看待世界，并屡有独特的见解和奇思妙想。她似乎兼具了对有情人间的博爱情怀和东方传统的精深修为，以过人的智慧照瞩宇宙间的复杂关系，以深挚的同情了解人生内部的矛盾冲突，从而使我们的人生罩上一层柔和的金光。

○蓝田日暖玉生烟

"杨绛的大多数作品都是在古稀之年后才创作的，这已经是许多作家开始停笔的年纪，漫长的人生岁月，风风雨雨的经历，和深厚的艺术积累，形成了她成熟的文学风格，平淡、平静、平和的文字，有着精妙而均衡的表现力，不管是抒情的，或是议论、批判性的文章，都是含义深隐，意在言外，让人通过她的作品明白了淡泊和含蓄之美。"[1] 杨绛的生命品格和作品风格皆"清湛似水，不动如山"，以谦和温婉笑对浮世，以坚韧不屈对抗侵害，展现出遗世独立的质朴与绚烂的品性。

杨绛拥有质朴缄默的智慧，擅长洞彻世态人情，常以坚韧豁达的态度捻花笑对人生。她待人谦恭有礼，说话轻声细语，温婉典雅的气质给大家留下深刻印象。她向来隐忍淡泊、与世无争。

---

[1] 魏秋婷：《论杨绛创作的温柔敦厚风格》，南京大学，2018。

2013年，北京某拍卖行宣布将举办"钱锺书的书信手稿专场"拍卖会。书信中涉及不少对历史和学人的批判，钱锺书强调有"不能公开说的话"，故作为丈夫和女儿去世后，留下来"打扫战场"的杨绛，一改平素温婉低调的姿态，两次发表紧急公开声明：

> 我不明白，完全是朋友之间的私人书信，本是最为私密的个人交往，怎么可以公开拍卖？个人隐私、人与人之间的信赖、多年的感情，都可以成为商品去交易吗？年逾百岁的我，思想上完全无法接受。[1]

杨绛果断地采取法律手段"叫停"了拍卖，让我们感觉到她温婉而坚韧的强大内心，人们也受到百岁老人良心上的拷问和捶打。

而杨绛笔下有许多苦弱者的形象——林奶奶、老王、秀秀、顺姐等，更是饱含着她温婉的人间至爱者的关怀。《老王》已入选中小学教科书，成为现代散文名篇。连香港的小孩都知道"老王"可怜，杨绛奶奶"在家听到打门，开门看见老王直僵僵地镶嵌在门框"。老王是旧社会悲苦的劳动人民，他敬重杨绛和钱锺书的为人，临死前还提着香油和鸡蛋来表示感谢。杨绛良久心上不安，"几年过去了，我渐渐明白：那是一个幸运的人对一个不幸者的愧怍"[2]。而《林奶奶》中，同样是旧社会的穷苦百姓，林奶奶辛

---

[1] 王贺健　张雷：《书信遭拍卖　杨绛很受伤》，《法制晚报》2013年5月27日。

[2] 杨绛：《老王》，人民文学出版社《杨绛全集》2014年版，第2卷，第180页。

苦一辈子,为儿女盖房花光所有的积蓄,结果遭孩子嫌弃孤独终老。杨绛清笔绘世相,落笔见神采,三笔两画,神韵毕现。她以淡雅、睿智的风格,满蕴对下层劳动人民的真挚友好,她说:"我对他们不是悲悯,只是友好,很平等的友好,一点点不高高在上。"[1]杨绛以温婉质朴的姿态,无论做人还是作文,皆是真诚无伪、朴实无华,给人以善良的力量。因此,杨绛的散文,总能给人文字之外的智慧和启示,其潜沉的定力,为任何尘世浮华都无法动摇。

而杨绛的温婉与坚韧,诸多散文篇章皆有表述。如《难忘的一天》叙述了1945年抗日战争期间,因得知父亲生病,杨绛与弟妹三人搭长途汽车回老家苏州。一路上人挤人,过险桥,还得提防着敌机轰炸,快到达时却断了路,只得随车原路飞奔回上海。回家时得知父亲死讯,她内心极大悲痛,却只用简单的一句结尾进行表露——"悲恸中结束这紧张的一天,也是最无可奈何的一天。"杨绛绵长的生命长河里,一次次送别至亲的人,最后也只剩下她一个,"家在哪里,我不知道。我还在寻觅归途"。但她依然坚忍而悲悯地生活,借纸笔悟死生,继续打捞生命的意义和永恒的价值。

此外,杨绛的小说《洗澡》《倒影集》,"喜剧二种"等都是"哀而不伤,怨而不怒"的好文字,描绘世态人情皆温婉、贴切、有韧性。钱锺书和钱瑗相继去世后,年近九旬的杨绛殚精竭虑地整理钱锺书天书般的笔记七万余页,并做全面细致的编排,出版

---

[1] 吴学昭:《听杨绛谈往事》,生活·读书·新知三联书店2008年版,第347页。

了厚重的《钱锺书手稿集》,贡献卓越。九十二岁她完成可媲美《追忆似水年华》的温馨文字——《我们仨》;九十六岁高龄出版了人生哲思录《走到人生边上》;九十八岁完成口述传记《听杨绛谈往事》,而后仍有散文作品见诸报刊。她质朴而绚烂的叙述中,闪烁着动人的艺术辉光。

"蓝田日暖玉生烟",有论者称:"杨绛的文字,如一方玉。外表朴素,不炫示,叫人望去油然生宁静心情;她还能准确,节制,不枝不蔓,叫人体会一种清洁之美;玉当然又绝不冷硬,她显出温和,淡淡却持久地散发;还有润泽,透露着内在丰富的生命律动。"[1]

杨绛犹如西方谚语里所说的"戴着丝绸手套的铁手",长期的摸索和创作"使自己与对象完全融合在一起,根据他的心情和想象的内在生命去造成艺术的体现"(黑格尔语)。因此,她美玉般质朴而绚烂的艺术精神和生命理念,带给这个喧嚣浮躁时代温润的慰藉。

○互换题词之呼应

2013年7月17日,是杨绛一百零二周岁寿辰,她一如既往谢绝媒体和亲友的采访。当日的《文汇报》发表了她一则有关"锺书习字"的短文,作为庆贺她寿辰的独特礼物。据悉,2011年年初开始,杨绛再次练习小楷字,抄录钱锺书的《槐聚诗存》,一天

---

[1] 杨建民:《宁静、平和、智慧、清洁——杨绛之美》,《人民日报》(海外版)2003年1月10日。

写几行。2012年6月由人民文学出版社以宣纸线装本出版。杨绛应出版社之邀，为再版加写"前言"，即这则"锺书习字"的短文——

  钱锺书每日习字一纸，不问何人、何体，皆模仿神速。我曾请教锺书如何执笔？锺书细思一过，曰："尔不问，我尚能写字，经尔此教，我并趋写字不能矣。"我笑谓锺书如笑话中之百脚。有人问，尔有百脚，爬行时，先用右脚抑先用左脚？百脚对曰，尔不问，我行动自如。经尔此问，我并爬行亦不能矣。
  锺书曾责我曰："尔聪明灵活，何习字乃若此之笨滞？"予曰："字如其人，我固笨实之徒也。我学'兰亭'，而作字皆圆，学褚遂良而字皆方，我固笨滞之徒也。常言曰：'十个指头有短长'，习字乃我短中之短，我亦无可奈何也。"
  我抄《槐聚诗存》，笔笔呆滞但求划平竖直而已。设锺书早知执笔之法，而有我之寿，其自写之诗存可成名贵法帖，我不禁自叹而重为锺书惜也。

二〇一三年七月四日

  在杨绛的心中，钱锺书一直没有离开，"我们仨"永远在一起。丈夫和女儿去世后，她整理出版厚重的《〈钱锺书〉手稿集》，完成《我们仨》《走到人生边上》的写作，通过抄诗与钱锺书的思想诗情亲近，这些都是杨绛独特的缅怀亲人的方式。杨绛手抄的《槐聚诗存》影印出版，字迹娟秀，生动漂亮，很难想象出自百岁老人之手。其字迹一如杨绛惯有的人生姿态，透露着认真平实的气息，不追求技巧和华丽修饰。

多年前,杨绛甘当小学生,每天认真习字,并请钱锺书批改。钱锺书非常严格地授业,杨绛亦以获得钱锺书的肯定为荣。钱杨夫妇琴瑟和谐,文学见解方面也互为知音。他们曾互题书名,以知识分子特有的方式,共同营造简朴而高雅的生活,并以挚爱赤诚之心支持着彼此的事业。钱锺书的《管锥编》的书名题字出自杨绛之手,写得很大气。杨绛的《堂吉诃德》,封面书名由钱锺书题字,飘逸俊秀。杨绛当年曾笑称,自己的字羞于见人,钱锺书与她互换题词吃亏,可见其严格自律和认真的态度。亲人已驾鹤西去,杨绛却数十年如一日保持着练字的习惯,认真自律一如当年,"笔笔呆滞但求划平竖直而已"并非自谦,而是她"活到老,学到老"的真实写照。

曾经有位高中生十分崇拜杨绛,他给杨绛写了封长信,表达自己的仰慕之情及人生困惑。杨绛用淡黄色的竖排红格信纸、毛笔字回信了。除了鼓励晚辈的话语外,信里实际只写了一句话,真挚而坦诚:"你的问题主要在于读书不多而想得太多。"杨绛温婉而真诚地一语道破了世人精神匮乏的根源。

某次公众场合,当主持人介绍钱锺书的生平,提到他曾获得过牛津大学文学副博士学位时,杨绛坦然而坚决地纠正说:"不是副博士,是学士学位。"她认真坦诚的态度,如孩童般纯真。还有一次,杨绛见到媒体刊出了由某出版社提供的材料改写的文章:《〈一代才子钱锺书〉再版,九旬杨绛含泪增补家事感人至深》一文后,立刻写信致该媒体称:我从来也没有向任何记者谈热门题材"钱锺书",我也没有亲自校订此书。一些收到出版社同样宣传材料的媒体,未能引以为戒,继续拿我为该书做广告,忽而"含泪",忽而"含笑","亲自校订""精心修改",反复炒作。我希

五、似璀实腴的生命理念

望当今这个商业社会,不要唯利是图,在牟取利益的时候,还要讲点儿道义和良心。[1]

事实上,杨绛完全可以不去理会这些鸡毛蒜皮的小事,任其喧闹炒作,也不会影响自己的生活。但是她纯良的心性促使她站出来,澄清事实,这就是认真而赤诚的杨绛。年岁和阅历并未使她圆滑,她仍保持着温婉真诚的姿态,而骨子里的韧性则一如父亲杨荫杭当年。"他当江苏省高等审判厅厅长的时候,张勋不知打败了哪位军阀胜利入京。江苏士绅联名登报拥戴欢迎。父亲在欢迎者名单里忽然发现了自己的名字。那是他属下某某擅自干的,以为名字既已见报,我父亲不愿意也只好罢了。可是我父亲怎么也不肯欢迎那位'辫帅',他说'名与器不可以假人',立即在报上登了一条大字的启事,声明自己没有欢迎。"[2]父亲的"不言之教",是杨绛一生无法清点的精神财富。她的认真与赤诚,全源自内心的温婉坚韧,深得父亲的真传。

曹操在《对酒歌》中云:"耄耋皆得以寿终,恩泽广及草木昆虫。"杨绛百岁之际仍保有赤子之心,生命不曾为俗世污染,人格和艺术一以贯之质朴温润。钱瑗说,妈妈的散文像清茶,一道道加水,还是芳香沁人。而她的人生亦如此,以其认真而赤诚的姿态,质朴而绚烂的艺术情怀,引领我们走进美丽芬芳的灵魂世界。

---

[1] 杨兰琴:《杨绛的"道义"与"良心"》,《新华日报》2007年5月22日。

[2] 杨绛:《回忆我的父亲》,人民文学出版社《杨绛全集》2014年版,第2卷,第121页。

○温婉与坚韧并存

上善若水。老子以为:"天下莫柔弱于水,而攻坚强者莫之能胜,以其无以易之。弱之胜强,柔之胜刚,天下莫不知,莫能行。"(《老子·七十八章》)水性至柔,却无坚不摧。世间没有比水更柔弱的事物,然而攻坚克强却没有能胜过水的东西。杨绛对水的"至柔至刚"知之甚稔,她骨子里温婉与坚韧的品性,无不包含了"上善若水"的"道"。这也是杨绛何以能在百年的生命长河里,从容迎击命运的种种安排而处之泰然的精神依托。在她身上体现了中国女性传统与现代的奇妙结合,从而彰显其个性鲜明的艺术精神。

亲友平素敬重杨绛的为人,不单因为她的学识和名声,更为其人格魅力所感染。杨绛由宽裕的娘家嫁到寒素的钱家,她任劳任怨,连父亲杨荫杭都心疼女儿当了不要钱的"老妈子"。"锺书写《围城》,阿季(杨绛,笔者注)兼做灶下婢,生火、烧饭、洗衣全她一人包了。阿季跟婆婆、妯娌、小姑子们没多少共同语言……只好借了架缝纫机,汗流浃背,独在蒸笼般的亭子间里缝纫……她默默地学做大家庭中儿媳妇所担负的琐务,敬老抚幼,诸事忍让。"[1]杨绛的恬淡旷达、隐忍宽容,赢得了夫家上上下下的喜爱。这一切都源自她对丈夫的爱——"我了解钱锺书的价值,我愿为他研究著述志业的成功,为充分发挥他的潜力、创造

---

[1] 吴学昭:《听杨绛谈往事》,生活·读书·新知三联书店2008年版,第141—142页。

力而牺牲自己。这种爱不是盲目的,是理解,理解愈深,感情愈好。相互理解,才有自觉的相互支持。"[1] 杨绛继承了母亲的宽厚,即使对待家里的保姆也是宽容温情,"家里只我一人,如果我病了,起不了床,郭妈(保姆,笔者注)从不问一声病,从不来看我一眼。一次,她病倒了,我自己煮了粥,盛了一碗粥汤端到她床前。她惊奇得好像我做了什么怪事,从此她对我渐渐改变态度"[2]。

"天下之至柔,驰骋天下之至坚",看似柔弱的杨绛,实则有温婉而坚韧的内心。"三反"运动期间,全国范围内开展对所谓"资产阶级腐朽思想"清查和批判。杨绛当时任教清华大学,尽管她极力绕开有"资产阶级腐朽思想"嫌疑的细节,诸如男女主人公的恋爱问题,但终究难逃被"控诉"的命运。一次控诉大会上,有个她从未见过也不是她学生的人,登台来咬牙切齿、顿足控诉杨绛,点名道姓说:"×××先生上课不讲工人,专谈恋爱。""×××先生教导我们,见了情人,应当脸皮发白,腿发软。""×××先生甚至于教导我们,结了婚的女人也应当谈恋爱。"[3] 诸般断章取义、提纲上线的控诉,让杨绛成为大会的焦点和人人唾弃的"资产阶级腐朽思想"的代言人。性情温婉谦和的杨绛,生平未曾经历这般无理的侮辱。但她努力平息自己的情绪,并没有进行当众的反驳和辩解,始终保持恬淡旷达的风度,默默退场。明天"太阳照样升起",杨绛一以贯之不卑不亢地坦然生活。她以为:"知道我

---

[1] 周毅:《坐在人生的边上——杨绛先生百岁答问》,《文汇报》2011年7月8日。
[2] 杨绛:《走到人生边上》,商务印书馆2007年版,第143页。
[3] 杨绛:《控诉大会》,人民文学出版社《杨绛全集》2014年版,第3卷,第142页。

的人反正知道；不知道的，随他们怎么想去吧，人生在世，冤屈总归是难免的。"[1]但这场控诉大会无疑给她锤炼的机会，增加了她的坚韧和勇气，往后人生的惊涛骇浪她都能从容面对。

特殊岁月中，杨绛又经历了大大小小的批斗会，她始终平和宽容地看待风云变幻和世态人心，保持着恬淡而旷达的一贯作风，尤为可贵的是，她从不做落井下石昧良心的事。派给她洗厕所的任务，她亦坦然接受，以为"我至少可以不'脱离实际'，而能'为人民服务了'"。她"把两个斑驳陆离的瓷坑，一个垢污重重的洗手瓷盆和厕所的门窗板壁都擦洗得焕然一新"[2]。此后，她便安心在这个"世外桃源"里读书做事，我行我素。当钱锺书被"有心之人"贴大字报，她打着手电筒，在声称要打倒钱锺书的大字报下贴声明，澄清事实。在批斗大会上，她敢跟"有心之人"跺脚敲锣、据理力争，胆识和气量让人钦佩。而被迫交出"黑稿子"《堂吉诃德》后，杨绛没有一天不想方设法寻找它的踪迹。一次，她无意中发现垃圾堆里的译稿，"像找到了失散的儿女"，决计冒险"偷"回家……如此一次次努力和抗争，前后历经三年的千难万阻，终在好心人的帮助下把《堂吉诃德》"救"出来，译稿得以"完璧归赵"。当杨绛抱着失而复得的稿子，她感激之情溢于言表，"落难的堂吉诃德居然碰到这样一位扶危济困的骑士！我的感激，远远超过了我对许多人、许多事的恼怒和失望"[3]。杨绛

---

[1] 杨绛：《控诉大会》，人民文学出版社《杨绛全集》2014年版，第3卷，第144页。

[2] 杨绛：《丙午丁未年纪事》，人民文学出版社《杨绛全集》2014年版，第2卷，第63—64页。

[3] 杨绛：《丙午丁未年纪事》，人民文学出版社《杨绛全集》2014年版，第2卷，第74页。

四十七岁开始自学西班牙语翻译《堂吉诃德》，付出的心血与情感非常人能体会。她千方百计、不屈不挠地"解救"《堂吉诃德》的坚韧和智谋，也让读者深深感动，她恬淡旷达的性情更加凸显。无疑，对芸芸众生和特定历史环境下的人性，杨绛采取了宽容和豁达的态度。

绵长的生命旅程，杨绛如驾轻舟，自在闲适，宠辱不惊。她以沉静对喧嚣，以冷峻对狂躁，欣赏优美良善的世态人情，且笔下不吝表达对其的喜爱。而对生命中的暴虐、虚伪、损人利己等丑相，她也勇毅地站出来，不畏强权和暴力，据理力争。杨绛阅尽有情人间的浮华，清笔绘世相，充分显示了温婉与坚韧并存的二重节奏。

○智者的人间关怀

杨绛散文以怀人忆旧为主，把笔触伸进历史、时代、人心的深处，被誉为继鲁迅之后最集中精力书写记叙性散文的当代大家。而鲁迅《朝花夕拾》以纯真质朴的童年况味和淡淡的乡土气息，触动不同时空读者的心弦。"芰裳荇带处仙乡，风定犹闻碧玉香"，二者皆以交织"近事"的"回忆"为线索，带给读者历久弥新的芬芳。它们在形式和表达上虽有不同的阐释，但在内蕴和品位上，拥有相通之处，皆表达了人间至爱者的悲悯情怀，通过对比愈加凸显杨绛质朴与绚烂的艺术精神。

鲁迅早年留日学医，常和许寿裳谈三个问题：一、怎样才是理想的人性？二、中国国民性中最缺乏的是什么？三、它的病根何在?[1]但《藤野先生》中的幻灯片事件改变了他医学救国的初衷。"凡是愚弱的国民,即使体格如何健全,如何茁壮,也只能做毫无意义的示众的材料和看客而已。"[2]因此他将疗救国民的灵魂视为挽救危亡的第一要义。

《朝花夕拾》中鲁迅对国民性的探讨立足于普遍人性的高度。如《狗·猫·鼠》中,动物比人类更可亲可敬:它们适性任情,对错不说一句分辩话;虫蛆也许不干净但并不自命清高;鸷禽猛兽恃强凌弱,但从不竖"公理""正义"的旗子。《二十四孝图》中,鲁迅批判了封建伦理孝道。七旬的老莱子手拿"摇咕咚","诈"跌作婴儿啼,实在是将"肉麻当作有趣"。曹娥投江觅父,死后抱父尸面对面浮上来。被行人耻笑,二尸又沉下去,背对背负着浮起来。鲁迅不禁呜呼哀哉——在礼仪之邦,幼年的死孝女要和父亲一同浮出,也有这么艰难!鲁迅后期鲜明的阶级批判意识凸显,其对国民性的批判,既植根于人类和其他物种的比较,又对民族劣根性实行了无情的批判,人间至爱者的悲悯情怀闪烁其中。

《呐喊·自序》曾提道:"有谁从小康人家而坠入困顿的么,我以为在这途路中,大概可以看见世人的真面目。"[3]面对流言蜚语和"看与被看"的冷漠与无聊,他选择用笔锋唤醒民众。而他的忆旧散文集《朝花夕拾》,原名为《旧事重提》,回忆的多为作者青少年时代的难忘往事,满蕴着儿童特有的天真童趣。带露

---

[1] 许寿裳:《亡友鲁迅印象记》,人民文学出版社1961年版,第20页。

[2] 鲁迅:《呐喊·自序》,人民文学出版社《鲁迅全集》2005年版,第1卷,第439页。

[3] 鲁迅:《呐喊·自序》,人民文学出版社《鲁迅全集》2005年版,第1卷,第437页。

折花，色香味自然好多，但少了些积淀和回味。《朝花夕拾》中，有一种铅华落尽后质朴的情致，鲁迅少见言辞犀利的批判，更无"让他们怨恨去，我也一个都不宽恕"的睚眦必报。鲁迅不再是严厉的批判者，更像温婉宽厚的长者，他宠辱皆忘，坐看浮云自舒展，使文字充满人情味和动人的力量。

而杨绛的散文，同样蕴含了人间至爱者的博大胸怀。《软红尘里》杨绛借女娲来批判芸芸众生懵懂不辨是非善恶，只管争求自己幸福的狭隘，饱含智者"哀其不幸，怒其不争"的忧虑，依稀可见她悲悯温婉的目光。回顾人类文明最爱称道的人间奇迹，如埃及的金字塔，中国的长城等，杨绛发现了鲁迅笔下的"狂人日记"般的真相——文明掩盖下的"仁义道德"，实质是"吃人"的本质。杨绛以智者的目光悲悯地俯视人性的残酷和愚昧，同时期盼人类和谐互爱，求得共同的光明前景。

"因为懂得，所以慈悲。"在杨绛绵长的生命长河中，她历经多次与亲人生离死别，因此感慨"世间好物不坚牢，彩云易散琉璃脆"。直至"我们仨"也终于离散人间，只剩下"我一个人思念我们仨"，年迈的杨绛孤身寻访归途。但她强忍内心的悲痛，把心头滴血化为深情而饱满的文字，把离别的苦痛拟作"万里长梦"，在梦中一程程款款相送至亲，借此追忆"我们仨"共度的美好时光。杨绛在人生的寒冬里写就的温暖文字，揭示了人类普遍关注的"生命"哲学，情感隐忍而节制。这是怎样的幸福者和哀痛者！

因此，杨绛的文字，常怀着对人类和自然界的普遍关切。她写过了贫寒的苦弱者，亦写过受难的同道者，但非一味地同情和悲悯，而是平等友好地看待，她仿佛不见悲喜的平静述说中却隐现对人性善恶进行无声的评判。《比邻双鹊》中，她以慈悲仁爱之心关注比邻双鹊一家的悲欢离散,充满了人道主义的温情和关怀。

鲁迅在《摩罗诗力说》中说:"苟奴隶立其前,必衷悲而疾视,衷悲所以哀其不幸,疾视所以怒其不争。"[1] 无疑,杨绛和鲁迅皆是如此剧烈地"哀其不幸,怒其不争",洞察了本民族乃至整个人类的劣根性。

作为两代散文家的代表,鲁迅与杨绛的文字,平淡和沉实浑然一体,拈花微笑与孤独深思水乳交融,于"几乎无事"的调侃中,隐含着犀利的控诉,使人隐约感觉骨子里透出的寒意和悲凉。此外杨绛的散文,以质朴而绚烂的艺术精神笑对人生,如同超凡脱俗的莲花,"风定犹闻碧玉香",余味隽永,馨香弥漫!

"君子忧道不忧贫",杨绛在自己的创作中走出了一条人文之路。她的人文精神、人文理想和文化方式使我们感受和理解到进步的知识分子对人类文明的价值和意义,这对当今世界上许多追求进步和文明的人们也无疑有着很大的启示和教育作用。[2]

回看杨绛百岁照,银发井然、目光慈祥坚毅、面容恬静平和,它们都和谐地集中在一张安详的脸上。让人感叹,岁月并没有削弱她的生命力和艺术精神!即使"就剩我一个!"她温婉而坚韧的双手,依然执着地书写着人生、艺术和大自然。

而这双手曾写过《干校六记》《洗澡》,翻译过《吉尔·布拉斯》《堂吉诃德》。同时,这双手也做过煤球、裁衣剪布、洗衣做

---

[1] 鲁迅:《坟·摩罗诗力说》,人民文学出版社《鲁迅全集》2005年版,第1卷,第82页。
[2] 尹莹:《论杨绛散文创作中的人文精神底蕴》,重庆工学院学报2006(04),第109页。

饭，干校时种过地、洗过厕所、扫过大街……她从不多谈"理论"，而翻译思想可称为"原型理论"，其译著的序言都是生动、"不搭架子"的论文。这双烘烤着生命之火和百年历史之火的双手，曾抚慰了几代人的灵魂？并将继续给后来者灵魂的慰藉和精神的引领。

纵观杨绛的散文，我们欣喜地发现，中国近现代百年的历史，正是在这双温婉而坚韧的"带着丝绸手套的铁手"下，得到生动的诠释和永恒的记载。杨绛似癯实腴的艺术精神和生命理念，其筋骨与蕴涵如何说得！

六、气韵生动的生命拾零

杨绛年轻时曾立志写小说,但她自我要求严格,年近八十才写成长篇小说《洗澡》。而年过八十,又狠心毁去已写成的二十章长篇小说《软红尘里》。如她所自述:"不及格的作品,改不好的作品,全部删弃。文章扬人之恶,也删。被逼而写的文章,尽管句句都是大实话,也删。有'一得'可取,虽属小文,我也留下了。"[1] 因此,她许多集子的序跋、代序、"广告"等,虽短小精悍,但符合杨绛"好作品"的标准。

这些为读者们深深喜爱的小文:《不官不商有书香》《孟婆茶》《隐身衣》《杨绛文集·自序》《杨绛生平与创作大事记》等,虽不是严格意义上的"正文本",却被赋予更多的史料价值,尤能反映杨绛的生平经历和文事交往,为杨绛研究提供良多有益的启示和思考。这些小文,作为杨绛散文百花园里绚丽奇特的品种,释放出异样的光彩和馨香。

---

[1] 杨绛:《自序》,人民文学出版社《杨绛全集》2014年版,第1卷,第2页。

六、气韵生动的生命拾零

○ "孟婆茶"饮前

杨绛在她的散文集《将饮茶》中,写下一篇自谦为"胡思乱想"的代序——《孟婆茶》,也是她喜欢的蓝德的诗歌——"我双手烤着生命之火取暖;火萎了,我也准备走了"的从容写照。

古代传说中,孟婆茶又名"孟婆汤""迷魂汤",是预备投生的鬼魂必饮之物,它由幽冥之神孟婆酿制并掌管。相传孟婆茶的做法也颇为独到,它由孟婆先筑岖忘台,采集俗世的药材,于岖忘台上调合成酒一般的浓茶。孟婆茶共含甘、苦、辛、酸、咸五味,一旦喝下孟婆茶,便会立刻忘却前生诸事,记忆中唯剩下一片空白。传统的安生轻死观念,使人们对死后未知的一切都充满了恐惧,尤惧死后的虚无。孟婆茶一喝,生前所有的辛苦和功劳被悉数抹杀,无疑增添了人们对彼岸世界浓重虚无感的恐惧。

而杨绛描摹的彼岸世界,处于混沌的状态——"往前看去,只见灰蒙蒙一片昏黑。后面云雾里隐隐半轮红日,好像刚从东方升起,又好像正向西方下沉,可是升又不升,落也不落,老是昏腾腾一团红晕"[1],这是传统观念里人们对于"西天"路上的想象。

在通往彼岸世界途中,杨绛看到许多人都频频拭泪,对红尘世界恋恋不舍,她却毫无恐惧感,对眼前的陌生世界满是好奇。她登上一列载满乘客的露天火车,在云海里驰行。但她遍找不到

---

[1] 杨绛:《孟婆茶》,人民文学出版社《杨绛全集》2014年版,第2卷,第87页。

自己的座位——教师、作家、翻译者中间都没有她的位子,就像在浩劫中无端被折腾,惶惶然不知身处何处。她拿着号码牌,却荒谬地归在"尾巴上"。但她不急于对号入座,仿佛旁观者般从容淡定,"唯有身处卑微的人,最有机缘看到世态人情的真相,而不是面对观众的艺术表演。"〔1〕因此她乐于身处卑微,让人视而不见,从而新奇而天真地看到一幕幕自然流露的人情世态,比清风明月更加饶有滋味。

杨绛所"亲见"的"孟婆茶"并无传说中的令人恐惧的色彩,反而充满了人性化和现代化特征,其语境映射出20世纪80年代特定的写作背景,甚至是我们特定的时代背景与精神的缩影:

> "孟婆店"现在叫"孟大姐茶楼"。孟大姐是最民主的,喝茶绝不勉强。孟大姐茶楼是一座现代化大楼。楼下茶座只供清茶;清茶也许苦些。不爱喝清茶,可以上楼。楼上有各种茶:牛奶红茶,柠檬红茶,薄荷凉茶,玫瑰茄凉茶,应有尽有;还备有各色茶食,可以随意取用。哪位对过去一生有什么意见、什么问题、什么要求、什么建议,上楼去,可分别向各负责部门提出,一一登记。那儿还有电视室,指头一按,就能看自己过去的一辈子——各位不必顾虑,电视室是隔离的,不是公演。〔2〕

杨绛笔下的孟婆茶,不仅具有传统忘却生前诸事的功用,且

---

〔1〕 杨绛:《隐身衣》,人民文学出版社《杨绛全集》2014年版,第2卷,第200页。

〔2〕 杨绛:《孟婆茶》,人民文学出版社《杨绛全集》2014年版,第2卷,第88—89页。

喝茶的方式十分"民主"和人性化。孟大姐茶楼可以通过"电视"对自己一生进行回放,可向"各负责部门"提要求和建议,这都重现了杨绛写作年代特有的生活况味和政治色彩。杨绛描摹的"孟大姐茶楼",具有时代特色,与读者的距离并不遥远,仿佛是彼岸的景观,又像是我们此岸生活的延续。

杨绛一以贯之的旁观姿态观察着芸芸众生,不显山露水,不动声色。读者无法判断她是如同一般人那样留恋此生,不忍"一杯茶冲掉了一辈子的经验"?还是有着"喝它一杯孟婆茶,一了百了"的心态?她始终隐藏着自己的主观评价。直到文章的最后才点出,喝孟婆茶"得轻装,不准夹带私货。身上、头里、心里、肚里都不准夹带私货。夹带着私货过不了关"。而杨绛还带着好些私货舍不得一杯"孟婆茶"冲掉,因此临进孟婆茶店的前一刻,她赶忙跨出栏杆跳出列车,作者和读者方从黄粱一梦中醒转。但这个梦倒像一声警钟,催促她要把"私货"趁早清理。

至此,读者始发现《孟婆茶》是个引子,杨绛要把"私货"一一抖搂出来。于是便有了《将饮茶》这本集子,杨绛清理出三类"私货":一类为回忆性的文章,如《回忆我的父亲》《回忆我的姑母》等;二类为记钱锺书与《围城》的创作;三类为记载特殊岁月往事——《丙午丁未年纪事》等。而往后的三十年里,她又把剩余的私货逐一清理,完成了系列翻译、创作和评论,收获颇为丰盛。

百余岁高龄的杨绛,清理完"私货",打扫完"战场",以豁达从容的姿态,随时准备着踏上新的旅途。她说:"生、老、病、死都不由自主。死,想想总是不会舒服。不过死了就没什么可怕的了。我觉得有许多人也不一定怕死,只是怕死后寂寞,怕死后默默无闻，没人记得了。这个我不怕，我求之不得。死了就安静了。"[1]

○ "三联"乃幸福标志

三联书店的前身，是20世纪三四十年代活跃于中国出版界的三家著名出版机构——生活书店、读书出版社、新知书店。生活书店成立于1932年，创办人是邹韬奋等，前身是创办于1925年的《生活周刊》。它曾组织出版了大量进步的社会科学和文学书刊，在读者和社会上产生了较大影响。它曾引导无数青年走上了革命道路，写下了中国现代出版史光辉的一页。20世纪80年代以来，它又创下了辉煌的业绩，在出版行业占据重要地位和声誉，在读者中反响热烈。

2004年，杨绛以老读者、顾客、作者等多重身份，为三联书店写下一篇客观而生动的"宣传广告"——《不官不商有书香》。文章短短三百字，不涉及一句对商家的宣传，仅仅是简单追忆新中国成立前自己和钱锺书与生活书店的缘分，及它给予包括钱杨夫妇在内的广大知识分子的精神滋养。

短短的篇幅里，杨绛还深情讲述了一件与生活书店有关的往事：

有一次我把围巾落在店里了。回家不多久就接到书店的电话："你落了一条围巾。恰好傅雷先生来，他给带走了，让我通知你一

---

[1] 张者：《杨绛他们仨》，青年报，2016年05月29日。

声。"傅雷带走我的围巾是招我们到他家去夜谈；嘱店员的电话是免我寻找失物。这件小事唤起了我当年的感受：生活书店是我们这类知识分子的精神家园。[1]

"滴水可见太阳"，"一件小事"其实反映了长期以来，生活书店坚守文化理想和文化使命，与著译者精诚合作，竭诚为读者服务等理念，保证了其高质量和高品位的文化追求，也是其深入人心的重要因素。杨绛在行文中，不涉及一语浮夸或者变相宣传，她只以普通的读者身份据实叙述，但字里行间流露着喜爱和温暖的情愫。

杨绛所描述的事件发生在新中国成立前。杨绛和钱锺书在抗日战争发生后，一直寓居上海，与上海共历了孤岛时期、沦陷时期、解放时期等特殊历史阶段，物质条件极其艰苦。对此，杨绛在《我们仨》等皆有描述。钱锺书和杨绛都有当家庭教师的经历，一则可以帮补生计，二则个别拜门弟子会请老师为他购书，往往无限制地供老师任意挑选书。钱锺书蛰居上海期间，买书成了他最大的爱好。因此在人们精神空虚惶恐之际，钱锺书和杨绛并不惶恐，阅读和创作让他们的精神充实而安逸。可见，于知识分子而言，身陷困境并不可怕，精神家园的失落才是最痛苦的。杨绛钱锺书夫妇、傅雷等知识分子蛰居上海，等待解放期间，"必读的刊物是《生活周刊》"。他们几乎每天都定点去生活书店看书看报，也和老朋友在此碰面交流，精神的享受和愉悦妙不可言。因

---

[1] 杨绛：《杂忆与杂写》，生活·读书·新知三联书店2010年版，第290页。

此，杨绛等知识分子都把生活书店当作知识分子的"精神家园"，让他们飘浮不定的精神有所归依。

资中筠说，三联代表一种独有的人文气息，重视自己的历史，为传统而自豪，这种传统始于20世纪30年代。杨绛通过温馨的追忆，对于三联书店八十年如一日传播"人文精神和思想智慧"的追求予以肯定，从而把身为读者的信任转化为作者的信任与期待——"四五十年后，我们决定把《钱锺书集》交三联出版，我也有几本书是三联出版的。因为三联是我们熟悉的老书店，品牌好，有它的特色。特色是：不官不商，有书香。我们喜爱这点特色。"[1] 事实胜过一打宣言，杨绛和钱锺书等人的许多书都是三联出版的，这本身就是活广告。而杨绛最后的点题，精辟地归结了三联书店的特色所在——不官不商有书香，此后一度成为读者对三联书店的印象，也成为三联书店的宣传口号。可见杨绛的总结是精准而深刻的。

三联书店的前沿眼光和文化触觉，长久以来大家有目共睹。自1938年生活书店出版了我国第一部全译本《资本论》，三联一直引领思想解放的先河。20世纪50年代起，三联陆续出版了黑格尔、凯恩斯、康德等的哲学经典。70年代末思想大解放以来，又推出巴金的《随想录》、杨绛的《干校六记》，以及《傅雷家书》《情爱论》等读物，不啻平地一声惊雷，给思想僵化的出版界以强大的精神冲击。1986年以来出版了《现代西方学术文库》《学术前沿》系列和《三联·哈佛燕京学术丛书》等学术系列，推出了

---

[1] 杨绛：《杂忆与杂写》，生活·读书·新知三联书店2010年版，第290页。

陈寅恪、钱锺书、戈公振、黄仁宇、钱穆、吴宓、王世襄等名家的专著。20世纪90年代初，三联在一片争议声中，从港台地区引进蔡志忠的漫画系列、金庸的武侠小说等通俗读物，独具慧眼地大胆创新自己的品牌。三联的开放思维和品质保证无疑是读者和作者信赖的源泉，他们不以营利为目的，注重人文精神传承的经营模式，赢得大家的一致认同。

如今，也有读者动情地回忆："我的少年时代是在'三联'长大的。中学附近有一个三联直营店，常常晚自习之前跑去读书，'三联'对我来说是幸福的标志。像标杆，像活力源泉，像指路的明灯。"[1] 这也是杨绛当年关于知识分子精神家园的另一种阐述。

而杨绛为三联书店写的这则不是广告的"广告词"，既是对三联书店最高的评价和褒扬，也成了三联书店最响亮的金字招牌，其简洁传神的笔法让读者不禁要喝一句"精彩"！

○ "不避亲"之拾遗

老圃，是杨绛父亲杨荫杭常用的笔名。杨绛曾提及："父亲说话入情入理，出口成章，在《申报》的评论一篇接一篇，浩气冲天，掷地有声。"《申报》原名《申江新报》，清末于上海创刊，1949年停刊。为近代中国发行时间最长、社会影响最广泛的报纸，是中国现代报纸的开端和标志。它在中国新闻史和社会史研究上都占有重要地位，被人称为研究中国近现代史的"百科全书"。而

---

［1］ 赵琬微：《从红色出版中心到学术文化出版重镇——写在三联书店80年庆典之际》https://www.gov.cn/govweb/jrzg/2012-07/26/content_2192353.htm.

《老圃遗文辑》为杨荫杭20世纪20年代在《申报》上发表的《时评》和《社论》的整理和收录。但他对自己的作品不屑一顾,生前从不保留。杨绛的母亲曾为他剪辑收藏,但战乱散落不知所踪。七十年后,杨绛诚惶诚恐拾遗了散落旧报刊中的部分,整理出版了《老圃遗文辑》并作序。

杨绛在《老圃遗文辑·前言》(下文简称《前言》)中简介了《老圃遗文辑》的成因和概况。杨荫杭当年任《申报》社副总编辑,评论几乎每天不断。他曾留学习法学并获得硕士学位,回国后创办了上海律师公会,兼营律师事务。因此他在《申报》上发表的《时评》,常常喜欢用西方法理评论中国的政治和经济现象。而《常评》都是"触事生感,随写随刊,都未曾收集修润"[1]。两类评论涉及的题材很广很杂,时事政治、法律、历史、经济、社会、文化、地理、民族源流……无所不包。杨荫杭熟读经史,深谙训诂小学,往往喜欢从解字说文入手,典故诗词信手拈来,因此他的文章兼具时政、哲理和文学性,显示了世界性的开放眼光和胸怀。

杨荫杭的文章和个人风骨在当时影响极大,但作为女儿,杨绛对整理和出版父亲的遗文辑很是"惶惑"。父亲生前只专心钻研和计划撰写一部《诗骚体韵》,想把汉语音韵从源到流的演变整理出一个系统来。但因为对写成的初稿不甚满意,最后将其付之一炬,算是一大遗憾。而父亲对于自己发表在《译书汇编》《东方杂志》上的文章从不在意,杨绛将其七十年前的旧文从"断烂朝报"

---

[1] 杨绛:《老圃遗文辑·前言》,人民文学出版社《杨绛全集》2014年版,第3卷,第1页。

六、气韵生动的生命拾零

清理出来,父亲是否会赞许呢?

但促成《老圃遗文辑》诞生的原因在于——杨绛以为,七十年前的《时评》,多少有助于我国史料方面的研究;七十年前的《常评》,也能扩充我们的知识。因此,年过八旬的杨绛,耗费大量的时间和精力,翻阅整理旧报纸,为父亲辑录旧文。而整个辑录过程很艰难,因为旧报纸字迹模糊,连着许多行甚至成片模糊,难以辨认,且杨荫杭熟读经书子集,谙习训诂小学,通晓多门外语,兴之所至下笔如有神,常常引经据典,顺笔拈来,易造成标点的疏误。而杨绛年事已高,精力和眼力都不济,更是增加了成书的难度。

但这一切困难都阻挡不了杨绛为父亲辑录遗文的热情,她一个字一个字地辨析,一点一点地查阅相关资料来印证。有时寻不到一点线索,只能求助于钱锺书。钱锺书为她解答了许多疑惑,或与她一道查书解决疑难。遇到能够激发共同兴趣的篇章,钱锺书有感而发:"我若能和爸爸相对讨论,该多有趣。"[1]杨绛也从中体会到求知的乐趣,同时感叹于父亲渊博的才识与独到的见解。

此外,杨绛在《前言》中感谢了许多整理者,虽然他们在工作中增加了知识和阅历,但"苦的是模糊的芝麻点儿细字,太小看不清,放大了更难认;一面查书,一面对着模糊的芝麻点儿反复比拟,仔细琢磨,大非易事"[2]。可见《老圃遗文辑》的整理出版,凝聚了杨绛和一帮热心整理者的心血和智慧,他们为我们

---

[1] 杨绛:《老圃遗文辑·前言》,人民文学出版社《杨绛全集》2014年版,第3卷,第2页。

[2] 杨绛:《老圃遗文辑·前言》,人民文学出版社《杨绛全集》2014年版,第3卷,第2页。

近现代的社会风貌和文史知识研究提供了宝贵的参考材料,为还原一个时代的风貌做出了不可磨灭的贡献。

笔者特意收录了其中一则,让我们一起品味《老圃遗文辑》的文采,感受下杨荫杭文字和思想的魅力,再现20世纪20年代的社会境况和作者的文学风采——

且快乐者,由比较而得者也。使世界无苦痛之事,则亦无所谓快乐矣。使世界无快乐之事,则亦无所谓苦痛矣。故习于劳苦者,得片时之游息,其快乐之量较多;习于逸乐者,费片时之心力,其苦痛之量较多。艰于生计者,得疏粝之一饱,且大嚼之而有余味,此其乐非富人之所知也。养尊处优者,别有山珍海味,食前方丈,每苦胃弱而不能下咽,此其苦亦非贫乏者所及料也。故一言快乐,而苦痛即伏于其中;一言苦痛,而快乐亦伏于其中。且快乐之度愈高者,其因此所生快乐之度亦愈高。人生斯世,有贫富贵贱之不齐;而各地人种,更有强弱智愚之不齐,然人类间苦乐之分配,则无不齐者,藉曰不齐,则仍出于心之作用,因人心固不能齐也。

观此乃知苦乐循环,川流不息。人间无绝对之快乐,亦无绝对之苦痛。但人类欲望,至无穷极。所以应此欲望者,势不能适如所期而止。故不论贫富劳逸,皆有"不如意事十常八九"之说。则以心之所造而言,固未始无绝对之苦痛也。达观者不然,视天下无不如意之事,视一身无不足之事,以世界为极乐之世界,以吾身为极乐之一人;处至逆之境,能平心顺受而不觉其逆;遇至难之事,能从容处理而不觉其难。则以心之所造而言,亦未始无绝对之快乐也。人能免于绝对之苦痛,而享绝对之快乐,则庶

六、气韵生动的生命拾零

几矣。

申报一九二〇年六月三十日[1]

中国文言散文的魅力,早有诸家研究者的文章进行探讨,但是,以"之乎者也"辨析苦乐之感觉、之流变,杨荫杭确乎将报人与哲人合二为一,将文采与道理融合得丝丝入扣,堪为媒体言论之典范。

○ "我们仨"的苦乐

杨绛以九十二岁高龄,完成可媲美《追忆似水年华》的家庭回忆录《我们仨》,在台湾中国时报"2003 开卷好书奖"中获十大好书(中文创作类)第一名。在读者中引起热烈反响,大家都为这个著名的知识分子家庭的悲欢聚散而牵动心弦,深深感动。

1994 年夏、1995 年冬,钱锺书和女儿钱瑗相继住院,八十多岁的杨绛,奔波于家与两所医院之间。三人分居三处,这样持续了几年。钱锺书病重不能进食,杨绛每天都要为他熬西洋参汤,打各种各样的果泥、菜泥、肉泥,用针挑出鱼刺做成鱼肉泥,再送到医院。天天如此,风雨无阻。她瘦小的身躯,仿佛随时会倒下,却坚韧地支撑着。后来钱锺书和女儿都病情加重,再加上一些无聊的烦心事干扰,杨绛心情很不好。她决定要写一本关于"我们仨"的书,排解内心烦忧。

《我们仨》的最初设想,是一家三口各写一部分,钱瑗写父

---

[1] 杨荫杭:《老圃遗文辑》,长江文艺出版社 1993 年版,第 41—42 页。

母,杨绛写父女俩,钱锺书写他眼中的母女俩。但1996年10月,钱瑗已经非常衰弱,预感自己的日子不多了。她请求妈妈,把《我们仨》的题目让给她写,她要把和父母一起生活的点点滴滴写下来。钱瑗躺在病床上,在看护的帮助下断续写了五篇,最后不能进食还在写,钱瑗的最后一篇文章写于她去世前五天。杨绛见重病的女儿写得太艰难,劝她停一停。这一停,就再没有能够重新拿起笔。1998年,钱锺书也离开了人世,"我们仨"从此天各一方,消散在漫漫尘世间。

为此,杨绛于2003年完成了《我们仨》的写作,并在正文后面收录了三则附录,记录下"我们仨"的生活点点滴滴。《附录一》是圆圆(钱瑗的昵称)写的,文字都写在方格子里,仿佛小学生写作文,文笔也非常朴实,再现了昔日"我们仨"的生活情致。我们无法想象这是出自一个即将六十岁的孝顺女儿——圆圆之手。

第一篇"记事珠"。后来钱瑗问妈妈要来"我们仨"的题目,就改掉了原标题,更名为"我们仨"。开头一句是"一寸光阴一寸金,寸金难买寸光阴",让人仿佛回到孩提时代。接着她阐述了写作的缘由:"不久前,我因病住院,躺在床上,看着光阴随着滴滴药液流走,就想着写点父母如何教我的事,从识字到做人。也算是不敢浪费光阴的一点努力。"钱瑗病中仍忙着读书写作,她惜时如金的精神,让人感动,对父母的一片孝心更是可叹。

第二篇"爸爸逗我玩"。文字依然朴素,让人看到一家子其乐融融的场面。《我们仨》中,杨绛详细描述了钱锺书逗孩子玩的场景,给孩子的肚皮画花脸,在孩子的鞋子里塞笔筒,在被子里塞满乱七八糟的物件,待女儿发现后惊叫,他也开怀大笑。而钱瑗

六、气韵生动的生命拾零

的"爸爸逗我玩"里,童趣盎然地描述爸爸在她脸上画胡子,在肚子上画鬼脸,还喜欢编顺口溜起绰号的事情。"一天我午睡后在大床上跳来跳去,他马上形容我的样子是'身上穿件火黄背心,面孔像只屁股猢狲'……爸爸还教我说一些英语单词。又教我几个法语或德语单词,大都是带有屁屎的粗话。有朋友来时,他就要我出去卖弄。我就像八哥学舌那样回答,客人听了哈哈大笑。"钱锺书一改学者大师的严谨形象,展现出不泯的童心与童趣,这正是他的可爱之处。

第三篇"我犯'混'大受批评"。读者看到身为文坛泰斗的钱锺书,在女儿教育方面极其严厉。钱瑗记叙了她初入清华,对一切都非常新鲜好奇。她由于学龄不足,要重读初一,父母不想她浪费时间,就让她在家自学英语文法并练习墨笔字,爸爸定期检查。但有次钱瑗弹琴玩得不亦乐乎,厌烦了功课。她发现有几页大字上没有爸爸批改的笔记,就怀着侥幸的心理蒙混过关。"到第三次,他(钱锺书,笔者注)才发现,大怒,骂我弄虚作假,是品德问题。气冲冲地把文法书撕了,并发誓,再不教我读书。"可见钱锺书不仅自己治学严谨,注重品德修养,对女儿为人处世的要求也非常严格,这对于孩子的成才和个人修养的提升起到言传身教的作用。

附录的最后一篇是杨绛给病中的圆圆的小便条:

圆圆 Dear:
养病第一,好好休息,好好保养,勿劳神。
Deeps of Love
Mom

135

1997 年　二月廿六日

钱瑗在是 1997 年的 3 月 4 日因癌症晚期去世的。她此前所写的几篇文字，都是在医院忍痛仰卧，让阿姨助其书写，但她乐于以此自遣。1997 年 2 月 26 日，她写完前五篇，杨绛劝她养病要紧，勿劳神，她的身体因无法支撑就停笔了，五天后在沉睡中去世。

杨绛曾感叹，人世间不会有小说或童话故事那样的结局："从此，他们永远快快活活地一起过日子。人间没有单纯的快乐。快乐总夹带着烦恼和忧虑。人间也没有永远。我们一生坎坷，暮年才有了一个可以安顿的居处。但老病相催，我们在人生道路上已走到尽头了。"[1] 但在回忆的光影中，"我们仨"昔日的点滴幸福依然闪烁着动人的光芒，并不曾远去。相比之下，杨绛的《我们仨》，文学色彩更浓郁，情感也深沉真挚。而钱瑗笔下的"我们仨"，则是孩子在父母的羽翼庇护下幸福成长，充满了童年之趣和感恩之情。母女的抒情视角和写作笔法各不相同，但朴素写实的笔触如出一辙，让人读后满口余香。

○ "天堂在她心中"

《我们仨·附录二》主要是钱瑗和父母的通信，文字活泼幽默，情感淳朴自然地凝练在笔端。让人不曾料想，这是出自两位

---

[1] 杨绛：《我们仨》，人民文学出版社《杨绛全集》2014 年版，第 4 卷，第 145 页。

六、气韵生动的生命拾零

耄耋之年的父母和年近六十的女儿之手。尤其,圆圆以 Oxhead(牛头,笔者注)作为自己的英文名,令人倍感亲切。当年圆圆在英国出生,熟读经典的祖父钱基博,受《周易》启发起一个卦,"牛丽于英",所以给她取名健汝,号丽英。而圆圆生肖属牛,她可谓一头出生于牛津的活泼可爱的"牛"!

钱瑗是杨绛"生平唯一的杰作",《我们仨》中,她写尽了对女儿的疼爱和赞誉之情。从新生命诞生起,回忆了女儿小时候的可爱、懂事、聪慧、机灵。圆圆两年不见爸爸,好像不认识了,看到爸爸行李放在妈妈床边,很不放心,说"这是我的妈妈"。父亲反问谁先认识妈妈?"自然我先认识,我一生出来就认识,你是长大了认识的!"女儿走路、翻书、过目不忘、勇敢机智,都活脱脱钱锺书的模样,钱瑗说:"我和爸爸最'哥们儿'。"

可惜的是,"锺书认为'可造之材'……她上高中学背粪桶,大学下乡下厂,毕业后又下放四清,九蒸九焙,却始终只是一粒种子,只发了一点芽芽"。六十岁还差两个月,钱瑗积劳成疾,恋恋不舍地离开了深爱的父母。杨绛痛极沉静,借纸笔悟死生,使钱瑗的音容笑貌永远活在读者记忆里,"死者如生,生者无愧"。而《附录二》中,钱瑗的形象再次鲜活地印在人们的脑海中。

第一篇为钱锺书挂念女儿生病而做的打油诗。"一身而三任 此事古未有 暂充两头蛇 莫作三头狗 不从父母诫 夫言当听受 若还执己见 大棒叩汝首 '啊哟痛煞哉!'要逃没处走。"彼时钱锺书自己病重无法起床,还力劝女儿不要太劳累。文字仍然幽默风趣,如同父母对小孩的哄逗。但钱瑗做事认真,身兼多任,她自诩"骑虎难下",结果拖垮了身体。

第二篇为杨绛和钱锺书同给女儿的信,也是奉劝女儿生病要好好休息，不必绕道去看望生病的爸爸。杨绛形象比喻，公私兼顾非高水平者不能，而钱瑗并无此能耐，只是"秃子当和尚将就材料"罢了。因此奉劝女儿，"学校去充当 eagerbeaver，就不必来此作 filial daughter，还是回家作 dutiful wife"。文字依然朴实生动，文学性和说理性兼具。

第三篇、第四篇为钱锺书和杨绛分别写给亲家的信。两口子最大的牵挂是女儿一家的生活，如给亲家送上"购粮本"以便购买"二月份好米"，或过节给女婿家送去可口的点心，并在信中礼节周全地说明，充满了人情味和浓厚的亲情。

后面几篇都是圆圆写给爸爸妈妈的信。一封为得知病中的爸爸特地坐起来为她写信，她就预先写了回信，请爸爸不要劳神写信，并汇报了自己配合治疗的情况，请爸爸放心。一封为1997年新年，圆圆给爸爸的信。信封上还画了一个"翻司法脱（face fat）"，脸盘肥圆的娃娃头像，这是爸爸平常逗女儿的话。信中钱瑗轻松幽默地给爸爸拜年，告知父母自己病情好转，并代医院里钱锺书的 fans 给爸爸拜年。给妈妈的拜年信，则是一首打油诗，"牛儿不吃草 想把娘恩报 愿采忘忧花 藉此谢娘生"。圆圆对父母的心意，并未因病重削减分毫，反而更加牵肠挂肚。如此刻骨的亲情、细腻的表达方式，钱瑗孝心可鉴。

后两封信为圆圆担心妈妈的一日三餐，特地写信教妈妈煨烂糊面，而她自己已不能进食了。她对自己的病情轻描淡写，坚韧面对。更多的是在担心妈妈不好好照顾自己，因此她把具体的菜谱和食材的购买方法，都详细列出。病重时，钱瑗曾给同学写过满满三页纸的菜谱。

菜是她多年来为改善父母膳食所做的成功实践，为她的得意

六、气韵生动的生命拾零

之作。菜谱则是她在病榻上一字一句写就的。在"拌芹菜叶"的菜谱里,她这样写:"一般我把芹菜焯了,撕掉所有的筋"。在"撕掉所有的筋"上方有一条引线,标注:"比较费事"。那惜时如金(连北师大为教职工安排的体检都舍不得花时间参加)的钱瑗,为什么要做这些"比较费事"的事呢?在"撕掉所有的筋"后面是"给妈妈吃"。钱瑗对自己的疾病如此超然、达观,而对亲人、朋友却一如既往地真诚、挚爱。她的朋友怀念她时,用得最多的字眼是"天使""天堂在她心中"。

走到人生的边上的杨绛,曾在《我们仨》里做起古驿道相失的万里长梦——"我曾做过一个小梦,怪他(钱锺书,笔者注)一声不响地忽然走了。他现在故意慢慢走,让我一程一程送,尽量多聚聚,把一个小梦拉成一个万里长梦。这我愿意。送一程,说一声再见,又能见到一面。离别拉得长,是增加痛苦还是减少痛苦呢?我算不清。但是我陪他走得愈远,愈怕从此不见。"[1]而所谓夫妻或母女一场,也是人生路上一程又一程相送,往者不可留,逝者不可追,虽依依不舍却不得不失散于茫茫宇宙中。

○书画亦为有情物

《我们仨·附录三》主要以图画为主。前七幅图为钱瑗为爸爸画像,后两幅为钱锺书和杨绛的字画,充满了浓浓的生活情趣和况味。

---

[1] 杨绛:《我们仨》,人民文学出版社《杨绛全集》2014年版,第4卷,第44—45页。

钱瑗的七幅速写画，寥寥数笔却内涵丰富，向世人展现了生活中真实而丰富的钱锺书，也透露了爸爸在女儿心中的形象。

第一幅画为年轻时的钱锺书。钱锺书曾经把自己年轻时最满意的照片送给女儿，故钱瑗以照片为参照，给爸爸画了一幅肖像画。画像中钱锺书面容俊朗，目光炯炯，嘴唇坚毅，再现了年轻气盛、翩翩风度的钱锺书形象。

第二幅为 1988 年所作，题为"裤子太肥了！"画中只见钱锺书背影，衣服是宽大的工作服样式，裤子过于肥大。画中的人物速写极富神采，年近八旬的钱锺书正戴着眼镜，双手捧书，忘我地站着阅读。钱瑗把日常生活中酷爱读书的爸爸进行了传神的描画。

第三幅画题为"爸：卧读速写"，时间不确定，钱瑗落款为"1956 年?"时值新中国成立初期，人民的物质和精神生活都比较匮乏。图中，钱锺书光着膀子，着短裤，跷着二郎腿，悠然自得卧床阅读。房间的布局极为简单，床上只有简单的一枕头和一床帘。但这幅画充满了梦想主义或魔幻现实主义的色彩，钱瑗的笔法，具有画中画的意味，钱锺书卧读的身姿下，还有另外一个倒影。此外，在图画下方还出现了一个女孩子的头像，大眼睛、高鼻子、尖下巴，不像钱瑗，倒像外国女孩子。如果此画作于 1956 年，当时钱瑗不满二十岁，正值青春浪漫的时期，眼光和画风都具有梦幻主义的色彩，勇于尝试新的表现手法。

第四幅画题为"My father doing a major."作于 1981 年。画中，钱锺书正侧身坐在矮凳子上，忙活着修理工作，样子十分专注而细致。第五幅画题为"室内音乐"，作于 1988 年。钱锺书双手交叉，低头倾听，完全沉浸在音乐世界里。第六幅画题为"付院长暑读书图"。画中钱锺书赤裸上身,着短裤,穿拖鞋,可见暑中炎热的气候,但钱锺书的阅读兴致不减。"付院长"正双手做捧书状,画中却不见书的踪影,留给读者想象的空间。第七幅画题为"衣冠端正　未戴牙齿　赛丑",作于 1990 年。此时,钱锺书已经八十岁高龄了,他头戴荸荠帽,帽子几乎遮住眼睛,没戴假牙,瘪着嘴,腮帮子鼓起一边,一副"作丑态"。年老的钱锺书依旧顽心不改,展示了天真贪玩的本性。

这几幅图虽然造型简括,但用笔流畅,画风朴实,且意义丰富。作画的时间跨度也比较大,从钱瑗十几岁到五十多岁的画作都有保留。画作中,钱瑗小中见大,多为父亲日常生活情景,表现了普遍的人情世故和动人的情趣。钱瑗通过这些画作来逗乐父亲,如同童年时父亲在她肚皮上画画,可谓充满了童真童趣,画作雅俗共赏,含义隽永。

第八幅画为钱锺书的画,让人啼笑皆非。杨绛解释:"锺书遣阿姨买菜,阿姨不识字,要求先生画出来,锺书勉为其难。"上幅图,钱锺书一共画了五样食物:一只两脚鸟类,名为"鸡也";一个椭圆状的物体,名为"蛋也";一根长条状带刺的,名为"黄瓜也";画了几根弯弯曲曲的线条,名为"束面也";最后豆腐切块状和椭圆形的物体,名为"面包也","切片的方面包或圆的大面包"。下幅图中,钱锺书想买牛奶,画不出来,他干脆画了一只羊来代替,反正阿姨能看懂。这不禁让人联想到,当年白居易写诗要求人人能懂,故请教老妪。钱锺书的画作,图文并茂,形象生动,可谓达到妇孺皆懂的水平,画风质朴幽默,让人捧腹!

最后一幅为杨绛赠钱锺书的字——"中书君即管城子　大学者兼小说家戏赠'管城'作者"。杨绛以中规中矩的笔墨,严谨认真的态度书写。同时,对钱锺书的称谓和身份进行了形象概括。钱锺书的笔名有多个,如"中书君""管城子"等。而"管侯中书",皆为笔之谑称。韩愈《毛颖传》中记载:"遂猎围毛氏之族,拔其豪,载颖而归,献俘于章台宫,聚其族而加束缚焉。秦皇帝使恬赐之汤沐,而封诸管城,号曰管城子,日见亲宠任事……累拜中书令,与上益狎,上尝呼为中书君。"[1]宋苏易简《文房四谱》称之为"管城侯"。钱锺书以此为笔名,可谓表明自己的心志,不慕世俗名利,只沉溺于浩如烟海的书籍文墨中,以读书写作为毕生坚守的事业。此外,"大学者"与"小说家"为钱杨夫妇一致认同的身份,杨绛赠予钱锺书,显得中肯且意味深长。

附录三的几幅书画,向读者展示了传统知识分子家庭相濡以沫的场景,他们乐以"简朴的生活,高贵的灵魂"为人生的最高境界,充满了动人的情味和丰富的生命内蕴。

○维权的声色俱厉

杨绛隐忍淡泊,过着深居简出、与世无争的书斋生活。但她曾在《走到人生边上》说过:"在这物欲横流的人世间,人生一世实在是够苦。你存心做一个与世无争的老实人吧,人家就利用你,欺侮你。你稍有才德品貌,人家就嫉妒你、排挤你。你大度退让,人家就侵犯你、损害你。你要不与人争,就得与世无求,同时还要维持实力,准备斗争。你要和别人和平共处,就先得和他们周

---

[1] 屈守元 常思春校注:《韩昌黎全集校注》(卷三十六),四川大学出版社1996年版,第1694页。

旋，还得准备随时吃亏。"的确，在泥沙俱下的历史洪流中，即使与世无争也很难防无孔不入的利益纷争。

2013年5月，北京某拍卖行宣布将举办一场"《也是集》——钱锺书的书信手稿专场"拍卖会，集中拍卖钱锺书的六十六封书信、《也是集》手稿、十二封杨绛的书信和《干校六记》手稿以及六封钱瑗的书信。据悉，钱锺书与朋友的通信涉及个人隐私，不少是对历史和学人的批判，有钱锺书认为"不能公开说的话"。但如今这些"不能公开说的话"，却因拍卖公司前期寄出的大量影印件宣传资料被公之于众。

杨绛对此强烈反对，发表紧急公开声明并发出律师函，表示她"很受伤害，极为震惊"，并希望有关人士和拍卖公司尊重他人权利，停止侵权行为，并称如果拍卖如期进行，将亲自上法庭维权。

该《公开声明》（下简称《声明》）为如下三点：

当前传出某公司很快要拍卖钱锺书、我以及钱瑗私人书信一事，媒体和朋友很关心我，纷纷询问，我以为有必要表明态度，现郑重声明如下：

一、此事让我很受伤害，极为震惊。我不明白，完全是朋友之间的私人书信，本是最为私密的个人交往，怎么可以公开拍卖？个人隐私、人与人之间的信赖、多年的感情，都可以成为商品去交易吗？年逾百岁的我，思想上完全无法接受。

二、对于我们私人书信被拍卖一事，在此明确表态，我坚决反对！希望有关人士和拍卖公司尊重法律，尊重他人权利，立即停止侵权，不得举行有关研讨会和拍卖。否则我会亲自走向法庭，维护自己和家人的合法权利。

三、现代社会大讲法治,但法治不是口号,我希望有关部门切实履行职责,维护公民的"通信自由和通信秘密"这一基本人权。我作为普通公民,对公民良心、社会正义和国家法治,充满期待。[1]

百岁高龄的老人,不得不以羸弱的身躯站出来维权,这既是对人性和良心的质问,也是无奈之下求助法律援助,借此保护家人和自己的合法权益及个人隐私、个人感情不受侵害而不得不采取的方法。

《声明》中,她既表达了自己的严正立场,坚决反对自己和家人的合法权利受侵犯,关键时刻不惜亲自走上法庭,又呼吁"有关部门切实履行职责",还普通公民"通信自由和通信秘密"的基本权利,让我们感觉到这位百岁老人颤抖的心灵和巨大的愤怒。

无奈杨绛"叫停拍卖"的声音如此果断坚决,其中一家拍卖行宣布放弃拍卖侵权,仍有一家拍卖行不做出任何回应。北京市第二中级人民法院于2013年6月3日发出诉前禁令裁定,责令某拍卖行停止侵权行为。但该行负责人仍表示"前后花了三至五年的时间才征集到这些作品,拍卖仍然会如期举行"。为此,北京大学、清华大学、人民大学三所高校的民法、知识产权法和宪法领域的权威法律专家,对私人信件拍卖引发的诸多法律问题进行了专题研讨。与会专家一致认为:未经作者同意,拍卖私人信件严

---

[1] 王贺健 张雷:《书信遭拍卖 杨绛很受伤》,《法制晚报》2013年5月27日。

重侵害了作者及他人的隐私权和著作权,违反公序良俗,应依法禁止。

为此,2013年6月4日杨绛再次发表紧急声明,表示——

我只想再次明确表态,坚决反对任何公司、企业和个人未经许可,擅自拍卖钱锺书、我以及女儿钱瑗的书信,我们也从来没有授权任何公司和个人处理、拍卖我们的信件。我强烈要求北京×××拍卖有限公司立即停止3日上午的拍卖;再次要求北京×××国际拍卖有限公司立即停止将于本月举行的有关拍卖和宣传活动。对于任何其他公司和个人,我也提出同样的要求,希望你们合法经营,尊重法律,尊重公民的基本人权。赚钱的机会很多,不能把人家的隐私曝光在大庭广众之下,拿别人的隐私去做买卖。如果你们一意孤行,我将会亲自走向法庭,维护自己和家人的合法权利。我绝不妥协,一定会坚决维权到底!

直到2013年6月6日中午,北京×××国际拍卖有限公司在其网站上发布了《关于停止"〈也是集〉钱锺书书信手稿"公开拍卖活动的决定》,表示"出于对杨季康女士的尊重,现决定停止2013年6月21日'〈也是集〉钱锺书书信手稿'的公开拍卖。"至此,杨绛的维权行动才艰难地取得阶段性成果,正义支撑着百岁老人颤颤巍巍而不屈不挠地前进。

○ "普通人"的"平常传"

如前所述,杨绛钱锺书伉俪皆看淡功利,落索自甘,始终如一。钱锺书生前说过:"我平生志气不大,只愿竭毕生精力,做做学问",也得到了杨绛的深深认同。读书著述,已成为他们流淌在血液里的生命本质,他们谢绝名利诱惑,不接受采访也不在任何会议上露面,蜗居书斋,杜门避嚣,专心治学。

但即使他们闭门谢客,也阻止不了崇拜者的热情。20世纪80年代以来,钱锺书的《围城》在国内重印及改编电视剧的热播,国内外掀起了一阵疯狂的"钱锺书"热潮。登门拜访、写信问候、电话采访等让杨绛和钱锺书不胜其扰。杨绛看到钱锺书要么对热情的读者表示歉意,要么诚恳地奉劝别人不要研究他的作品,或者客气地推说"无可奉告",甚至也有不讲情理的拒绝,如一位英国女士电话钱锺书,他毫不客气地回绝:"假如你吃了个鸡蛋觉得不错,何必认识那下蛋的母鸡呢?"此外,也有不少人欲为钱锺书作传,并希望得到他的同意,皆被他婉言辞谢或断然拒绝。钱锺书逝世后仍有不少崇拜者欲研究其人其作,希望得到杨绛的支持和理解。如历史学家汤晏曾写作《一代才子钱锺书》,多次写信咨询杨绛关于钱锺书的情况,并希望杨绛为其作序。但杨绛真诚地表示感谢,对其实事求是的精神予以肯定,称赞他"不采用无根据的传闻,不凭'想当然'的推理来断定过去,力求历史的真实,不惮其烦地老远一次次来信问我,不敢强不知以为知"[1]。但杨绛以为自己未能从头到尾细读原稿,对传记作者采用的某些资料无法判定真伪,且各人观点也不一致,因此她礼貌地推掉了写序的任务,这也表现对读者和传主的尊重态度。字里行间透露了杨

---

[1] 杨绛:《书信三封》,人民文学出版社《杨绛全集》2014年版,第2卷,第113页。

六、气韵生动的生命拾零

绛特有的谦和有礼与认真负责,让人感动。

关于不相识不相知的传记作者为钱锺书和自己立传,杨绛向来反对,她以为只要凑足资料,找到出版社就能出书,无须经过传主的同意,且很多传记中的内容都欠妥当。因此,此前并无一本是杨绛和钱锺书首肯的传记,都是传记作者以材料相拼接,主要源自传主的文章材料,大多只转换了人称和表述而已,并无新贡献和实际意义。

但有一人为杨绛所深深信赖,这便是吴学昭——她是钱锺书的老师、国学大师吴宓的女儿。吴学昭由于父辈的交往和情谊,被钱锺书称为"世妹",杨绛称其为"师妹"。几十年间,两家人通过杨绛的八妹杨必互通消息。直到吴学昭离开工作岗位后,有时间经常帮杨绛干点小活,交流的机会比较多。每个人都是一本书,吴学昭作为有心人,留意把与杨绛交往中的"所言所思、所感所叹",作为"读"杨的笔记记录下来。她深受杨绛人格魅力的感染,遂萌发了以"听杨绛先生谈往事"的方式为她写一部传记的想法,也得到了杨绛大力支持,并做到有问必答。杨绛考虑到,其一,可以使胡说八道之辈有所避忌。其二,可以与知心好友一起重温往事,体味旧情。其三,吴学昭的人品和才学都为杨绛所推崇。因此,吴学昭的《听杨绛谈往事》,是杨绛唯一同意和承认的传记,这本书的扉页题有"谨以此书纪念钱锺书先生辞世十周年",这无疑是杨绛和吴学昭共同的心愿和纪念。为此,杨绛还热情地为该传记写下序言。

该序言有杨绛的手写版和印刷版,手写版字迹俊逸灵动,还有修改的痕迹,可见作者的认真和重视。最让人内心受到震撼的是——年逾九十八岁的老人认真诚恳的态度。序言中,她肯定了吴学昭的人品，"她笃实忠厚，聪明正直，又待人真挚，常为了过于老实而吃亏。她富有阅历，干练有才，但她不自私，满肚子舍己为人的侠义精神，颇有堂吉诃德的傻气。不过她究竟不是疯子，非但不荒谬，还富有理智，凡事务求踏实而且确凿有据，所以也只是傻得可敬可爱而已。"[1] 这样一个优秀的传记作者兼知心朋友，杨绛愿意托付其为自己立传。这同时也体现了前辈对后辈的关爱之意，朋友当以心相交，杨绛也曾说过，读人如读书，应多读读精彩的地方，多留意他人的长处和优点。

同时，杨绛感谢吴学昭为"一个普通人写一篇平常的传"。因为她向来自谦为"零"，这是她一以贯之的低调朴实的作风，如她在《隐身衣》中所追求的，穿上隐身衣，须甘愿身处卑微，即使人家视而不见，见而无睹也无所谓。如此可以保其天真，成其自然，潜心完成自己想做的事。实际上，作为一位著作等身的作家、翻译家，见证了我们民族百年历史的同行者，杨绛的地位和姿态应该是不言而喻的。但杨绛从不以高调示人，这也是她让人感动的谦和姿态。此外，杨绛还体现了"舍己为人"、仗义爱才的一面，她如此自谦，也为知心小友吴学昭揽下所有思想包袱——"我的生平十分平常，如果她的传读来淡而无味，只怪我这个人是芸芸众生之一，没有任何奇异伟大的事迹可记。"[2] 杨绛以前辈的宽厚仁爱之心，提携和关照着后辈，良苦用心隐约可见。

杨绛这篇序言，是她唯一承认的传记写下的"笔实"，既是对

---

[1] 吴学昭：《听杨绛谈往事·序》，生活·读书·新知三联书店2008年版，第1页。

[2] 吴学昭：《听杨绛谈往事·序》，生活·读书·新知三联书店2008年版，第1—2页。

读者忠实而殷勤的交代,也是对自己一生的回顾。她与传记作者通过有问必答的形式完成传记的书写,不仅思维活跃清晰,忠诚而严谨地娓娓讲述自己近百年的人生经历,不仅毫无暮气,而且充满了初生婴儿般的芬芳与新鲜。这对于一个九十八岁高龄的老人而言,不啻创造了文化史上的奇迹。

杨绛集子的序跋、"广告""维权声明"等小文,均可以视为她气韵生动的生命拾零。它们再现了杨绛生命长河中的点滴思考,零碎记忆。虽然百川终要归海,但是涓涓溪流却是建构其丰厚生命底蕴的闪亮的精髓。它们既反映出杨绛的生命轨迹与文事交往,亦为杨绛和钱锺书的研究提供了有益的一手材料。

同时,这些看似随意的质朴无华的文字,恰恰呼出了我们当代散文的文化气息。其文字简洁而饱含深意,平实中不乏奇崛,疏放中透出凝重。其情感"哀而不伤,动中法度",看似处处从心所欲,又处处匠心独具。其从容与严谨,温婉而蕴藉,充分体现杨绛了温婉宽厚的真性情和严谨的艺术追求。

七、念兹在兹的生命执着

古往今来,没有比一个人的"谢幕"姿态,更能展示他最真实精彩的"表演";也没有比作为临终遗言的"台词",更能凝练地概括一个人毕生的诉求。而当百余岁高龄的杨绛走到了人生的边上,她会为自己的人生留下怎样的谢幕姿态和台词呢?在寻返精神家园的归途上,她又有怎样的步伐和缅想呢?

2011年,杨绛说:"我今年一百岁,已经走到了人生的边缘,无法确知自己还能往前走多远,寿命是不由自主的,但我很清楚我快'回家'了。我得洗净这一百年沾染的污秽回家。我没有'登泰山而小天下'之感,只在自己的小天地里过平静的生活。细想至此,我心静如水,我该平和地迎接每一天,过好每一天,准备回家。"[1] 她的"还乡"之路,展示着"面朝大海,春暖花开"的温暖缅想,亦凝聚着"华枝春满,天心月圆"的生命守望,凸显了她念兹在兹的生命执着。

---

[1] 王恺:《百岁杨绛:尊严和信仰》,《三联生活周刊》2011年版第31期。

七、念兹在兹的生命执着

○ "华枝春满,天心月圆"

1990年诺贝尔文学奖得主奥克塔维奥·帕斯有名言道:"死亡点亮了生活。"他说:"告诉我你将如何死,我就可以告诉你你曾是什么样的人。"

苏格拉底在临刑前与弟子的谈话录——《斐多》(杨绛译),说得更加"极端":"真正的追求哲学,无非是学习死,学习处于死的状态。"[1]

1989年,那位把"在黑暗中跳舞的心脏"叫月亮,把"天堂的桌子"称为麦地的诗人海子,在他辞世前的七十天,留给世界最祥和、温暖的遗嘱——《面朝大海 春暖花开》。

已过期颐之年的杨绛,对"回家"安之若素,既无所求,亦无所惧,只感到内心的充盈,可称平和的幸福。海德格尔把现代人的焦虑归结为乡愁,他指出诗人的天职是还乡,还乡使故土成为亲近本源之处。而杨绛一反古人"花褪残红""油尽灯枯"的悲观,充满海德格尔"还乡"——回到生命本源的平静和豁达。谁

---

[1] 杨绛:《斐多》,人民文学出版社《杨绛全集》2004年版,第8卷,第301页。

说这不是诗学意义上的"面朝大海,春暖花开"?

杨绛毫无"安生轻死"传统观念,豁达的生死观也许是她积极人生的动力。据杨绛的亲戚讲,杨绛晚年严格控制饮食,少吃油腻,因此体检各项指标都合格。她经常买大棒骨敲碎熬汤,再用骨头汤煮一小碗黑木耳,以保持骨骼硬朗。锻炼也是杨绛多年养成的习惯。她早上散步、做大雁功。百岁高龄后,在家里慢走七千步,做"八段锦"。她将"八段锦"的基本要领归结为六句话口诀:"两手托天利三焦,左右放弓如射雕,调和脾胃需单举,五劳七伤往后瞧,摇头摆尾去心火,两手攀足健肾腰。"虽至百岁高龄,仍头脑敏捷,走路轻快,她还时常徘徊树下,低吟浅咏,流连忘返,吸取新鲜空气。

此前随着钱瑗和钱锺书相继离开人世,杨绛接连陷入痛失亲人的打击中。为了逃避悲痛,也为了创造积极的生命意义,她开始翻译柏拉图《对话录》中的《斐多》。苏格拉底就义前从容不惧,同门徒侃侃讨论生死问题的情景,深深打动了杨绛。他那灵魂不灭的信念,对真、善、美、公正等道德观念的追求,给予杨绛以孤单生活下去的勇气,从而也感受到女儿和丈夫并没有走远。后来她写作《走到人生边上》,也是受到《斐多》的影响。这本随想录,是杨绛作为一个诚实而勤奋的作者,孜孜不倦思索人生和哲学的智慧结晶。它不是一本专业的哲学书,但它凝聚了杨绛百年生命乐而不疲的探索精神。其中关于鬼神、灵魂、命理等命题,杨绛回忆并列举了许多通过亲身经历而积累的宝贵经验,比唯物主义的理论更具象可观。后面随附的散文,既为前部分理论的注释,又是杨绛重新焕发散文生命力的最好写照。杨绛已经"走到人生的边上",但她也超脱了生命的极限与束缚,以孩儿般纯粹的

七、念兹在兹的生命执着

眼睛和心灵重新打量这个世界,关爱着她所热爱的人生和凡尘俗世。至此,杨绛失去亲人的伤痛在读书和写作中渐渐愈合。

毫无疑问,读书写作的习惯,已是流淌在杨绛血液里的重要部分。她在将临百岁之际接受《文汇报》记者采访时提到,"我现在很好,很乖,虽然年老,不想懒懒散散,愿意每天都有一点进步,better myself in every way,过好每一天。我从年初开始,再次用毛笔练小楷,抄写锺书的《槐聚诗存》,一天写几行。练练字,也通过抄诗与他的思想诗情亲近亲近,今天(6月19日)凌晨两点,全部抄完。我有时也写点小文章,多属杂忆与杂写之类,等将来攒到一定数量,当结集出版请大家指教。"

杨绛还乡的文字旅途里,对死生之道的参悟,使她确信灵魂的不朽,也因此能平静而坦然地面对生命的尽头,但不曾停却的是她思索和探究生命意义的步伐。她的回忆性散文流淌着真挚的情感,她在回忆与抒写中渗透了对亲人和朋友,乃至对全人类的大爱与深情。散文主情,所谓"情之一字,足以维系世界"。刘彦和曰:"情者文之经,辞者理之纬;经正而后纬成,理定而后辞畅,此立文之本源也。"(《文心雕龙·情采》)因此,她关于生命的回忆也变得格外美丽、感人、深情。杨绛在回忆之炭火的微燃中感到温暖,她的生命透射着铅华落尽后的温热,闪耀着真淳成熟的光华。

有人用梭罗的诗来比喻杨绛的柔弱、坚韧、乐观,以及她生命的热力不断——

Though I do not believe
that a plant will spring up

where no seed has been,
I have great faith in a seed.
Convince me that you have a seed there,
and I am prepared to expect wonders.
——Henry David Thoreau
(我不相信
没有种子
植物也能发芽,
我心中有对种子的信仰。
让我相信你有一颗种子,
我等待奇迹。
——亨利·戴维·梭罗)

这首诗正好印证了杨绛的生命与文字,犹如种子孕育的智慧和奇迹。其人格和文字的魅力,同样映射出动人美丽的锋芒。杨绛的忆旧怀人散文,带给我们许多对生命根本问题的思考。她的文字充满了"面朝大海,春暖花开"的画面感,散发出"华枝春满,天心月圆"动人的还乡情怀。

○ "还在寻觅归途"

初读杨绛的《我们仨》《回忆两篇》《记杨必》《怀念陈衡哲》等散文,让人不由记起了苏轼的那句"夜来幽梦忽还乡"。杨绛走到了"人生的边缘上"了,她时时在缅想着返还家园的梦境,春夜去了梦境却没去,秋夜来了梦境仍再来。这些"梦"是生命的

七、念兹在兹的生命执着

投影，杨绛以其寻返归途的缅想继续打捞着生命的意义：

有无忧无虑的童年梦——

（我，笔者注）演的是歌剧《主妇的一个礼拜》（星期一洗衣，星期二熨衣，星期三闲来无事，一边打毛衣，一边和邻家妇女闲聊家常……）。剧照上的我，打扮得像个洋娃娃，可是装作一个主妇，很滑稽。当时我一边唱一边演，自己看不见自己。[1]

杨绛笔下许多散文都有关于童年的回忆，童年无疑是人类最美最纯真的梦境。《大王庙》《我在启明上学》《回忆我的姑母》《回忆我的父亲》《忆孩时》中都有她还乡之旅中的童年回忆，那么清晰，那么纯美，一切历历在目，仿佛昨日重现。

有"锱铢积累"的文学梦——

图书馆临窗有一行单人书桌，我可以占据一个桌子。架上的书，我可以自己取。读不完的书可以留在桌上。在那里读书的学生寥寥无几，环境非常清静。我为自己定下课程表，一本一本书从头到尾细读。能这样读书，还有什么不满意的呢？[2]

有研究者提出，杨绛取得的成就源自她天资聪颖，杨绛给予了否定，她认为自己资质中等而已。但她取得文学创作、评论、

---

[1] 杨绛：《我在启明上学》，人民文学出版社《杨绛全集》2014年版，第3卷，第38页。

[2] 杨绛：《我们仨》，人民文学出版社《杨绛全集》2014年版，第4卷，第62页。

翻译多方面的成就，无疑跟她敏而好学、"锱铢积累"学问有密切关系。

有"缬眼容光忆见初"的爱情梦——

每天晚上，他把写成的稿子给我看，急切地瞧我怎样反应。我笑，他也笑；我大笑，他也大笑。有时我放下稿子，和他相对大笑，因为笑的不仅是书上的事，还有书外的事。我不用说明笑什么，反正彼此心照不宣。[1]

"缬眼容光忆见初，蔷薇新瓣浸醍醐；不知靧洗儿时面，曾取红花和雪无？"这是钱锺书初见杨绛，留下了清雅脱俗的深刻印象，犹如蔷薇新瓣浸醍醐，从此两人相濡以沫共度风雨六十余载。杨绛曾表示"我爱丈夫，胜过自己"。因此，她不仅照料丈夫的生活起居，还充当其精神的伴侣，一身而多任。因此钱锺书发自肺腑地说，杨绛是"妻子、情人、朋友"的合体。

有绵长温暖的友情梦——

在我们夫妇的记忆里，麟瑞同志是最随和、最宽容的一位朋友。他曾笑呵呵指着默存对我说："他打我踢我，我也不会生他的气。"我们每想到这句话，总有说不尽的感激。他对朋友，有时像老大哥对小孩子那么纵容，有时又像小孩子对老大哥那么

---

[1] 杨绛：《记钱锺书与〈围城〉》，人民文学出版社《杨绛全集》2014年版，第2卷，第169页。

七、念兹在兹的生命执着

崇敬。[1]

"同道者相爱",杨绛夫妇淡泊名利,蜗居书斋读书著述,他们的朋友中有不少知识分子,如傅雷、陈衡哲、石华父(陈瑞麟)、费孝通等。他们以文会友,在和平年代惺惺相惜、切磋交流,患难之际相互扶持、不离不弃。

杨绛夫妇待人谦和有礼、平等真挚,杨绛曾表示自己永远在群众中。她也有很多劳动人民朋友,如残障的三轮车夫"老王",还有保姆"顺姐""方五妹"等。杨绛以饱蘸情感的笔墨,写出了他们真挚动人的友情,如林肯所说:"人生最美丽的回忆就是他同别人的友谊。"

有"美酒般浅斟细酌"的家庭梦——

> 我们这个家,很朴素;我们三个人,很单纯。我们与世无求,与人无争,只求相聚在一起,相守在一起,各自做力所能及的事情。碰到困难,锺书总和我一起承当,困难就不复困难;还有个阿瑗相伴相助,不论什么苦涩艰辛的事,都能变得甜润。我们稍有一点快乐,也会变得非常快乐,所以我们仨是不寻常的遇合。[2]

杨绛的文字具有铅华洗尽后的平实素朴,如同"我们仨"的

---

[1] 杨绛:《怀念石华父》,人民文学出版社《杨绛全集》2014年版,第3卷,第100页。
[2] 杨绛:《我们仨》,人民文学出版社《杨绛全集》2014年版,第4卷,第59页。

朴素、单纯而美好真诚，读来有一种亲切动人的情致。杨绛的散文"天然去雕饰"，没有华丽辞藻，不着意雕琢经营，朴素平实的背后是真挚深沉的情感，也凸显了"我们仨"丰盈自足的精神生活和淡泊的人生姿态。

有"古驿道相失"的离别梦——

她鲜花般的笑容还在我眼前，她温软亲热的一声"娘"还在我耳边，但是，就在光天化日之下，一晃眼她就没有了。就在这一瞬间，我也完全省悟了……我心上盖满了一只只饱含热泪的眼睛，这时一齐流下泪来。我的手撑在树上，我的头枕在手上，胸中的热泪直往上涌，直涌到喉头。我使劲咽住，但是我使的劲儿太大，满腔热泪把胸口挣裂了。只听啪嗒一声，地下石片上掉落下一堆血肉模糊的东西。迎面的寒风，直往我胸口的窟窿里灌。[1]

白发人送黑发人，杨绛失去唯一挚爱的女儿，其痛苦的情状不忍形容也无法形容，可谓"字字滴血，句句含情"，随处可感作者悲痛欲绝而无能为力的深情。她内心深深地责备自己为人母的大意，感同身受女儿所承受的一切苦难。再后来，钱锺书也离开了人世，"家在哪。我不知道。我还在寻觅归途"，字里行间弥漫着难以言表的深情和忧伤。

杨绛独自踯躅于茫茫的归途时，"好比日暮穷途的羁旅倦客"

---

[1] 杨绛：《我们仨》，人民文学出版社《杨绛全集》2014年版，第4卷，第42页。

（杨绛语），顾望徘徊，怎能不感叹"人生如梦"？但她却不觉得自己这一生空虚，相反，她活得很充实，也很有意思，因为有"我们仨"和其他亲朋益友。往者不可留，逝者不可追，剩下一个她，只能把一同生活的岁月，重温一遍，在回忆中和亲友们再聚聚。

这种悲悯而幸福的回忆论，不能不让我们记起已驾鹤西去的汪曾祺先生，他认为自己所有的作品全是回忆。曾被鲁迅先生誉为"当今中国最有前途的女作家"，"将与蓝天碧水永处，留得半部《红楼》给别人写"的萧红，她的不朽名著《呼兰河传》，同样是充满了生命的平静、光明和干净。她虔诚地"从记忆中抄出来"那些散发着泥土芬芳的"思乡的蛊惑"：蜂子、蝴蝶、玫瑰花、鸭子……但她的目的是追问：灵魂中的呼兰河在哪？慈爱的祖父又在哪里？再看看杨绛笔下聪明过人、梦中西归的"西碧儿"杨必，自比"墙洞里的小老鼠"实则是老虎的傅雷，称自己贪图享乐而"自由恋爱"的用人顺姐，原本对"我"热情有加，后来"对我看了又看，却怎么也记不起我"的温德先生……字里行间跳跃着深深的思考，是回忆也是反省、追问。面对杨绛宽厚、温婉、悲悯的心，除了再反复回味她的追问——"到我死，我的灵魂是怎么也不配上天堂的。忏悔不能消灭罪孽，只会叫我服服帖帖地投入炼狱，把灵魂洗练干净。然后，我就能见过去的亲人吗"[1]，我们还能说些什么呢？

○ "世间最忆是童趣"

文学史上常常有惊人的巧合。杨绛的散文，不禁让人联想到

---

[1] 杨绛：《走到人生边上》，商务印书馆2007年版，第152页。

普鲁斯特的《追忆似水年华》,从思索的主旨,到"追忆"的冲动,到"散文化的小说"或"小说化的散文"的表现手法,二者都有太多的相似之处。由于特殊的生命经历,普鲁斯特对于人生形成了一种非常奇特的概念。他认为人的真正的生命是回忆中的生活,或者说,人的生活只有在回忆中方形成"真实的生活",回忆中的生活比当时当地的现实生活更为现实。《似水年华》整部小说就是建筑在回忆是人生的菁华这个概念之上的。[1]——这种文学观或曰人生观对于杨绛而言是毫不陌生的,甚至可以说二者是相似相通的。杨绛的散文不正是生命与回忆的艺术结晶?

《追忆似水年华》被誉为法国传统小说最后一座伟大的里程碑。本文自然无意要通过杨绛的散文与之比较,而达到抬升其艺术价值的效果,但二者的确有许多相通之处。那些文学评论家对《追忆似水年华》的品评几乎全都适用于杨绛的散文:

评论家莫理斯·萨克斯(1906—1945)说普鲁斯特是"奇怪的孩子","他有一个成人所具有的人生经验,和一个十岁儿童的心灵。"[2]而杨绛的风格、语气,或曰"情景话语",也始终散发着一种纯净的孩子气,她力图把深刻的体验简单化,她孩子般清澈的眸子总能洞见真善美的本质,使这个与孩子的心不相容的世界,在她眼中和笔下无比明亮、欢快、芬芳。

《我爱清华图书馆》就是她融合成人经验和儿童感受的最好诠释,其中涌动着生命最纯净的好奇与欣喜——

---

[1] 罗大冈:《试论〈追忆似水年华〉·代序》,马塞尔·普鲁斯特,《追忆似水年华(1)》,译林出版社1992年版,第3页。

[2] 罗大冈:《试论〈追忆似水年华〉·代序》,马塞尔·普鲁斯特,《追忆似水年华(1)》,译林出版社1992年版,第5页。

七、念兹在兹的生命执着

1932年春季,我借读清华大学。我的中学旧友蒋恩钿不无卖弄地对我说:"我带你去看看我们的图书馆!墙是大理石的!地是软木的!楼上书库的地是厚玻璃!透亮!望得见楼下的光!"她带我出了古月堂,曲曲弯弯走到图书馆。她说:"看见了吗?这是意大利的大理石。"我点头赞赏。她拉开沉重的铜门,我跟她走入图书馆。地,是木头铺的,没有漆,因为是软木吧?我直想摸摸软木有多软,可是怕人笑话;捺下心伺得机会,乘人不见,蹲下去摸摸地板,轻轻用指甲掐掐,原来是掐不动的木头,不是做瓶塞的软木。我跟她上楼,楼梯是什么样儿,我全忘了,只记得我上楼只敢轻轻走,因为走在玻璃上。后来一想,一排排的书架子该多沉呀,我撒着脚走也无妨。我放心跟她转了几个来回。[1]

七十年前如此简单或不值一提的关于"软木地板"的小事,杨绛却用孩子般的童真和童心把它牢牢记住了。多年后,当她把这小事诉诸笔端时,流淌而出的却是孩童般明净天真的话语,而非成人的夸饰和造作。所以,当谁常怀有孩稚般的好奇,对美有着直截感悟与满足,她离生命的本真也就不远了。

晚年的杨绛回忆起前尘往事,总能保持一颗水晶般澄澈透明的心,透过她好奇而纯澈的目光,人们看到了她珍贵的赤子之心,发现了一个至善至美的世界。《记章太炎先生谈掌故》里,杨绛被分派为章太炎先生的演说做笔录,但是她既听不懂章先生的官话,也不懂他谈的深奥掌故。她只好光睁着眼睛看章太炎先生谈——

---

[1] 杨绛:《我爱清华图书馆》,《光明日报》2001年3月26日。

使劲地看，恨不得一眼把他讲的话都看到眼里，这样把他所说的掌故记住。她甚至异想天开，以为一个人的全神注视会使对方发痒。果然，章先生一面讲，一面频频转脸看她。杨绛就是这样高高地坐在记录席上，呆呆地一字不记，最后狼狈下台了。第二天苏州报上登载了一则新闻，说章太炎先生谈掌故，有个女孩子上台记录，却一字没记，[1]让人捧腹大笑。

2022年，杨绛写成回忆童年的文字《我在启明上学》，充满童真童趣。九十岁高龄的杨绛回忆八十多年前上小学的情状，丝毫没有老人的腐朽气，字里行间闪烁着清新芬芳的动人气息。杨绛总是把纯明干净的赤子情怀，作为生命的清新剂，从而能够保持其文字如雨后草上的露珠般晶莹清新——

> 我一个人自己玩的时候，常在这里连续跳台阶，从石阶跳到碎石路，三级、四级，到六级、七级。这种游戏见本领，摔不得，石阶和碎石路都是不饶人的。有一次许多小孩一起玩，一般小孩能跳三到五级，能跳八级的只有两人，一个就是我。再高一级就没人敢跳了。我已跳得脚下有数，从第九级安然跳下来，一群小鬼很佩服。我还不甘心，再跨上一级，到了最高的一层。我站定了先打量一下，脚下该加多少劲，身子该蹲得更低些。我大着胆子踊身一跳，居然平稳落地。但是虽然两脚落地，蹲着的身子止不住还往前冲，鞋底在碎石路上擦过一尺左右停下。我站起身，一无损伤。我跳成了！[2]

---

[1] 杨绛：《记章太炎先生谈掌故》，《散文》（海外版）1998年第4期。
[2] 杨绛：《我在启明上学》，人民文学出版社《杨绛全集》2014年版，第3卷，第31—32页。

七、念兹在兹的生命执着

至此，我们发现杨绛还是"赤子"，自始至终都是赤子。人贵有赤子之心，更贵在赤子之心的永久保持。杨绛文章曾引用"大人者，不失其赤子之心者也"，可见赤子之心于她是生命本真的状态，也是她最喜爱的姿态，她一生都没有放弃对这种姿态的追求，甚至成为她的生存方式。

杨绛在百岁感言里提道："年轻时曾和费孝通讨论爱因斯坦的相对论，不懂，有一天忽然明白了，时间跑，地球在转，即使同样的地点也没有一天是完全相同的。现在我也这样，感觉每一天都是新的，每天看叶子的变化，听鸟的啼鸣，都不一样。"她晚年坚持读书、写作、练字、锻炼身体，以赤子之心感受世界的欣喜。所以，杨绛的文字是写给孩子和孩子的心的。无论过去还是将来，但凡无蔽的童心都能够即刻被其照亮。

○追忆似水年华

在拉封·蓬比亚尼出版社出版的著名《作家辞典》中，写普鲁斯特评传的乔治·卡都衣是这样给《追忆似水年华》的作者下定义的："他对于遗忘猛烈反抗；这种为了生活在时间的绝对性中而进行的狂热与不懈的努力，就是《重现的时光》主要意义。"[1]"回忆"提供了反抗遗忘亦即反抗绝望和（死后）虚无的绝对性，因此，回忆使生命永恒。

---

[1] 罗大冈：《试论〈追忆似水年华〉·代序》，马塞尔·普鲁斯特，《追忆似水年华（1）》，译林出版社1992年版，第4页。

"在回忆中,我们不仅体验到了一个用过去和将来相互交织的当下时间,在回忆中,我们不仅体验了一个同过去和将来相互交织的当下时间,而且还将时间体验为流逝的运动。这种短暂而复杂的乡愁体验的巨大魅力,同回忆者逃离时间的现实化活动密切相关。"[1]这样,回忆力图施展人类生活的永恒连续性,确保人们在时间过程里能保持同一性。杨绛怀人忆旧,与故人在时间的连续性、统一性的进程里心神相契、灵魂交会。因而亲友的离去并不能割断她的生命,在回忆里"还能唤起当年最快乐的日子",只要"把我们一同生活的岁月,重温一遍",就能"和他们再聚聚"。杨绛有意无意地指给困境中的人们一条返乡之路,一条把头靠在群山肩上的皈依之路。

回忆中,杨绛宛如回到了少女时代,给父亲泡一碗酽酽的盖碗茶,剥风干的栗子、山核桃,然后陪在父亲身边看书;母亲仍静静地坐在屋里,做一会儿针线,然后"从搁针线活儿的藤匾里拿出一卷《缀白裘》,边看边笑";三姐结婚时,"新屋落成、装修完那天,全厅油漆一新,陈设得很漂亮。厅上悬着三盏百支光的扁圆大灯,父亲高兴,叫把全宅前前后后大大小小的灯都开亮",把周遭所有的灯光都比下去了;三里河寓所里,"我们仨"各据屋子的一角,各不相扰,钱锺书正在填补他的《韦氏大辞典》;温德先生为了解救宠爱的猫咪,忘记自己的年迈,爬向树的高枝,让树下"观战"的杨绛"心上有说不出的怕"……在杨绛的回忆里,昨日的一切人和事仿佛还在眼前,生命仍在缓缓流淌。

---

[1] 赵敦华:《欧美哲学与宗教演讲录》,北京大学出版社2000年版,第32页。

七、念兹在兹的生命执着

在杨绛的回忆里、冥想中，亲朋故友并没有走远。在杨绛的回忆之乡，她与亲友有说不完的话，享不尽的欢乐。如耿占春在《给天上的姥姥》里深情的倾诉——"现在，姥姥，我把这本关于您的小书献给您在天的灵魂，现在您可以听见它了。写这些，我唯一感到的一丝欣慰之情是，我终于有时间坐下来，面对您说一说心中的许多话，和许多往事了，我终于说了这么多，姥姥，对您。"[1] 杨绛对亲友的回忆和诉诸笔端的思念，不也是在生命的暖流中，默然相契的灵魂在长相守望？它超越了时间空间，跨越了阴阳生死。

虽然在《我们仨》的结尾处，杨绛曾感叹寻返家园的孤独与无助，她清醒地看到以前当作"家"的寓所，只是旅途上的客栈而已。家在哪里，她不知道，她还在寻觅归途。

而实际上，她从未停止寻返归途的步履。晚年的她，"又病又老"，经常失眠、高血压、右手腱鞘炎不能写字，等等，她就在和自己的老、病、忙斗争中不懈地回忆、思考、写作，力图寻返到归依之路。

2004年4月，辽宁人民出版社出版了杨绛的最新译作《斐多》。它是由古希腊哲学家柏拉图所著，记叙哲人苏格拉底饮鸩自尽的当日与其门徒就正义和灵魂不朽的探讨。对杨绛而言，翻译《斐多》的意义不仅仅在于"投入全部心神而忘掉自己"，苏格拉底是因信念而选择死亡的，这在历史上是第一宗。德国汉学家、翻译家莫芝宜佳教授说："哲学是幸福快乐不会枯竭的泉源，因而能战胜死亡。"由《斐多》我们可见，在忘我投入翻译这本关于灵魂不朽

---

[1] 耿占春：《话语与回忆之乡》，东方出版社1997年版，第157页。

的书,大约也是杨绛本人关于生命归宿的叩问。这种叩问,不是对生命存在形式的执着,而是对超越生死界限的灵魂交流的渴望。

安德烈·莫罗亚在总结普鲁斯特创作《追忆似水年华》的根源时提到,作者要凭借"起保留作用的记忆"追寻那"似乎已经失去、其实仍在那里、随时准备再生的时间",以使"自我"长存。因此"我们看到的世界永远受到我们自身情欲的扭曲……要紧的不是生活在这些幻觉之中并且为这些幻觉而生活,而是在我们记忆中寻找失去的乐园,那唯一真实的乐园"。[1] 是的,生命可以不在,时间可以再生。而杨绛的散文告诉读者:一个鬓发斑白的人能始终虔诚地在回忆中与亲友交流,能关心小花小草的命运,为失去小儿女的喜鹊夫妇伤心落泪,那么她必定寻到了真实的生活、生命和自我。

有人把《我们仨》誉为中国式的"追忆似水年华"。[2]《我们仨》写的是家庭生活六十年的风风雨雨,客观地说,比起《追忆似水年华》来是单薄些,但由于生命之火的始终不熄和映照,它的分量并不轻。实际上,将杨绛所有的散文进行整合,也可以说就是一部"追忆似水年华"式的巨著。它记载着时代变迁、沧海桑田与生命相融的宏观历史,又有可比《人性与世态》的微妙和丰富。

在回忆之乡里,杨绛不懈地找寻那唯一真实的乐园——"我们仨"共同生活的日子。这个乐园里有家庭的温馨,有求知的快乐,也有柴米油盐的琐碎,社会的复杂和变迁……但通过时间和

---

[1] 安德烈·莫罗亚:《追忆似水年华·序》,马塞尔·普鲁斯特,《追忆似水年华(1)》,译林出版社1992年版,第7页。
[2] 牛运清:《杨绛的散文艺术》,《文史哲》2004年第4期,第128页。

回忆的沉淀,就变成了伊甸园里繁华、宁静的景象——"这里有利于健康的河流交织,有的树在开花,有的树在结果。"(哥伦布发现新大陆时语)不同的是,这个乐园里结满了智慧果,可供人随意摘食,生命与生命之间有真挚的亲情、爱情、友情……这个人间的天堂,并不在于无人受苦受难,而在于父母儿女能相聚相守,共度患难欢乐,经过长长的跋涉,终能寻返到精神家园的归途。

所有的痛苦或欢乐终将成为过去,返归精神家园的途中永远伴着温馨的缅想和永恒的乐园梦。你尽可以批评造梦者浪漫童稚不成熟,说其终日沉溺于回忆中无可自拔不切实际,然而我们始终无法抗拒在回忆中或悲悯或幸福地沉醉的诱惑。尽管谁也无法全然活在回忆之乡,但是,与"把梦想变为现实"相比,回忆中的现实和回忆之际的"现在"不是更真切,更深切,也更亲切一点吗?

"团圆与离别,家的意义与失家的威胁,是杨绛'家的记忆'的一体两面。团聚的欢欣,始终与离别的阴影相伴随。离别,作为普遍性的人生经验与心理体验,是自然生命时间和社会历史时间的缩影。"[1] 值得注意的是,杨绛的"回忆"不仅仅是机械的回忆,更是充满"现代性"的历史抒写。黑格尔说:"他们之所以为伟大的人物,正因为他们主持了和完成了某种伟大的东西。不仅仅是一个单纯的幻想,一种单纯的意象,而是对症下药适应了时代需要的东西。"[2] 这对于杨绛的散文是再恰切不过的诠释了。

---

[1] 吕约:《记·纪·忆:杨绛记忆书写的三种形式》,《中国现代文学研究丛刊》,2019(07),200页。
[2] 黑格尔:《历史哲学》,上海书店2001年版,第31页。

○归途与缅想

"归途的缅想"来自"寂寞的守灵人"胡河清博士,他辞世已整整二十年。他梦见自己骑一头漂亮的雪豹,在藏地的崇山峻岭自由驰骋,雪山之巅化出七彩莲花宝座,因此命名集子为《灵地的缅想》。然而,一个雷雨交加之夜,他悄悄地离开了我们的世界。

失去精神家园的现代人,无法如鲁迅般"躲进小楼成一统,管他冬夏与春秋",也达不到杨绛"我和谁都不争,和谁争我都不屑"的境界。杨绛尊重生命的价值,其寻访归途的缅想更是超凡脱俗,奇幻而绚烂。

杨绛《走到人生边上》有一篇妙文《胡思乱想》,她别出心裁地提出设想:上天堂穿什么"衣服"?即以什么形态面貌见亲人。"如果是现在的这副面貌,锺书、圆圆会认得,可是我爸爸妈妈肯定不认得了……我愿意带着我十五六岁的形态面貌上天。爸爸妈妈当然喜欢,可是锺书、圆圆都不会认得我,都不肯认我。"[1]杨绛对于灵魂的存在信大于疑。她渴望灵魂的相守,称自己仅仅对有关灵魂的问题作胡思乱想,无从问起,也无从回答。有评论家称赞她:"九十六岁的文字,竟具有初生婴儿的纯真和美丽。"(邱立本语)

失去是人生永恒的主题,但永恒不逝的唯有温馨的缅想和深沉的爱,因为它是我们恢宏的精神世界里的美丽影像。"我孤独一人已近十年,梦里经常和亲人在一起。我常想,甩掉了肉体,灵

---

[1] 杨绛:《走到人生边上》,商务印书馆2007年版,第154页。

七、念兹在兹的生命执着

魂彼此间都是认识的……就像梦里相见时一样。"[1] 生命的疆域无比辽阔,死亡固然带来了肉体的消亡,却昭示了灵魂的永在和生命的无限延伸。杨绛将晚年的生命寄托在整理亡夫的手稿全集与记录自己归途的缅想之上,她平静地面对死亡的哀伤与沉重,其人生的价值由此凸显。杨绛的缅想之火,虽然不如晚会的烟火般放射出璀璨耀眼的光华,但却自有铅华落尽的温热和祥和。她历经百年沧桑的生命看似纤弱,但自有其与众不同的坚韧。

在平静而坚韧的还乡之路上,杨绛真心反省自己一生的过失与罪孽。"我不是大凶大恶,不至于打入十八层地狱。可是一辈子的过错也攒了一大堆。小小的过失会造成不小的罪孽。我愚蠢,我自私,我虚荣,不知不觉间会犯下不少罪……没有洗炼干净之前,带着一身尘浊世界的垢污,不好'回家'。"[2] 杨绛一辈子注重修身锻炼,她看重人自身的存在价值。她以为,人虽然渺小,人生虽然短促,但是人能学,能修身,能自我完善,因此生命的意义在自身的修炼中得以完善,而人贵为万物之灵长的价值也得以彰显。

中国古语曰:"人之将死,其言也善。"外国人临死前,往往有宽恕仪式,请求别人宽恕,也宽恕别人。鲁迅最敬仰的章太炎先生,晚年为了宽恕过去的敌人,在编《章氏丛书》时,把以前的战斗文章全部删掉。杨绛关于宽恕的思考、关于爱的命题的反思是深刻的,心思纯净的她,表现出对亲人的思念和愧怍:"忏悔不能消灭罪孽,只会叫我服服帖帖地投入炼狱,把灵魂洗干净。然后,我就能会见过去的亲人吗?"[3] "可是我不信亲人宽恕,我

---

[1] 杨绛:《走到人生边上》,商务印书馆2007年版,第155页。
[2] 杨绛:《走到人生边上》,商务印书馆2007年版,第153页。
[3] 杨绛:《走到人生边上》,商务印书馆2007年版,第152页。

就能无罪……"同出一辙,钱锺书在《谈中国诗》的演讲中说,希腊哲学家早说,人生不过是家居,出门,回家。我们一切情感、理智和意志上的追求和企图,不过是灵魂的思家病,想找着一个人,一件事物,一处地位,容许我们的身心在这茫茫漠漠的世界里有个安顿归宿,仿佛病人上了床,浪荡子回到家。二者殊途同归,都具有海德格尔还乡的意味,向我们描绘了海子"面朝大海,春暖花开"般的画面。

1998年以来,女儿和丈夫相继去世后,年近九旬的杨绛强忍悲痛,独自打扫战场。她锱铢积累、呕心沥血整理出版钱锺书的中外文笔记,使钱锺书的学术手稿得以面世。为了缅怀"我们仨"共度的美好时光,她完成散文集《我们仨》的写作。杨绛对丈夫和女儿生命的钟情,已远远超出传统妇女的内涵。无疑,亲人一个个离散人间,百岁的杨绛孤独而悲悯地寻觅归途,家在哪里,她不知道。唯有"借纸笔悟死生",杨绛才能对亲人倾诉朝思暮想的苦楚,将自己未尽的义务一一忏悔,述说内心的愧疚与依恋。在她绵长的生命暖流中,不同世界的灵魂可以遥遥守望,不离不弃。因此,不管是杨绛祈求亲人"宽恕",还是追忆"我们仨"的深情文字,都是向挚爱的告白,她虔诚地守护着亲人的生命和灵魂。

蒙田说:"没有一个人或只有极少数人在进入老年之后不带有酸腐和发霉的味道的。"杨绛应该属于那"极少数人"。"生则重生,死则安死",她从容淡定地行走在还乡的旅途上,没有丝毫的迟疑和恐惧。在杨绛的归途缅想中,死亡自有一种美,一种安静,生命并不因死亡而消亡、虚无、变形,他们引领世人走向永恒的宁静。

八、"人生边上"的生命顿悟

1991年,全国十八家省级电视台正联合拍摄《中国当代文化名人录》。彼时是"文化昆仑"钱锺书正"火"的时候,剧组自然忘不了他,但是他们真诚的邀请却被钱锺书婉拒了。当别人告诉钱锺书拍摄会酬谢他一些钱,他淡淡一笑:"我都姓了一辈子钱了,还会迷信这东西吗?"不缺"钱"的钱锺书与妻子杨绛志同道合。

"嘤其鸣兮,求其友声",这对相知相契的夫妻,由于"三观一致"——尤其是酷爱文学、痴迷读书、思考人生而相互吸引——结为伉俪,相濡以沫走完一生。钱锺书说自己"没有大的志气,只想贡献一生,做做学问"。夫人杨绛深深认同他的理想并终身践行。两人淡泊名利,蜗居书斋,过着简朴的生活,把智慧和精力贡献于中西文化的研究、著述上,成为20世纪中国文坛"才华高而作品精、同享盛名"(夏志清语)的传奇伉俪。而他们不谋而合的价值观、人生观,在"快乐最大化"力图取代"契约正义论"的现代商品社会里,尤其值得我们细细思考。

○清水一滴　淡泊名利

"拙作实不宜上荧屏"——这是钱锺书对《围城》改编电视剧的意见。但是，电视剧问世之后，好评如潮，据说有关单位要给钱先生一万元改编费用，钱锺书回答："给幼儿园吧。"

不管人世如何喧嚣，钱锺书夫妇与做教师的女儿，"我们仨"一如既往地闭门杜嚣，过自己平淡的生活，从不理会别人的吹嘘和追捧、误解与苛责。杨绛曾说："我只是一滴清水，不是肥皂水，不能吹泡泡。"而他们的金钱名利观，有着惊人的相似。

钱锺书一贯淡泊明志，"不喜名利"，不爱财。不了解他的人往往认为他太"迂"，书生气太重。黄永玉在《向北之痛——悼念钱锺书先生》提及，有权威人士年初二去拜年，钱家都在做事，放下事情去开门，来人说声"春节好"跨步正要进门，钱锺书只露出一隙门缝说："谢谢！谢谢！我们很忙，谢谢！谢谢！"这让他很不高兴，说钱锺书伉俪不近人情。[1] 为了不打扰钱锺书工作，更多时候是杨绛负责挡门谢客，她自嘲是钱锺书的"拦路虎"。钱杨夫妇的闭户读书著述，一度被人误认为孤高自大。

改革开放进入新时期后，钱锺书作为中国代表团成员走出国门，他渊博的学识和机警幽默的谈吐让他大放异彩，不少国家的学者和各著名大学纷纷邀请他去讲学，母校牛津大学也高薪邀请他，但他都一一拒绝。1979年他访问了美国、法国等国，海外媒体对此进行大肆渲染。但他在给好友黄裳的信中颇不以为然："弟

---

[1] 黄永玉：《比我老的老头》，上海文化出版社2020年，第4页。

无学可讲，可讲非学。彼邦上庠坚邀，亦皆婉拒。报章渲染，当以疑古之道疑今。……又君美才，通函以少作相询，弟老无所成，壮已多悔。于贾宝玉所谓'小时干的营生'，讳莫如深。"[1] 20世纪80年代，天上掉下来"馅饼"，美国普林斯顿大学邀请钱锺书前往讲学，时间为半年，报酬是十六万美金，约一百四十万人民币，包括交通、餐饮、携带夫人，半月讲学一次，一次四十分钟——半年合计也不过八小时左右的课。然而，金钱的诱惑压根儿无法与学问的严肃性匹敌，钱锺书的回答是，你们的研究生的论文我都看过了，就这种水平，我去讲课，他们听得懂吗？

所以，对于一般人最难抗拒的名利诱惑，钱锺书夫妇却是泰然处之，一笑置之。钱锺书生前曾明确表明态度："我不进现代文学馆。"杨绛亦"夫在前，妻在后"地紧随，这在现当代文坛并不多见。

杨绛曾译19世纪英国诗人蓝德（W. S. Landor）的诗，并题于其散文集的扉页：

我双手烤着

　　生命之火取暖；

火萎了，

　　我也准备走了。[2]

翻译家朱虹评价：杨绛那双手，是西谚所云"戴着丝绸手套的铁手"，其筋骨与蕴涵，后人如何说得！

立足世界经济发展的大势考察，时下无疑已经进入了一个消费社会。在这个消费社会中，不仅仅是商品数量的极度扩张的问

---

[1] 黄裳：《榆下说书》，安徽教育出版社2006年版，第233页。
[2] 杨绛：《杨绛全集》，人民文学出版社2014年版，第3卷，第3页。

题，而是无孔不入的商品经济，倒过来反客为主地去制造或刺激人们的各种需要的问题。人们的消费行为不仅仅是一种经济行为，而是转向为一种生活方式和文化行为，文学艺术也在这样的大背景之下跌跌撞撞地行进着。然而，钱锺书和杨绛无意于主动融入这个消费时代，坚持他们一贯的情操与生存方式，于是显得尤为珍贵。

○ "厚德载物"是"止"

清嘉庆年间所修《全唐文》收有《钱本草》一文："钱，味甘，大热，有毒。偏能驻颜采泽流润，善疗饥寒，解困厄之患，立验。能利邦国、污贤达、畏清廉。贪婪者服之，以均平为良；如不均平，则冷热相激，令人霍乱。其药，采无时，采之非礼则伤神。此既流行，能役神灵，通鬼气。如积而不散，则有水火盗贼之灾生；如散而不积，则有饥寒困厄之患至。一积一散谓之道悉数阐明，不以为珍谓之德，取与合宜谓之义，使无非分谓之礼，博施济众谓之仁，出不失期谓之信，入不妨己谓之智。以此七术精炼，方可久而服之，令人长寿。若服之非理，则弱志伤神，切须忌之。"——寥寥二百字，将金钱的属性、利弊、聚散之道悉数阐明。以药喻钱，揭示人性差异，堪称绝妙奇文。

无独有偶，钱锺书曾引述《风俗通》说："利旁有刀，就是说多得钱财者，必有刀剑之祸的意思。钱边上有两个戈字，戈乃杀人之物也；而两戈争贝（古代以贝为钱）岂非贱乎？执十戈以求贝，岂不就是'贼'吗！"《管锥编》里亦提及，他所厌恶的钱，是那些靠十戈争贝来的贼钱，特别是靠权势巧取豪夺，贪赃吃贿的窃国者。他主张君子爱财,取之有道。金钱本身无所谓香臭,只有靠劳动和守法途径赚来的钱,才是可取的,同时要把钱用到对国家对人民有利的地方。

"简朴的生活,高贵的灵魂是人生的至高境界"——这是钱锺书夫妇非常喜爱的名言,而他们也一直身体力行着。在亲友眼里,杨绛生活俭朴、为人低调。当年她的寓所,是所在小区唯一没有封阳台,也没有室内装修的寓所——"为了坐在屋里能够看到一片蓝天",这是杨绛特殊的要求。水泥地板、老式柜子和桌子,小花小草摆在书桌和阳台上,是杨绛额外的装饰。寓所最显眼的是钱锺书和钱瑗的照片,还有几大柜子书。杨绛说:"我家没有书房,只有一间起居室兼工作室,也充客厅,但每间屋子里有书柜,都有书桌,所以随处都是书房。"

钱锺书、杨绛在其绵长的生命旅程中,不仅以其"不言之教"的力量感染后人,还给予精神和物质上的实质扶持。即使特殊期间,杨绛一如既往无畏地扶持困难的同事与师生。朱虹、郑土生等至今感怀杨绛的"雪中送炭"。钱锺书和钱瑗去世后,遵照三人的意愿,杨绛把女儿的六万元存款赠予北京师范大学,并以"我们仨"的名义把夫妇全部稿费和版税一百七十多万元,捐献给母校清华大学作为"好读书奖学金",用来资助好读书的贫寒子弟顺利完成学业。在捐赠仪式上,杨绛发表了即席讲话,传递了"我们仨"的心声——"'自强不息'是'起',起点的起;'厚德载物'是'止','止于至善'的'止'。这八个字就是我对'好读书'奖学金获奖学生的希望。"至今,奖学金捐赠累计逾千万,受到资助的本科生和研究生已达数百位。此外,当年获奖的学子还有幸与杨绛面谈,参观杨绛、钱锺书的书房,感受清华学长精深细致的治学精神。

先生之风，山高水长。这百万版税都是地地道道的"书中钱"，钱杨夫妇靠呕心沥血治学，皆为孜孜不倦笔耕所得。

同时，他们以特有的庄严自重的风范，鼓励殷殷学子践行清华大学"自强不息，厚德载物"的校训。杨绛即使年逾百岁，依然关心现实生活、关心社会、关心大自然、关心普通老百姓。她追求"简朴的生活，高贵的灵魂"，则是一种精神意义上的富有，很难为我们消费时代的人们所理解。她以诚挚的灵魂拷问者的目光，悲悯地凝视着人类日渐荒芜的"生命绿洲"。

○ "人弃我取，人取我予"

钱锺书对司马迁在《史记》中表达的经济思想——天下熙熙，皆为利来，天下攘攘，皆为利往——的重利观给予高度重视，对"列传"中的《货殖列传》尤为赞赏。所谓货殖，就是从事工农商金融贸易等行业，要使货物财富不断滚动增值。在列传中，钱先生又最赏识白圭，白圭认为发财致富是人的天性，不是学而后生的。他认为"在军壮士、任侠少年、赵女郑姬、游闲公子、渔夫、猎人、博徒、官吏、士人、农工、商人……莫不是求财致富"。钱锺书还从白圭的"人弃我取，人取我予"的观点中悟出了为学之道：学问要知人所不能知，为文要用别人所不能用。

故此，"货殖"二字在钱氏的理解中，变成了"心血笔耕"的代名词。1941年钱锺书出版了散文集《写在人生边上》；1946年出版短篇小说《人·兽·鬼》；1947年出版长篇小说《围城》，后被翻译成多种文字，有十数种不同的译文版本，在各国出版并畅销不衰,甚至屡屡被盗印;1979年,皇皇巨著《管锥编》由中华书局出版,这部洋洋四大册的著作极大地震动了学术界。之后《谈艺录》《七缀集》《宋诗选注》的出现,使钱锺书更加大放异彩。钱锺书去世后,年近九旬的杨绛殚精竭虑地整理其20世纪30年代到90年代的笔记,并做全面细致的编排,结集出版了三卷《容安堂馆札记》,二十卷《钱锺书手稿集 中文笔记》,一百七十八册外文笔记。钱锺书虽未必著作等身,但学识之渊博,文采之恣肆,考证往往"无一字无来历",其"人弃我取,人取我予"的为学之道常让人惊叹称奇,这是属于钱杨夫妇的"另类的财富观"。

更为"另类"的是钱锺书的"借钱观"。据杨绛回忆:古典文学组的人来找钱锺书借钱,他会问:"你要借多少?"答:"一千元。"答曰:"这样吧,不要提借,我给你五百元,不要来还了。"同一个人二次来借,他依然如此对折送人钱。他当副院长期间,给他开车的司机出车上街撞伤行人,急切地找钱锺书借医药费。听明情况后,他问:"需要多少?"司机答:"三千元。"他说:"这样吧,我给你一千五百元,不算你借,就不要还了。"

或曰,放到现在,钱锺书的借钱方式依然可以借鉴。但是,前提是两个词:"急需"与"极熟"。

2011年,杨绛说:"我今年一百岁,已经走到了人生的边缘,无法确知自己还能往前走多远,寿命是不由自主的,但我很清楚我快'回家'了。我得洗净这一百年沾染的污秽回家。我没有'登泰山而小天下'之感,只在自己的小天地里过平静的生活。细想至此,我心静如水,我该平和地迎接每一天,过好每一天,准备回家。"

笔者不止一次研读百岁时杨绛的照片：虽然青春已逝，但她脸上有铅华落尽见真淳的柔美，从容淡雅睿智都凝聚在这张恬静的脸上。不禁让人感慨，即使百岁高龄，她仍保留着孩子的纯真！如同她晚年的作品，保持着对世界的热爱与好奇。

就为学之道而言，她与夫君钱锺书"人弃我取，人取我予"的治学观不谋而合，杨绛温婉而坚韧的双手，执着地书写着人生、艺术和大自然，常独辟蹊径，有奇思妙想。她这双手曾写过《干校六记》《洗澡》，翻译过《吉尔·布拉斯》《堂吉诃德》，九十六岁高龄出版哲学专著《走到人生边上》，缔造了人类文化史上的奇迹。九十八岁后，杨绛开始续写长篇小说《洗澡》。一百零三岁的杨绛，并没有停止对艺术和生命价值的追求，她还在坚持看书、写作、习字，修订妹妹杨必的译作《名利场》。这双烘烤着生命之火和百年历史之火的双手，曾抚慰了几代人的灵魂？并将继续给后来者以灵魂的慰藉。

钱锺书、杨绛夫妇遗世独立的价值观，给我们提供了良多有益的思考。他们恪守"俭为共德"的生活理念，以"简朴的生活，高贵的灵魂"彰显老一辈知识分子的修身内省，守护着其不为物役的生命绿洲。

○ "云在青天水在瓶"

"聊乘化似归尽，乐夫天命复奚疑。"如同夏多布里昂早早写了《墓中人语》，陶渊明同样不惧死期，生前便写下了《自祭文》和《拟挽歌辞三首》等诗篇，豁达从容地等待死亡这个"必然会降临的节日"（史铁生语）。那么，独自寻返归途的杨绛，又以怎

八、"人生边上"的生命顿悟

样的"回家"姿态无怨无悔地走向最后的栖息地呢？

2005年，九十四岁高龄的杨绛已经走到"人生的边缘上"（杨绛语）了，但她丝毫没有停顿追寻生命意义的脚步。当她从医院回到家，就赶紧着手写作病床上思考的题目——《走到人生边上》。这个题目应该说受钱锺书早年的作品《写在人生边上》的影响和启发。周国平说："杨绛九十六岁开始讨论哲学，她只和自己讨论，她的讨论与学术无关，甚至与她暂时栖身的这个热闹世界也无关。她讨论的是人生最根本的问题，同时是她自己面临的最紧迫的问题。走到人生边上，她要想明白留在身后的是什么，前面等着她的又是什么。她的心态和文字依然平和，平和中却有一种令人钦佩的勇敢和敏锐。她如此诚实，以至于经常得不出确定的结论，却得到了可靠的真理。"[1] 我们仿佛看到一位智慧而典雅的老人，为灵魂细心地清点行囊，无私地分赠给世人最宝贵的人生财富，而她则随时准备着安详而平静地离开这个世界。

晚年的杨绛，烘烤着生命和艺术之火，依然笔耕不辍，但是老病相催，写作的艰难与求智慧的乐趣相反相成。"失眠、高血压、右手腱鞘炎不能写字等"常常困扰着她，"血压高了，失眠加剧，头晕晕地，就不能用脑筋，也不敢用脑筋，怕中风，外来的干扰，都得对付，还得劳心。"[2] 尤其写作《走到人生边上》这样的哲学著作，对于一位九旬老人而言，是极大的冒险和奇迹，而追求智慧的魅力，犹如塞壬女妖的歌声般吸引着她无法自拔。杨绛在自序里提道："从此我好像着了魔，给这个题目缠住了，想

---

[1] 周国平：《人生边上的智慧》，《读书》2007年第11期。
[2] 杨绛：《走到人生边上·自序》，商务印书馆2007年版，第2页。

不通又甩不开。"[1] 杨绛写作这本四万字的小书，极其不容易。一则她认真执着，常常要通彻地把一个个哲学问题理解清楚，往往需要耗费大量的时间和精力。二则需要阅读大量古今中外的书籍来帮助思考。三则她年事已高，身心都承受不了高强度的工作。

于是，杨绛在与老病忙的斗争中，争分夺秒与时间赛跑。她有失眠的习惯，"睡不足，勉强工作，往往写半个字，另一半就忘了，查字典吧，我普通话口音不准，往往查不到，还得动脑筋拐着弯儿找。老人的字爱结成一团，字不成字"[2]。此外，亲友和许许多多的小辈好友远道来看望，她固然高兴，但宁静的生活和有计划的写作就被打断了。因此，晚年她就又老又病又忙，难得有清闲。但正如她引用的16世纪意大利批评家卡斯特维特罗的名言所说的那样："欣赏艺术，就是欣赏困难的克服。"她在克服各种艰难险阻中，竭力完成了一项不可能完成的任务。

哲学的范畴广且深，杨绛历经两年的苦苦思考和写作，终于将许多问题想通。她就是这样凭着坚韧的信念和巨大的勇气，与自己的老、病、忙斗争，挣扎着完成这本"自问自答"集——《走到人生边上》。让人佩服之余，不禁真心怜惜这位爱好智慧的老人。虽然她所思考的哲理，是哲学中常见的命题，且无艰深的理论支撑，但是九十多岁的老人以虔诚的态度、执着的姿态念兹在兹，夜以继日地完成，其内在的意义和价值足以抵消所谓的理论贡献。

正如杨绛所自问自答的："我正站在人生的边缘上，向后看

---

[1] 杨绛：《走到人生边上·自序》，商务印书馆2007年版，第1页。
[2] 杨绛：《走到人生边上·自序》，商务印书馆2007年版，第2页。

看，也向前看看。向后看，我已经活了一辈子，人生一世，为的是什么呢？我要探索人生的价值。向前看呢，我再往前去，就什么都没有了吗？当然，我的躯体火化了，没有了，我的灵魂呢？灵魂也没有了吗？"[1] 她要讨论的两大主题，一是人生的价值，二是灵魂的去向，"前者指向生，后者指向死"。在正文中，她分章节讨论了"神和鬼的问题""灵和肉的斗争和统一""命和天命""修身之道""受锻炼的是灵魂""人生的价值"等形而上的问题，统统可归指为上述两大主题。

为此，杨绛列举了历史上和自己亲身经历的关于鬼神的事。她只是耐心平和地讲述，并不求读者认同。她自称旧社会的老先生，满脑子过时的想法。但她对于不论是"老先生"还是"年轻人"的想法感到困惑，他们一致认为灵魂和鬼神的不存在，"显然代表这一时代的社会风尚，都重物质而怀疑看不见、摸不着的'形而上'境界"。但他们的见解是否正确，还值得进一步考究。她放弃一切的成见和定论，按照自己的经验和逻辑，发现问题，解答问题，认真得像个小学生。杨绛凭借着坚定的信仰和自由无碍的思维，引领我们走进了一个全新的芬芳世界。

无疑，杨绛以九十六岁高龄出版哲学专著，缔造了人类文化史上的奇迹。但这还远远不够，九十八岁后，杨绛又开始续写长篇小说《洗澡》，杨绛在前言中说，她"特意要写姚宓和许彦成之间那份纯洁的友情……假如我去世以后，有人擅写续集，我就麻烦了。现在趁我还健在，把故事结束了吧"。为此，我们看到一位"活到老，学到老"，孜孜不倦追求智慧的学者、智者——生命不

---

[1] 杨绛：《走到人生边上·前言》，商务印书馆2007年版，第15页。

息，创作不止。她虔诚地追求智慧的决心和勇气，让所有人都为之震撼和感动。

公元前399年，苏格拉底被雅典法庭处决的当天，学生柏拉图记下了老师最后的声音。其中有论及苏格拉底欢乐的死亡观——"天鹅平时也唱，到临死的时候，知道自己就要见到主管自己的天神了，快乐得引吭高歌，唱出了生平最响亮最动听的歌。可是人只为自己怕死，就误解了天鹅，以为天鹅为死而悲伤，唱自己的哀歌……天鹅是阿波罗的神鸟，我相信它们有预见。它们见到另一个世界的幸福就要来临，就在自己的末日唱出生平最欢乐的歌……我一丝一毫也不输天鹅。我临死也像天鹅一样毫无愁苦。"（杨绛译）

由此可见，杨绛并没有把死亡视为人生的终结，她如同苏格拉底在《斐多》里的达观快乐，把死亡当作必然会降临的节日，优雅从容地唱着最响亮动听的生命欢歌。因此，在其温馨的还乡缅想中，为我们营构了一个崭新、圣洁、美丽、芬芳的新世界，其中凝结着"华枝春满，天心月圆"的永恒生命守望。

走到人生边上的杨绛，越是接近生命的终点，文字越淡远，也越深刻。纵观她以纸笔悟死生的所有岁月，我们蓦然发现，她已娓娓道尽生命的哲理——生命的事，不能说，也不必说，正所谓："我来问道无余说，云在青天水在瓶。"

结　　语

　　杨绛散文魅力长存的原因很多，但其"关键词"之一在于：生命感。那是生命之树上的花朵，通过对自己和他人生命进程的描写、回忆，展现一位人文知识分子的生命观、生命力和生命体验。"生命"是其散文的主题，是作者赖以存活的生存方式，是贯穿其散文的灵魂。她的散文集合起来，便是活活生生的一套"生命的教科书"——以自己毕生的生命思考、记录他人与国家的命运，始终关注生命质量与精神家园，这种现象在中外散文史中比较罕见。

　　中国现代散文难度大、诞生迟而成熟早。新文学开启的"五四"散文，重生命，重个性，众多作家纷纷观照社会和自身的问题，写出许多关注生之处境和生命意义的散文。周氏兄弟、郁达夫、冰心、朱自清等在中国现代散文的发展历程中举足轻重，他们不仅在散文创作上引领潮流，在理论开创方面也独树一帜。

　　抗战时期，当救亡压倒了启蒙，作家们对自身和人生处境的关注较少，对个体的生命体验的关注也渐弱，甚至置于被抑制的地位，"生命"的主题表现得比较简单。

　　新中国成立后的散文，强调文学为政治服务。散文被称为

"政治的轻骑兵",由于自身文体的特点,成了当时政治宣传的"急先锋"。重阶级、重集体成为散文创作的主题。有关个体生命的体验和生之处境的关注,被淹没于集体主义的洪流中。

较之"十七年"的"放声歌唱"和"篇终显志",新时期散文确实取得了不小的成绩。"报告文学平空出世,成绩斐然;杂文嬉笑怒骂,发展迅速;文艺性散文,经过艰难的摸索,后来居上,大领风骚。新时期散文的观念和表现形式趋向多元化,从内容到形式都呈现崭新的风貌。"[1] 但是,新时期散文仍存在"过大过小"的缺憾。"过大"问题在于:20世纪70年代末80年代初的"报告文学",过于政治化、纪实化、表面化。90年代初的"文化散文",则过于资料化、史实化,拿腔拿调,有掉书袋的嫌疑。"过小"问题在于:"私人化写作",强调"个人话语"的支配性、个人风格的合理性和所谓"独一无二的感受",最终导致散文中充斥着私人的封闭性的话语,无法引起集体的共鸣。

真正"诉诸灵魂与生命"的散文,在新时期回归了"五四"精神,如果说作为"50后"的史铁生扮演了中年一代"灵魂拷问者"的角色,那么,杨绛无疑是老一代"生命散文"的代表作家。她与冰心、宗璞一起,完成了中国百年女性散文的"三重唱",使得散文成了新时期文学最有成绩的部门之一。而杨绛"诗一般的人生"恰恰是用散文完成的,这与散文同步的美丽的生命仍然具有活力。无论在散文创作的意义上,还是在中国当代文学的生命哲学意识的总结上,杨绛都是不折不扣的扛鼎人物。

1918年,文化名人李叔同出家而成为后来的弘一法师,世人

---

[1] 肖向东:《中国文学历程》,国际文化出版公司1999年版,第364页。

结　语

对于其出家的缘由议论颇多,其得意弟子丰子恺解释曰——

> 我认为人的生活可以分为三层:一是物质生活,二是精神生活,三是灵魂生活。物质生活就是衣食,精神生活就是学术文艺,灵魂生活就是宗教。……弘一法师的"人生欲"非常之强!他的做人,一定要做得彻底,他早年对母尽孝对妻尽爱,安住在第一层中。中年专心研究艺术,发挥多方面天才,便是迁居二层楼了。强大的"人生欲"不能使他满足于二层楼了,于是爬上三层楼去,做和尚,修净土,研戒律,这是当然的事,毫不足怪的。做人好比喝酒,酒量小的,喝一杯花雕已经醉了,酒量大的,喝花雕嫌淡,必须喝高粱酒才能过瘾。[1]

作为"人生边上的生命解读者",杨绛的散文于娓娓道来、含蓄蕴藉中,始终坚持着"生命"与"灵魂"的主题,她的娇小柔弱的身躯一直在"三层楼"上盘桓,而且其"坚持"完全是文由心出,自自然然,毫不做作,让拿腔拿调的"文化散文"即刻现出装腔作势的"原生态"。杨绛将文化哲理交融、历史变迁与个体的回忆相结合,写出了生命的深度和厚度,光洁度与柔韧度。在对于五四文学的生命主题和精神的回归之中,杨绛对"十七年"散文的空泛滥情进行了有力的反拨和纠正,又在一定程度上弥补了新时期散文"过大过小"的缺憾——这一切均是在默默之中、在从不"揭竿而起"、扬名立派的情况下悄然完成的,因此也更加

---

[1] 丰子恺:《我与弘一法师》,浙江文艺出版社、浙江教育出版社《丰子恺文集》1992年版,第6卷,第399—400页。

可贵。她以清新隽永、幽默练达、平淡中常有妙思奇想的文字，让读者体味到"学问深处气自平"的平静意义。而且，她用自己的文字告诉我们：这种质朴的平静与肌理的厚实又是如何有机地融合在一起，生气勃勃的生命应该如何炭火一般地绵延、发热、发光。借助散文文体的真切与自然，杨绛以浓烈的生命感觉和丰富的生命体验，为一个时代留下了生命的塑像——百年历史与个体生命在一双温婉而有韧性的手中实现了永恒。

附录一

杨绛散文创作年表

1936 年

《阴》

写作时间：1936 年

发表时间：1937 年 5 月

出版物：《文学杂志》

内容简介："在日夜交接的微光里，一切阴都笼罩在大地的阴里，蒙上一重神秘。渐渐黑夜来临，树阴、草阴、墙阴、屋阴、山的阴、云的阴，都无从分辨了，夜吞没了所有的阴。"这是自然界中无可抗拒的规律，但作者所要表达的似乎不仅仅是自然界表层的规律，而是更深层次地引发读者对人性的思考，对宇宙中朦胧而又神秘的力量的思考。

20 世纪 40 年代

《风》

写作时间：40 年代

发表时间：1992 年 7 月

出版物：花城出版社（收录于《杂忆与杂写》散文集）

内容简介：风是很难表现的，因为无形无体，无色无味。但是世间有很多类似的事物，作者都把它们表现出来了，而且很逼真，很传神。风是自由的，但风也是得不到自由的，无论它怎样猛烈，仍得闷在小小的天地间，由盛怒转为懊恼，由悲哀转为幽恨，由狂欢转为凄凉，由失望转为淡漠……杨绛把无形无体、无色无味的风写活了。风，有了自己的性格。它的性格是从其他事物中显衬出来的。

《流浪儿》

写作时间：40年代

发表时间：1992年7月

出版物：花城出版社（收录于《杂忆与杂写》散文集）

内容简介：《流浪儿》是20世纪40年代杨绛归国之作，不复异国羁旅，但其中情愫是一致的。身逢战乱，山河震荡，个人如何获得归属感，行文不复羁绊，但个体生命却感受到了更大的束缚，一种占据身心的束缚，而杨绛寻求到了暂时的解脱之法——逃遁。

《喝茶》

写作时间：40年代

发表时间：1992年7月

出版物：花城出版社（收录于《杂忆与杂写》散文集）

内容简介：杨绛描摹各国人的茶文化和心态：写英国人不会喝茶，吃茶叶而咂舌，更把茶当成了上好的药。法国人、美国人不喝茶，似乎对茶冷淡。文章最后，作者以伏尔泰饮有毒素的咖啡活到了七十岁，引出了唐代一僧人喝茶活到一百三十岁的传闻。作者说"看来茶的毒素，比咖啡的毒素发作得更要慢些"。因此，作者对茶的热爱，在文章的结尾得以显露，其内蕴的情感也升华到了极致。

《听话的艺术》

写作时间：40 年代

发表时间：1948 年 4 月

出版物：《观察》

内容简介："假如说话有艺术，听话当然也有艺术。说话是创造，听话是批评。说话目的在表现，听话目的在了解与欣赏。"正因如此杨绛在文中阐明了自己的观点："听话包括三步：听、了解与欣赏"；"听人说话，最好效陶渊明读书，不求甚解"；"听话而如此逐句细解，真要做到'水至清则无鱼'了"。表明了自己的人生哲理和听话的艺术。

《窗帘》

写作时间：40 年代

发表时间：1992 年 7 月

出版物：花城出版社（收录于《杂忆与杂写》散文集）

内容简介：《窗帘》是一篇情致小品，文章开头以自然之物作比，说明人的个体本质特征，有"隔离"而无"断绝"的"窗帘"，正是个体的人之间必要的"遮掩"。"遮掩"得当，则成为"装饰"，产生美感。文章以人没有绝对的完美和纯洁的事实作为根据，有力地表明了"赤裸裸的真实总需要些掩饰"的观点。接下来，文章先以"云雾中的山水"等世间物象从正面阐明"模糊容许想象""距离增添神秘"，再以夏洛特女郎的故事从反面说明人为消除距离的后果，最后归结人当懂得窗帘后面的安静和休息的哲理。"窗帘"在文中是一个化境之象。文章探讨的是人际间应有必要的善意的掩饰，应该保持适当的空间距离或心理距离，距离、含蓄产生美感，尊重、保留构成和谐。而以"窗帘"形象说理致意，展现了杨绛一以贯之的格物内省的散文风格。

《回忆我的姑母》

写作时间：1979年冬

发表时间：1986年5月

出版物：湖南人民出版社（收录于《回忆两篇》散文集）

内容简介："她很不喜欢我，我也很不喜欢她"的感情，使杨绛对杨荫榆的回忆有更多客观性。大名鼎鼎的女师大校长少女时期在冲破了封建包办婚姻的束缚后，到美国留学。回国不久，就因为女师风潮不得不回乡，在家里被家人开玩笑地称为"大教育家"，却连侄女儿都不想受她的教育，不想接近她，甚至"孤立"她。曾经留学国外的新女性，却"从来不会打扮自己，也瞧不起女人打扮"。就是这样一个似乎"怪物"的女性，"不止一次地跑去见日本军官，责备他纵容部下奸淫掳掠"，最后被日本兵杀害在家门前。生前经历磕磕绊绊，死后棺材都来不及刨光，"好像象征了三姑母坎坷别扭的一辈子"，这是时代的悲剧？性格的悲剧？抑或家庭的悲剧？杨绛不做任何评论，只是把她深藏心底的"三伯伯"鲜为人知的事迹，细细地絮絮道来，既不刻意回护，也不拔高，却耐人寻味。

《回忆我的父亲》

写作时间：1979年冬

发表时间：1983年10月

出版物：《当代》

内容简介：杨绛细致全面地回忆了她与父亲及其他家人的早年生活，旧时代大家族那种古典的家庭气氛别有一番人间气象。杨绛的父亲杨荫杭是一位极富传奇色彩的历史人物，但是在女儿杨绛的笔下，却并没有太多地炫耀其父的成就和名望，而是始终以家庭生活为描摹对象，从一个女儿的角度描绘父亲的严厉与慈爱。纵使文中涉及几次重大的事件和家庭变故，父女关系也始终是作家回忆的重点。在这篇文章中，旧时代大家庭长幼有序、其乐融融，共享天伦之乐的生活场景和画面跃然纸上、栩栩如生，父女情深的融洽关系着实令人艳羡。

《"吾先生"》

写作时间：1980年9月

发表时间：1992年7月

出版物：中国社会科学出版社（收录于《杨绛作品集》）

内容简介："吾先生"是"我"最早接触虞先生时的称呼，含有爱戴之意。"吾先生"是一个知书达理、和蔼可亲的人，他家里有果园，卖果子时常常优待小孩。后来时局变化，"吾先生"不再被人喊起，人物命运的走向渐渐滑向低谷，后来果园归公，"吾先生"远离果子摊避嫌，终闷了一程，病了一程，自己触电结束生命。

《傅译传记五种·代序》

写作时间：1980年12月

发表时间：1983年11月

出版物：生活·读书·新知三联书店（收录于《傅译传记五种》）

内容简介：文章是杨绛应傅雷的儿子傅敏所求，为傅雷所译的《傅译传记五种》所作的序，只因杨绛当年与傅雷友谊深厚。序中杨绛简约地介绍了五种传记，更多是在向读者介绍一个她所认识的广交游、严肃、真诚、像硬米粒一样僵硬干爽、认真的傅雷，其中也深藏了作家对这位已故老友深切的怀念，读起来温馨感人。

《记钱锺书与〈围城〉》

写作时间：1982年7月

发表时间：1986年5月

出版物：湖南人民出版社

内容简介：《记钱锺书与〈围城〉》分为两部分，第一部分写的是《围城》里各人物的"来历"，字里行间也透露出钱锺书与杨绛彼此心照不宣、心灵相通的默契。第二部分是写作《围城》的钱锺书。杨绛对钱锺书的生平进行介绍，为读者还原了一个深思好学、充满生活乐趣、"痴气旺盛"的钱锺书。

《孟婆茶》

写作时间：1983年10月

发表时间：1987年5月

出版物：《读书》

内容简介：《孟婆茶》记叙的是一场关于黄泉路上的梦。曾经历了浩劫的老人，在已然安定的时光隧道里，仍然心有余悸。她找不到自己的位置，就像在浩劫中被无端地折腾一般，惶惶然不知心可安于何处，荒谬地被归入"尾巴"。分明拿着个座牌，可因为头脑里"夹带私货"不能过关，让我们联想到那个时代的"资本主义尾巴"的帽子，使多少知识分子的心惶惶不可终日，分明纯净的人，却要反复地做着"自我批判"，仿佛非要把自己批得什么也不是，这才算过关。可是无所可归的惶恐，谁能够承担呢？

《老王》

写作时间：1984 年 3 月

发表时间：1985 年第一期

出版物：《随笔》

内容简介：这篇散文写了老王的几个生活片段。老王一辈子很苦，靠一辆破旧的三轮车活命。特殊岁月，载客的三轮车被取缔，他的生计就更加窘迫，只能凑合着打发日子。他打了一辈子光棍，孤苦伶仃。他住在荒僻的小胡同里，小屋破破烂烂的，眼睛又不好，他的一生凄凉艰难。但是老王心好，老实厚道，有良心，关心人。他需要钱，可是他做生意从不多收一分钱，而且非常讲感情，讲仁义，常愿意尽义务，或者少收钱。杨绛借此文提倡人人平等的观念，也呼吁关怀不幸者。

《林奶奶》

写作时间：1984 年 4 月

发表时间：1985年第二期

出版物：《随笔》

内容简介：林奶奶是杨绛家里按钟点收费的洗衣服女工，后来旧保姆回北京后，林奶奶便不再来洗衣服，但常来做客。林奶奶既是坚忍操劳的母亲，也是一个典型的市井小人物，庸庸碌碌终其一生。在作者的妙笔勾勒下，一个旧中国底层渺小老太太的言谈举止、处世为人活脱脱跃然纸上。

《读〈柯灵选集〉》

写作时间：1984年7月

发表时间：1985年1月

出版物：《读书》

内容简介：这是杨绛为《柯灵选集》写的序文，由人及文，由人品及散文、杂文、小说写作风格，字里行间无不表达杨绛的欣赏之情。文末杨绛说道："读他的文章而能见到他的为人，不就因为他笔下'灵动皎洁、清光照人'吗？"

《记钱锺书与〈围城〉前言》

写作时间：1985年12月

发表时间：1986年5月

出版物：湖南人民出版社

内容简介：如题目所言，此篇为杨绛为《记钱锺书与〈围城〉》所写的前言：

自从一九八〇年《围城》在国内重印以来，我经常看到锺书对来信和登门的读者表示歉意：或是诚诚恳恳地奉劝别研究什么《围城》；或客客气气地推说"无可奉告"；或者竟是既欠礼貌又不讲情理的拒绝。一次我听他在电话里对一位求见的英国女士说："假如你吃了个鸡蛋觉得不错，何必认识那下蛋的母鸡呢？"我直担心他冲撞人。胡乔木同志偶曾建议我写一篇《钱锺书与〈围城〉》。我确也手痒，但以我的身份，容易写成锺书所谓"亡夫行述"之类的文章。不过我既不称赞，也不批评，只据事纪实；锺书读后也承认没有失真。这篇文章原是朱正同志所编《骆驼丛书》中的一册，也许能供《围城》的偏爱者参考之用。

一九八五年十二月

《丙午丁未年纪事》

写作时间：1986 年

发表时间：1986 年 11 月

出版物：《收获》

内容简介：《丙午丁未年纪事》是杨绛晚年散文中最引人注目的一篇，几乎囊括了她在特殊时期所有刻骨铭心的遭遇和心路历程，集中表现了她在困境下的生存态度。在这篇文章中，杨绛追叙了自己在特殊岁月遭受批斗、游街、被罚扫厕所的刻骨铭心的遭遇和心路历程，几乎浓缩了她除下干校外所有的关于那个特殊时期的记忆。包括七个部分：一、风狂雨骤；二、颠倒过来；三、一位骑士和四个妖精；四、精彩的表演；五、帘子和炉子；六、披着狼皮的羊；七、乌云的金边。

《隐身衣》

写作时间：1986 年

发表时间：1987 年 5 月

出版物：《读书》

内容简介：这篇文章杨绛从科幻的、仙家的、凡间的，多个层面辨析隐身衣之不便。杨绛和钱锺书都想各披一件，同出遨游。隐身衣的料子是卑微，"身处卑微，人家就视而不见，见而无睹"。"唯有身处卑微的人，最有机缘看到世态人情的真相，而不是面对观众的艺术表演。"

《纪念温德先生》

写作时间：1987 年 1 月

发表时间：1988 年 9 月

出版物：《语文学习》

内容简介：主要写了杨绛与美国学者温德先生之间在不同时期的几次交往：最初因为有师生之谊而常去看望，过从甚密；运动开始以后，作者便不得不与温德先生划清界限；十年之后，两人在街头偶遇，温德先生喜出望外，而杨绛却自觉惹眼，怕人注意而急忙转身走开；又过了二十年，局势好转之后，作者主动去看望温德先生，但他却已经老得记不起人了。

《大王庙》

写作时间：1988 年 8 月

发表时间：1992 年 7 月

出版物：花城出版社（收录于《杂忆与杂写》散文集）

内容简介：杨绛在七十七岁时回忆自己虚岁九岁时的小学生活。文中描摹了小女孩梳辫子束短裙的统一装扮，鼻子滴清水不打学生只打自家儿子的校长，最爱打学生脑袋的"孙光头"老师，"女生间（女厕所）"上贴着调皮孩子为"孙光头"所作的画像，说是孩子们都想"钝（倒霉）"死他，国文老师说"子曰"的意思就是"儿子说"，充满了童真童趣和作者美好的童年回忆。

《客气的日本人》

写作时间：1988 年 8 月

发表时间：1992 年 7 月

出版物：花城出版社（收录于《杂忆与杂写》散文集）

内容简介：一个名叫荻原大旭的日本军官，叫杨绛去贝当路日本宪兵司令部问话。杨绛拿一本《杜诗镜铨》在等待时翻阅，那日本军官进来，"他拿起我的书一看，笑说：'杜甫的诗很好啊'"。事后她才知道，原来日本人误传了人，"便客气地把我送到大门口"。事后她在友人们面前讲起此事，大家"都说我运气好"。李健吾先生就惨了，说他经受种种酷刑，尤其受不了的是"灌水"。杨绛以为她碰到的是一个"很客气的日本人，他叫荻原大旭"。这时，李先生瞪着眼说："荻原大旭？他！客气！灌我水的，就是他！"

《"遇仙"记》

写作时间：1988 年 8 月

发表时间：1992 年 7 月

出版物：花城出版社（收录于《杂忆与杂写》散文集）

197

内容简介：此篇为杨绛回忆自己初上大学与舍友淑姐同住时发生的一件"诡异"的事情，她一次莫名其妙反锁了门睡觉，大家使劲敲门她却毫不觉察。杨绛自己道："回顾我这一辈子，不论多么劳累，睡眠总很警觉，除了那一次。假如有第二次，事情就容易解释。可是直到现在，只有那一次，所以我想大概是碰上什么'仙'了。"

《花花儿》

写作时间：1988年9月

发表时间：1992年7月

出版物：花城出版社（收录于《杂忆与杂写》散文集）

内容简介：花花儿是一只善解人意，总能给家人带来惊喜的猫。虽然是只猫，但在杨绛的眼里、心里，它更是家里的一员。然而，猫还是猫，只认屋，不认人，它的走失使杨绛明白自己不能算是爱猫的，"因为我只爱个别的一只两只，而且只因为它不像一般的猫而似乎超出了猫类"，自此家人再也不养猫。

《控诉大会》

写作时间：1988年9月

发表时间：1992年7月

出版物：花城出版社（收录于《杂忆与杂写》散文集）

内容简介："三反"运动期间，杨绛在清华任教，学校的控诉大会上一个从没见过的女孩子上台控诉。杨绛回忆，"她不是我班上的学生，可是她咬牙切齿，顿足控诉的却是我"。可火气退下后的杨绛却自我譬解，"知道我的人反正知道；不知道的，随他们怎么想去吧。人生在世，冤屈总归是难免的"，反在批斗中增强了自我的韧性。

《黑皮阿二》

写作时间：1988 年 12 月

发表时间：1992 年 7 月

出版物：花城出版社（收录于《杂忆与杂写》散文集）

内容简介：上海沦陷时，杨绛当苏州振华女校上海分校校长，戏称好比"狗耕田"。一次竟冒充办事员和一个叫"黑皮阿二"的地痞周旋，还获赠写着"黑皮阿二"四字的名片。她游刃有余地把名片藏进皮包里，还戏想："我这皮包一旦被抢，里面有这张名片，说不定会有人把皮包还我。他得讲'哥们儿义气'呀！"可惜不经几次玩弄，名片丢了，最终也未认清黑皮阿二。

《第一次观礼》

写作时间：1988 年 3、4 月间

发表时间：1992 年 7 月

出版物：中国社会科学出版社（收录于《杨绛作品集》）

内容简介：所述的是 1955 年，作者得到一个绿色的观礼条。虽知道头等是大红色，次等好像是粉红，绿条儿是末等的，但作者非常高兴地领受了，因为是第一次得到的政治待遇。接着作者在 5 月 1 日劳动节到天安门广场观礼，以自己的独特视角记下所见所闻所历所感。

《忆高崇熙先生》

写作时间：1988 年 9 月

发表时间：1992 年 7 月

出版物：中国社会科学出版社（收录于《杨绛作品集》）

内容简介：该文颇有几分惊心动魄之感，作者一次简单的拜访，无意中竟成了高崇熙先生离世前的唯一见证，令人动容，知识分子在特殊时期中的命运遭际由此可见一斑。

《闯祸的边缘》

写作时间：1988 年 9 月

发表时间：1992 年 7 月

出版物：中国社会科学出版社（收录于《杨绛作品集》）

内容简介：珍珠港事变后，上海的"孤岛"已经"淹没"，租界也被日军控制，可是上海的小学校还未受管辖。作者虽在半日小学代课，心里却不服从日本人管理，因在日本人面前没鞠躬和站得晚差点闯了大祸。不久，教课的小学由日本人接管了，作者也就辞职了。

《读书苦乐》

写作时间：1989 年

发表时间：1989 年 1 月 30 日

出版物：《人民日报》

内容简介：《读书苦乐》篇幅不长，关于读书，杨绛有独到见解："我觉得读书好比串门儿——'隐身'的串门儿。要参见钦佩的老师或拜谒有名的学者，不必事前打招呼求见，也不怕搅扰主人。翻开书面就闯进大门，翻过几页就升堂入室；或者可以经常去，时刻去，如果不得要领，还可以不辞而别，或者另找高明，和他对质。不问我们要拜见的主人住在国内国外，不问他属于现代古代，不问他什么专业，不问他讲正经大道理或聊天说笑，都可以挨近前去听个足够。"阐明了自己是快乐读书，而非出于功利性目的的苦读。

《孝顺的厨子——〈堂吉诃德〉台湾版译者前言》
写作时间：不详
发表时间：1989年
出版物：台湾联经出版公司
内容简介：该文是杨绛为《堂吉诃德》台湾版译者所写前言，作者认为翻译是个苦差，既得遵从洋主子，又得满足本土译本的读者。"对自己译本的读者，恰如俗语所称'孝顺的厨子'，主人越吃得多，或者吃的主人越多，我就越发称心惬意，觉得苦差没有白当，辛苦一场也是值得。"（附上前言原文）

孝顺的厨子——《堂吉诃德》台湾版译者前言

语文的区别，常成为文学作品和读者之间的隔阂。语言文字的隔阂可由翻译打通，例如西班牙语的文学名著《堂吉诃德》译成中文，就能供我们中国人欣赏领略。好比"江上之清风，山间之明月"是人我之"所共适"。这里的"人"之西班牙语言的人，"我"指同说汉语的咱们自己人。大陆和台湾相隔一个海峡，两岸都是一家，无分彼此，何妨"我的就是你的，你的就是我的"呢！

翻译是一项苦差事，我曾比之于"一仆二主"。译者同时得伺候两个主子。一个洋主子是原文作品。原文的一句句、一字字都要求依顺，不容违拗，也不得敷衍了事。另一个主子是本国译本的读者。他们要求看到原作的本来面貌，却又得依顺他们的语文习惯。我作为译者，对"洋主子"尽责，只是为了对本国读者尽忠。我对自己译本的读者，恰如俗语所称"孝顺的厨子"，主人越吃得多，或者吃的主人越多，我就越发称心惬意，觉得苦差没有白当，辛苦一场也是值得。现在台湾联经出版公司要出版拙译《堂吉诃德》的精印本，真是由衷喜悦。

《赵佩荣与强英雄》

写作时间：1990 年 6 月

发表时间：1992 年 7 月

出版物：花城出版社（收录于《杂忆与杂写》散文集）

内容简介：赵佩荣本姓强，叫强英雄，在杨绛家当门房。赵佩荣虽对各种生活琐事，诸如磨墨、打毛衣、做蚊香的架子等件件都能，但是其余方面一无所长，是个典型的平庸人，甚至人们对他所说的话也是将信将疑，然而他却有一个当官的儿子。文末杨绛说道："最平凡的人也会有不平凡的胸襟。"

《阿福与阿灵》

写作时间：1990 年 6 月

发表时间：1992 年 7 月

出版物：花城出版社（收录于《杂忆与杂写》散文集）

内容简介：在门房赵佩荣的劝说下，杨绛的妈妈收留了苦命的阿福和极愚蠢的村妇阿灵。家里的厨子结婚走了后，妈妈就教阿福做厨子，让他上街买菜。厨子没做成却成了人家的"小少爷"，钱被骗光后赶出了门。愚笨的阿灵在杨绛妈妈的照顾和教导下，已学到些本领，起码的家务事都能干了，脸色也红润，人也不像以前那么呆木，妈妈为她添了几套衣服，还攒下许多钱，风光回乡了。

《记杨必》

写作时间：1990 年 6 月

发表时间：1991 年 1 月

出版物：《读书》

内容简介：杨必是比杨绛小十一岁的八妹。杨必离世二十二载，杨绛追忆小妹妹写下《记杨必》，从小时候娇气的阿必、长大教书的阿必、翻译小有成就的阿必到阿必离世，虽时隔二十二年往事却仍历历在目，虽没极言悲痛，但思忆之情溢于言表。

《软红尘里·楔子》

写作时间：1990 年 6 月

发表时间：1992 年 7 月

出版物：花城出版社（收录于《杂忆与杂写》散文集）

内容简介：文章采用寓言式的写法，杨绛借女娲和太白星君的对话，表达了对是非善恶的看法。红尘世界里不容易分辨真伪，作者对人类彼此排挤、互相伤害的行为深感忧虑。作者对人类未来的前途的担忧，让读者读完《软红尘里·楔子》，感到杨绛分明就是软红尘里的女神——那个炼五色石补天裂的女娲娘娘。

《车过古战场》

写作时间：1991 年 1 月

发表时间：1992 年 7 月

出版物：花城出版社（收录于《杂忆与杂写》散文集）

内容简介：杨绛追忆与钱穆先生同行赴京而作。"读报得知钱穆先生以九十六岁高龄在台北逝世的消息，默存与我不免想到往日与他的一些接触，并谈起他《忆双亲》中讲他与默存父亲友谊专章，有一节讲默存，却是记事都错了。"台北的季季女士要求杨绛追忆与钱穆先生同车赴北京的事。杨绛记此篇不为辨错，只是为了追忆往事。

《顺姐的"自由恋爱"》

写作时间：1991 年 1 月

发表时间：1992 年 7 月

出版物：花城出版社（收录于《杂忆与杂写》散文集）

内容简介：杨绛对顺姐很好，两人的感情不像是主仆，倒像是姐妹。顺姐是一个命中多苦难的人，可是却有着很好的心态，老实善良。文章中用了插叙手法将顺姐的一生写下来，却富有层次感，而且不断留下悬念，让人思考，并在最后揭晓真相，让人读来酣畅淋漓，感觉从迷雾中摸索出来，同时让人对顺姐的遭遇感到同情。

《小吹牛》

写作时间：1991 年 3 月

发表时间：1992 年 7 月

出版物：花城出版社（收录于《杂忆与杂写》散文集）

内容简介：文章开篇杨绛如是说："我时常听人吹牛，豪言壮语，使我自惭渺小。我也想吹吹牛'自我伟大'一番，可是吹来却'鬼如鼠'。因为只是没发酵的死面，没一点空气。记下三则，聊供一笑。"第一则，她记叙了启明教会学校上学时，与天主教姆姆睡觉，亲见她穿衣戴帽的秘密。第二则，回忆了东吴大学当女排运动员时，一次比赛中，她击球得了一分。第三则，回忆了上海沦陷区，她坐电车经过百货公司，司机在不能停车的地方"似停非停地停了一下"，她就溜下车了。"我曾由有轨电车送到永安公司门口，觉得大可自诩。"

《一块陨石》

写作时间：1991 年 3 月

发表时间：2010 年 7 月

出版物：生活·读书·新知三联书店（收录于《杂忆与杂写》增订本）

内容简介：文章讲述了 20 世纪 30 年代，父亲从农民手里买下一块西瓜模样的陨石，令杨绛姐弟们大开眼界。抗日战争期间，杨绛一家离开上海，把这块陨石藏得严严实实，以防日本人拿走。当他们再次回苏州安葬父亲，陨石已经下落不明。杨绛猜测它"不知现在藏在什么人的家里呢，还是收入什么博物馆了"。

《第一次下乡》

写作时间：1991 年 4 月

发表时间：1992 年 7 月

出版物：花城出版社（收录于《杂忆与杂写》散文集）

内容简介：《第一次下乡》是 1958 年初，杨绛对农村接受社会主义改造时的经历的回忆。虽然农村的居住生活条件差,但他们发现了田野里的"蒙娜·丽莎"和打麦场上的"堂吉诃德先生"。杨绛更是用"过五关斩六将"来形容下乡的生活,生活的困顿,精神的折磨丝毫不能泯灭作家生存的勇气和乐观的精神。在乐观积极心态的烛照下,杨绛把对生活的执着态度和超脱方式奇妙地结合起来,使真切的热情化为高度的理智,这便是钱锺书口中的"精神炼金术",它使作家在沉闷的人生中透了一口气。

《杂忆与杂写》(自序)

写作时间:1991年5月

发表时间:1992年7月

出版物:花城出版社(收录于《杂忆与杂写》散文集)

内容简介:此为杨绛为散文集《杂忆与杂写》所写的自序,总结散文集包括怀人忆旧之作、遗弃的旧稿里拾取两部分,解释把"楔子"系在末尾的意味,并衷心致谢为散文集做出贡献的马文蔚和栾贵明同志。

《老圃遗文辑》(前言)

写作时间:1992年10月

发表时间:1993年12月

出版物:长江文艺出版社

内容简介:《老圃遗文辑》为杨荫杭所著,由杨绛整理,钱锺书题签。杨绛在前言中介绍:"我父亲杨荫杭(1878—1945)字补塘,'老圃'是他常用的笔名。所谓'遗文'的'遗',不是'遗留'的'遗',而是'遗失'的'遗',捡拾到的只是一部分。"

前言中杨绛叙述了整理父亲遗文实非易事，却更突显父亲熟读经史，引经据典，学识渊博，文末致谢给予帮助的朋友。

《堂吉诃德》（校订本三版前言）

写作时间：1993 年 9 月

发表时间：1978 年 8 月版，1993 年 11 月印刷

出版物：人民文学出版社（收录于《堂吉诃德》）

内容简介：大部分笔墨是杨绛对小说《堂吉诃德》里的角色及作者塞万提斯的简单评析，文末杨绛说明写此前言的目的："只为希望《堂吉诃德》能经常在书桌几案上出现，而不致尊严地高踞书架上层，蒙上尘埃。"

《名利场》（小序）

写作时间：1993 年 10 月

发表时间：1957 年 5 月版，1994 年 9 月印刷

出版物：人民文学出版社（收录于《名利场》）

内容简介：该序是杨绛为八妹杨必所译的小说《名利场》所写的序，序中杨绛对小说取材、故事内容及主角、作者萨克雷的生活背景及写作背景、小说风格都一一做了介绍，似一本简略而精确的作品解读小手册。

《记似梦非梦》

写作时间：1993 年 10 月

发表时间：2004 年 5 月

出版物：人民文学出版社（收录于《杨绛文集》）

内容简介：《记似梦非梦》叙述了几桩自己在似梦非梦，将醒未醒的情况下感知到外界的事情。其一，小时候隔着布帐未睁眼能看清屋内景象；其二，1939年夏在爸爸避难上海时租居的寓所半夜见"黑鬼"进门；其三，1942到1943年在钱锺书避难上海时租居的寓所隔着墙壁看见一手拿包裹，一手拿着长长的东西的"贼"；最后一件事是1954年夏在家，半睡半醒中在"妹妹"的见证下预见站在门口的钱锺书。作者无法解释缘由，但求写出来供大家研究。

《记章太炎先生谈掌故》

写作时间：1993年11月

发表时间：1998年12月

出版物：《作家文摘》

内容简介：杨绛回忆1926年上高一、二年级暑假期间的一节讲学课。振华学校副校长王佩诤请章太炎做报告，题目是谈掌故。当时台上有五个人做记录，其中一位就是杨绛。与其说听不如说看，章太炎演讲时，迟到的杨绛坐在台上，一句也没有听懂，只是坐在台上傻傻地看着章太炎，也不动笔。第二天，苏州报上登载一则新闻，说章太炎先生谈掌故，有个女孩子上台记录，却一字没记。开学后，国文班上的同学把此事当笑谈。

《临水人家》

写作时间：1994年4月

发表时间：1998年

出版物：《十月》

内容简介：杨绛回忆自己在苏州上大学时，总在城墙上欣赏一处临水人家，后来为学好法文，竟有缘地走进一心向往的临水人家向洋夫人学习法文。然而外在的和谐并不代表内部的美满，洋夫人的女儿应誓而死拆穿了丈夫的欺骗，最后领事馆将洋夫人送回比利时。再回看那处令人神往的临水人家时，美景依旧，只是分明带着讽刺意味。

《方五妹和她的"我老头子"》

写作时间：1997 年 5 月

发表时间：1997 年第五期

出版物：《十月》

内容简介：方五妹是杨绛家里的阿姨，一心系着"我老头子"，口口念念常是"我老头子"，忙忙碌碌也是为了"我老头子"，可老头子却一心挂念儿孙，把方五妹对他的好都转移到儿孙身上。后来老头子中风出院，儿女也不再搭理他们俩，他们靠着老头子三四百块的退休金过上二人生活，方五妹自觉得："就算是享福哩喂！没办法喂。"

《收藏了十五年的附识》

写作时间：1997 年 10 月

发表时间：2004 年 5 月

出版物：人民文学出版社（收录于《杨绛文集》）

内容简介：杨绛写完《记钱锺书与〈围城〉》后，拿给锺书过目。钱锺书提笔蘸上他惯用的淡墨，在稿子的后面一页上，写下几句附识——

这篇文章的内容不但是实情，而且是"秘闻"。要不是作者一点一滴地向我询问，而且勤快地写下来，有好些事迹我自己也快忘记了。文笔之佳，不待言也！

钱锺书识

一九八二年七月四日

《钱锺书对〈钱锺书集〉的态度》

写作时间：1997 年 11 月

发表时间：2004 年 5 月

出版物：人民文学出版社（收录于《杨绛文集》）

内容简介：《钱锺书集》中，杨绛写下《钱锺书对〈钱锺书集〉的态度》一文作为"代序"。杨绛以"不"字为整篇文章的眼目。"重言积字"的言"不"，也可表明钱锺书这位"狷者之'有所不为'"；反复说"不"表面上看似乎是钱锺书担不起"大师"这一荣誉称号，而真实的意思则另有所指。

《钱锺书离开西南联大的实情》

写作时间：1998 年 9 月

发表时间：2003 年 9 月

出版物：《书摘》

内容简介：1939 年暑假，任西南联大教授的钱锺书由昆明西南联大回上海探亲，打算过完暑假就回校，却再也没有回西南联大，为此背上了"为德不卒"的骂名。杨绛认为钱锺书舍弃联大并非本愿，是为了"不拂逆父亲的愿望"。当时，钱锺书的父亲钱基博在湖南蓝田国立师范学院任教，他提出让钱锺书也到蓝田师范学院教学，以便照顾陪侍父亲，"锺书的母亲、弟弟、妹妹，连同叔父，都认为这是天大的好事"。拖到 9 月中旬，钱锺书只好给联大外文系主任叶公超写信，提出辞去联大教职。但命运弄人，钱锺书未收到叶公超的答复。后来接到梅贻琦校长的质问信，已经到了湖南，再想解释却为时已晚。杨绛解释了整个事件的来龙去脉，文末附上钱锺书致梅贻琦和沈履的两封信。

《从"掺沙子"到"流亡"》

写作时间：不详

发表时间：1999 年 11 月

出版物：《南方周末》

内容简介：杨绛回忆了特殊时期，有一项措施，让"革命群众"住进"资产阶级权威"的家里去，这叫"掺沙子"。杨绛、钱锺书家因此也住进一对青年革命群众，但发现"近邻"分明是"强邻"，难以共处，最后选择了"逃亡"。杨绛说："打人，踹人，以至咬人，都是不光彩的事，都是我们绝不愿意做的事，而我们都做了——我们做了不愿回味的事。"

《狼和狈的故事》

写作时间：2000 年 9 月

发表时间：2004 年 9 月

出版物：《读书》

内容简介：杨绛以地质勘探队员的回忆口气讲述故事。一次，夜晚途中遇到狼群紧跟不舍，"我"本以为爬上一座和房子般高的柴草垛子能脱险。不料，竟出现了"狼狈为奸"的情形。狈指挥狼群咬掉柴垛，危急关头勘探员用火引村民出来救火顺利脱离危险，狼群散去，狈被关进动物园。杨绛笔下的《狼和狈的故事》是个带聊斋气味的笔记，且算上一件奇事。

《书信三封》

《致徐伟峰转舒乙同志信》

写作时间：2001年1月

发表时间：2004年5月

出版物：人民文学出版社（收录于《杨绛文集》）

内容简介：得知中国现代文学馆有自己一席之位，杨绛致电要求撤出。该书信是杨绛给中国现代文学馆徐伟峰同志来信的回复。信中除了表达自己意愿得到尊重的感激之情，更希望同样不愿入馆的丈夫钱锺书的意愿也能得到尊重。

《致文联领导同志信》

写作时间：2001年3月

发表时间：2004年5月

出版物：人民文学出版社（收录于《杨绛文集》）

内容简介：文联准备将荣誉委员巨幅相片制成豪华纪念册，杨绛委婉表示拒绝。当时杨绛在推辞不去的情况下代接了荣誉证章，然而钱锺书生平从不接受任何国内外荣誉勋章、奖章、荣誉学位等。为不违故人愿，杨绛谨以此信望得谅解。

《致汤晏先生信》

写作时间：2001年10月

发表时间：2004年5月

出版物：人民文学出版社（收录于《杨绛文集》）

内容简介：信大致有三个内容：向即将出版《钱锺书传》的汤晏先生表达贺喜之情；对汤晏先生提出的问题"钱锺书不愿去父母之邦的原因"做了回答；为自己因语言风格不同且耄耋之年不能为汤晏先生写序而致歉。

《我爱清华图书馆》

写作时间：不详

发表时间：2001年3月26日

出版物：《光明日报》

内容简介：杨绛开篇即说："我在许多学校上过学，最爱的是清华大学；清华大学里，最爱清华图书馆。"她回忆1932年春季，她借读于清华大学，好友蒋恩钿带她参观了清华图书馆，给她留下深刻的印象。后来她在清华大学读研和工作，经常出入图书馆，并随之介绍了清华图书馆的历史变迁，文字间无不包含了作者的喜爱之情。

《〈宋诗纪事〉补正》（前言）

写作时间：2001年4月

发表时间：2001年12月

出版物：《读书》

内容简介：《〈宋诗纪事〉补正》是钱锺书利用他四十多年来业余小憩的时间，断断续续完成的。前言中杨绛介绍了《宋诗纪事》的来历，钱锺书完成补正的过程，交予栾贵明抄誊和核对引据以及最后校稿结束的经过，并因此书即将出版为钱锺书感到欣慰。

《钱锺书手稿集》（序）

写作时间：2001 年 5 月

发表时间：2001 年 9 月

出版物：《读书》

内容简介：杨绛在《钱锺书手稿集》的序言中总结了钱锺书的读书方法，并将钱锺书记录的大量笔记分出三类。第一类是外文笔记（外文包括英、法、德、意、西班牙、拉丁文）。第二是中文笔记。第三类是"日札"——为钱锺书的读书心得。序末感谢商务印书馆愿将钱锺书的全部手稿扫描印行，保留着手稿原貌，杨绛相信公之于众是最妥善的保存方法。

《难忘的一天》

写作时间：2001 年 10 月

发表时间：2004 年 5 月

出版物：人民文学出版社（收录于《杨绛文集》）

内容简介：1944 年冬，由于盛传美军将轰炸上海，一家人分居苏州老家和上海两处。1945 年 3 月 27 日清早，因父亲生病，杨绛与弟弟妹妹三人搭长途汽车回老家苏州，一路上人挤人，过险桥，还得提防着敌机轰炸，到太仓时却断了路，只得赶在天黑前随车原路飞奔回上海。回家时苏州老家来电话告知父亲死讯，终在悲恸中结束这紧张无奈的一天。

《为无锡修复钱氏故居事，向领导陈情》

写作时间：2002 年 1 月

发表时间：2004 年 5 月

出版物：人民文学出版社（收录于《杨绛文集》）

内容简介：《为无锡修复钱氏故居事，向领导陈情》一文，杨绛恳切地重申了钱锺书反对为个人建纪念馆的严肃态度。并以钱锺书撤出中国现代文学馆、向清华捐赠的"好读书"奖学金等事例说明钱锺书向来言行如一，不喜名利，望领导能尊重钱锺书的意愿，不以钱锺书坚决反对的方式修建钱氏故居留以纪念。

《怀念陈衡哲》

写作时间：2002 年 3 月

发表时间：2004 年 5 月

出版物：人民文学出版社（收录于《杨绛文集》）

内容简介：本文杨绛回顾与陈衡哲、任鸿隽夫妇的交往往事，保持了她一贯的淡雅隽永的风格。文中对 20 世纪 40 年代末那群大文化人生活和心态的刻画，有着文与史的双重价值。尤其是胡适与钱锺书的交往，虽笔墨不多，对研究者而言，却是不容忽略的。全文近九千字。

《我在启明上学》

写作时间：2002 年 3 月

发表时间：2004 年 5 月

出版物：人民文学出版社（收录于《杨绛文集》）

内容简介：1920 年的 2 月间，杨绛十岁，其实实足年龄是八岁半，打定主意不回大王庙小学而要到上海启明去上学。文中叙述的是杨绛回忆自己在启明上学的事，至今仍记忆犹新。包括在独有小天地里与童年的小伙伴荡秋千、散步、聊天、成功跳下十级阶梯、给姆姆添麻烦等事迹,是杨绛为自己童年快乐的学习生活所作。

《记我的翻译》

写作时间:2002 年 10 月

发表时间:2004 年 5 月

出版物:人民文学出版社(收录于《杨绛文集》)

内容简介:这篇文章可以说是作为翻译家的杨绛对自己翻译历程的自述。文中介绍了杨绛从自己翻译第一篇政论《共产主义是不可避免的吗?》到翻译《小癞子》《堂吉诃德》《吉尔·布拉斯》等作品的过程,以及从英文转译柏拉图的对话录《斐多》的翻译历程,翻译的难度及杨绛对翻译的认真态度也在其中不言而表。

《陈光甫的故事二则》

写作时间:2003 年 4 月

发表时间:2004 年 5 月

出版物:人民文学出版社(收录于《杨绛文集》)

内容简介:杨绛父亲与陈光甫曾同在美国宾夕法尼亚大学进修,父亲属法律系,陈光甫属经济系,两人是无话不说的好朋友。文章为杨绛转述在家里曾听父亲讲的"陈光甫的皮鞋"和陈光甫讲的另一桩事,两个故事极富神秘色彩,皆对未出现的灾难有预见。

《宋诗纪事补订（手稿影印本说明）》

写作时间：2003年10月

发表时间：2005年9月

出版物：生活·读书·新知三联书店（收录于《〈宋诗纪事〉补订》手稿影印本）

内容简介：《〈宋诗纪事〉补正》出版后，杨绛希望这部钱锺书的未完稿和之后栾贵明添补完成的补正之间有个明确的分界线，却始终未能如愿。只能将钱锺书未经"整缀董理"的手迹，即万有文库本《宋诗纪事》十四册书上钱锺书的补订，交给三联书店影印出版，特以说明。

《不官不商有书香》

写作时间：2004年3月

发表时间：2004年4月1日

出版物：《南方周末》

内容简介：杨绛写给《文汇读书》的几句话，她认为自己所熟悉的三联书店的特色便是：不官不商有书香。(附上原文)

    新中国成立前钱锺书和我寓居上海。我们必读的刊物是《生活周报（刊）》。寓所附近有一家生活书店。我们下午四点后经常去看书看报；在那儿会碰见许多熟人，和店里工作人员也熟。有一次我把围巾落在店里了。回家不多久就接到书店的电话："你落了一条围巾。恰好傅雷先生来，他给带走了，让我通知你一声。"傅雷带走我的围巾是招我们到他家去夜谈；嘱店员的电话是免我寻找失物。这件小事唤起了我当年的感受：生活书店是我们这类知识分子的精神家园。

生活书店后来变成了三联书店。四五十年后,我们决定把《钱锺书集》交三联出版,我也有几本书是三联出版的。因为三联是我们熟悉的老书店,品牌好,有它的特色。特色是:不官不商,有书香。我们喜爱这点特色。

杨绛写给《文汇读书》的几句话
二〇〇四年三月三十一日

《为〈走到人生边上〉向港、澳、台读者说几句话》

写作时间:2007年9月

发表时间:不详

出版物:不详

内容简介:该文系杨绛为《走到人生边上》向港、澳、台读者说的几句话。(附上原文)

为《走到人生边上》向港澳、台读者说几句话

亲爱的港澳台读者:

在我的心眼儿里,港、澳、台的同胞和大陆的同胞,都是一家人。我们有共共同的祖宗,血统相同。我们是同一个大家庭里培育出来的,有共同的文化,共同的传统,共同的语言文字。一家人的思想感情,天生是亲近的。

我这薄薄的本小书,是一连串的自问自答,不讲理论,不谈学习,只是和亲近的人说说心上话,家常话。我说的有理没理,是错是对,还请敬爱的读者批评指正。

二〇〇七年九月十五日

《听杨绛谈往事》（序）

写作时间：2008 年 6 月

发表时间：2008 年 10 月

出版物：生活·读书·新知三联书店

内容简介：该文是杨绛为好友吴学昭所写的《听杨绛讲往事》所写的序，除了以好友角度对作者进行中肯地评价，更多的是表达感激之情，序中更自谦道："我的生平十分平常，如果她的传读来淡而无味，只怪我这人是芸芸众生之一，没有任何伟大事迹可记。"

《剪辫子的故事》

写作时间：2009 年 2 月

发表时间：2009 年 5 月

出版物：《当代》

内容简介：该文为杨绛复述中学时听爸爸讲的一个剪辫子的故事。留日学生因看不惯新任监督既得美差又得美妾，决定给他些颜色看。留日学生分三组行事，把新任监督的辫子剪下系在竹竿上立在官邸大门前，事后留日学生如何处置无法考证不得而知。

《魔鬼夜访杨绛》

写作时间：不详

发表时间：2010 年 2 月

出版物：《文汇报》

内容简介：杨绛受钱锺书早年《魔鬼夜访钱锺书先生》的启发写下该文章。魔鬼夜访杨绛，问她世界到底属于他，还是属于上帝。杨绛以为世界的不安宁，满地战火，全世界人与人、国与国之间争权夺利，皆为魔鬼煽动。但杨绛疾恶如仇，终归站在上帝一边，不屈服于魔鬼的威慑。她相信："世上还是好人多。"邪必然不能压正，真理总在正义的一边。

《俭为共德》

写作时间：2010年1月

发表时间：2010年3月10日

出版物：《文汇报》

内容简介：文章提及杨绛在辑录父亲的遗文，看到一篇《说俭》，深有感触。又偶阅清王应奎撰《柳南随笔·续笔》，其中有《俭为共德》一文。她有感于当世奢侈成风，因此摘录《俭为共德》之说，"以飨世之有同感者"。（附上原文）

余辑先君遗文，有《说俭》一篇，有言曰："昔孟德斯鸠论共和国民之道德，三致意于俭，非故作老生常谈也，诚以共和国之精神在平等，有不可以示奢者。奢则力求超越于众，乃君主政体、贵族政体之精神，非共和之精神也。"（见《申报》一九二一年三月二十九日）

近偶阅清王应奎撰《柳南随笔·续笔》，有《俭为共德》一文。有感于当世奢侈成风，昔日"老生常谈"今则为新鲜论调矣。故不惜蒙不通世故之讥，摘录《俭为共德》之说，以飨世之有同感者：

"俭，德之共也。共，同也，言有德者，皆由俭来也。《司马公传家集训俭篇》云……'俭，德之共也'；顾仲恭《炳烛斋随笔》有言云,'共之为义,盖言诸德共出于俭。俭一失,则诸德皆失矣……'凡人生百行未有不须俭以成者,谓曰'德之共',不亦信乎!"

《漫谈〈红楼梦〉》

写作时间:不详

发表时间:2010年5月17日

出版物:《中国时报·人间副刊》

内容简介:杨绛针对近来许多人"把曹雪芹的前八十回捧上了天,把高鹗的后四十回贬得一无是处",提出自己的看法。她认为,"曹雪芹也有不能掩饰的败笔,高鹗也有非常出色的妙文"。文中她列举了曹雪芹的败笔,如对林黛玉的性格等的刻画并不符合身份。再指出高鹗的后四十回也有精彩绝伦的篇章,整体而论合情合理,有其独特价值。此外,杨绛提供了有力的佐证材料,考证了荣国府、宁国府在北京而不在南京。

《忆孩时》(五则)

写作时间:2013年8—9月

发表时间:2013年10月15日

出版物:《文汇报》

内容简介:文章包括《回忆我的母亲》《三姐姐是我"人生的启蒙老师"》《太先生》《五四运动》和《张勋复辟》。五则随笔共近四千字,思路清晰,文笔流畅,细节生动,逼真地重现了历史场景和可怀念的人和事。

散文集：

《杂忆与杂写》（散文集）

写作时间：1936 年—1991 年

发表时间：1992 年 7 月

出版物：花城出版社

内容简介：该集子分两部分。第一部分是怀人忆旧之作。怀念的人，从极亲到极疏；追忆的事，"从感我至深到漠不关心"；第二部分从遗弃的旧稿里拾取。包括《自序》《大王庙》《记杨必》《赵佩荣与强英雄》《阿福和阿灵》《"遇仙"记》《临水人家》《车过古战场——追忆与钱穆先生同行赴京》《纪念温德先生》《记似梦非梦》《小吹牛》《黑皮阿二》等。体现了一个历经世事的老人的宽厚睿智，而情感的蕴藉有致、文笔的自然天成更是已臻化境。

《干校六记》

写作时间：1980 年年底

发表时间：1981 年 5 月

出版物：香港广角出版社

内容简介：记录了特殊年代，杨绛、钱锺书等知识分子在干校劳动改造的情形。分为"下放记别""凿井记劳""学圃记闲""小趋记情""冒险记幸""误传记妄"六记。钱锺书说，都不过是这个"大背景的小点缀""大故事的小穿插"。

"六记"的首记是"下放记别"，写下放干校前的别离之情。第二记是"凿井记劳"。杨绛被分配在菜园班，每天早出晚归，既参加集体劳动，又参与掘井的工作，产生了"合群感"。第三记是

"学圃记闲"。杨绛专管菜园,菜园距离钱锺书的宿舍不过十多分钟的路。钱锺书看守工具,杨绛的班长常派她去借工具,于是,"同伴都笑嘻嘻地看我兴冲冲走去走回,借了又还。钱锺书的专职是通信员,每天下午要经过菜园到村上的邮电所。这样,我们老夫妇就经常可在菜园相会,远胜于旧小说、戏剧里后花园私相约会的情人了"。第四记是"小趋记情"。"小趋"是一只黄色的小母狗,在人与人之间难以建立互信的日子,与狗倒能发展出一段真挚的感情。第五记是"冒险记幸",记三次冒险的经历。其中一次,杨绛在满地烂泥的雨天只身奔去看钱锺书。荒天野地四水集潦,几经磨难,冒险过河,总算到了钱锺书的宿舍门口,钱锺书大感惊讶,急催杨绛回去,杨绛也只是逗留一会儿,又只身而返,路上的危险也就自不待言了。杨绛这种"私奔",当中包含了多少情意?这种情意用平常的语调道出,也就更见深厚了。第六记是"误传记妄"。一次钱锺书听闻自己将获遣送返京,结果只是谣传。杨绛自然十分失望,她想到去留的问题,便问钱锺书,当初如果离国,岂不更好,钱锺书斩钉截铁地说不,他引柳永的词自喻,就是"衣带渐宽终不悔,为伊消得人憔悴"。幸而二人最后还是一起获准返回北京。

《集外拾零》(散文集)

写作时间:1980年—1988年

发表时间:1992年7月

出版物:中国社会科学出版社(收录于《杨绛作品集》)

内容简介:《杨绛作品集》(第二卷)"散文卷"分为《干校六记》《将饮茶》《杂写与杂忆》《集外拾零》四个散文集。《集外拾零》包括《"吾先生"》《第一次观礼》《忆高崇熙先生》《闯祸的边缘》《怀念石华父》《读柯灵选集》《傅译传记五种·代序》等篇章。

《将饮茶》（散文集）

写作时间：1984年—1986年

发表时间：1987年5月

出版物：生活·读书·新知三联书店

内容简介：这本散文集包括三类内容，第一类为回忆父亲杨荫杭和三姑母杨荫榆的文章，第二类为详述钱锺书创作《围城》的背景及情形的文章，第三类为描写特殊岁月种种遭际的文章。作者以细腻传神而又幽默风趣的文笔记人叙事，描写的人物形象也映射了时代氛围，使全书在轻松恬然中，揭示了深刻隽永的人生意蕴，兼具探赜索隐的史料价值。

《我们仨》

写作时间：2002年—2003年

发表时间：2003年6月

出版物：生活·读书·新知三联书店

内容简介：全书杨绛以简洁而沉重的语言，回忆了先后离她而去的女儿钱瑗、丈夫钱锺书，讲述了一家三口那些快乐而艰难、充满爱与痛的日子。这个三口之家的动人故事表明：家庭是人生最好的庇护所。杨绛独伴青灯，用心灵向彼岸的亲人无声地倾诉着。杨绛的文字含蓄节制，难以言表的温情和忧伤弥漫在字里行间，令读者无不动容。生命的意义，不会因为躯体的生灭而有所改变，那安定于无常世事之上的温暖亲情已将"我们仨"永远联结在一起，家的意义也在此书中得到了尽情的阐释。全书分为三个部分：

第一部分"我们俩老了"：杨绛以其一贯的慧心、独特的笔法，用梦境的形式讲述了最后几年中一家三口相依为命的情感体验。

第二部分"我们仨失散了"：杨绛以平实感人的文字记录了自1935年伉俪二人赴英国留学，并在牛津喜得爱女，直至1998年钱锺书逝世，六十三年间这个家庭鲜为人知的坎坷历程。他们的足迹跨过半个地球，穿越风云多变的半个世纪：战火、疾病、政治风暴，生离死别……不论暴风骤雨，他们相濡以沫，美好的家庭已经成为这一家人最安全的庇护所。

第三部分"我一个人思念我们仨"：记述了这个大学者家庭的日常生活，从早年留学英伦，成家育子，到回国执教，相守相助。让我们第一次看到了这两位学者在学术生活之外的单纯与温馨。

《我们仨》秉承杨绛一贯的平淡朴实却见真章的风格，让人在日常琐事的平淡中体味生活的本真。

《走到人生边上》

写作时间：2005年—2007年

发表时间：2007年8月

出版物：商务印书馆

内容简介：此书是杨绛九十六岁高龄时创作的著作，作者首次坦陈自己对于命运、人生、生死、灵与肉、鬼与神等根本问题的思考，并以多篇精彩随笔对自己的看法加以佐证。该书思路缜密，文笔优美，内蕴激情。

　　本书共分为两部分，前一部分杨绛关注了神和鬼的问题，人的灵魂、个性、本性，灵与肉的斗争和统一，命与天命以及人类的文明等问题。融汇了文学、哲学、伦理学精神分析等学科的知识，并形成了自己的思考。

　　后一部分则由充当"注释"的多篇散文构成，相当于对前一部分的补充解释。在《论语趣》一文中，杨绛提到，钱锺书和她都认为，孔子最喜欢的弟子是子路而不是颜回，最不喜欢的是不懂装懂、大胆胡说的宰予等内容，让人耳目一新。

附录二

参考文献

一、期刊论文：

1. 胡河清：《杨绛论》，《当代作家评论》1993 年第 5 期。

2. 李咏吟：《存在的勇气：杨绛与宗璞的散文精神》，《当代作家评论》1993 年第 12 期。

3. 朱瑞芬：《试论杨绛作品的语言特色》，《铁道师院学报》1994 年第 8 期。

4. 周政保：《"怀人忆旧"的意义——读杨绛、黄宗江、楼适夷的散文》，《文艺评论》1997 年第 5 期。

5. 王澄霞：《清幽独放的艺术奇葩——杨绛散文创作论》，《扬州大学学报（人文社会科学版）》1997 年第 11 期。

6. 金慧萍：《杨绛比喻特点分析》，《宁波大学学报（人文科学版）》1997 年第 12 期。

7. 陈志强：《写在〈写在钱锺书边上〉边上》，《出版广角》1998 年第 4 期。

8. 唐韧：《耕耘知识分子的"方寸地"——杨绛《洗澡》的人文精神蕴涵》，《广西大学学报（哲学社会科学版）》1998 年第

8期。

9. 吕若涵：《九十年代女性散文综论》，《福建师范大学学报（哲学社会科学版）》1999年第1期。

10. 陆明，崔海燕：《杨绛纪事散文题材之比较》，《辽宁广播电视大学学报》1999年第2期。

11. 黄科安：《喜剧精神与杨绛的散文》，《文艺争鸣》1999年第3期。

12. 吕若涵：《新时期女性散文的丰碑——老一代女作家散文审美特质论》，《福建论坛（文史哲版）》1999年第4期。

13. 王为生：《雪野的跋涉与观望——杨绛散文论》，《唐山师专学报》1999年第8期。

14. 谷海慧：《宠辱不惊　大巧不工——浅论杨绛散文》，《镇江师专学报（社会科学版）》1999年第8期。

15. 张健：《钱锺书与杨绛：智慧树下的幽默之果》，《新疆石油教育学院学报》2000年第2期。

16. 林贤治：《五十年：散文与自由的一种观察》，《书屋》2000年第3期。

17. 杜胜韩：《杨绛散文的人格美》，《安徽广播电视大学学报》2000年第3期。

18. 叶诚生：《杨绛散文：智者的人间情怀》，《中华女子学院山东分院学报》2000年第5期。

19. 李相：《应该怎样对待传主的叙述——从杨绛与肖凤的笔战探讨有关传记文学的创作问题》，《河北学刊》2000年第5期。

20. 徐红萍：《不留人间半点尘》，《观察与思考》2000年第7期。

21. 罗维扬：《纯净精致的美文——杨绛早期散文四篇赏析》，《名作欣赏》2000 年第 7 期。

22. 陆仁：《反思"文革"岁月的胸怀与境界》，《书屋》2000 年第 8 期。

23. 王光明：《公共空间的散文写作——关于 90 年代中国散文的对话》，《文艺评论》2000 年第 9 期。

24. 王兆胜：《情缘回想——论中国当代抒情忆旧散文》，《东岳论丛》2000 年第 11 期。

25. 碧红：《暗香疏影无穷意——记杨绛先生》，《海内与海外》2001 年第 2 期。

26. 王雪：《论杨绛喜剧精神的人生与艺术资源》，《南京林业大学学报（人文社会科学版）》2001 年第 3 期。

27. 王地山：《于恬淡中见深邃——试谈杨绛的散文艺术》，《四川省干部函授学院学报》2001 年第 4 期。

28. 苏琼：《"她人"场景：现代女性戏剧论》，《南京大学》2001 年第 5 期。

29. 徐玉玲：《论杨绛小说的喜剧风格》，《安徽师范大学学报（人文社会科学版）》2001 年第 5 期。

30. 杜胜韩：《从杨绛的散文看杨绛的人格》，《信阳师范学院学报（哲学社会科学版）》2001 年第 6 期。

31. 杜胜韩：《杨绛散文的人格美》，《鹭江职业大学学报》2001 年第 6 期。

32. 王兆胜：《新时期"回忆文革"散文论》，《青岛大学学报》2001 年第 6 期。

33. 王开志：《新时期散文热寻根》，《乐山师范学院学报》

2001年第10期。

34. 贺仲明：《智者的写作——杨绛文化心态论》，《首都师范大学学报（社会科学版）》2001年第12期。

35. 刘心力：《生命的感悟：杨绛的散文精神》，《辽宁商务职业学院学报》2001年第12期。

36. 徐岱：《大智慧与小文本：论杨绛的小说艺术》，《文艺理论研究》2002年第1期。

37. 刘思谦：《反命名和戏谑式命名——杨绛散文的反讽修辞》，《郑州大学学报（哲学社会科学版）》2002年第4期。

38. 杨华轲：《杨绛散文的独特价值》，《南都学坛》2002年第7期。

39. 苗祎：《杨绛对散文的独特贡献》，《河南社会科学》2002年第8期。

40. 明红：《杨绛，暗香疏影无穷意》，《太湖》2002年第10期。

41. 陈亚丽：《蒙娜丽莎的微笑——杨绛散文的智性思维》，《广播电视大学学报（哲学社会科学版）》2002年第11期。

42. 陈玉：《清而真淳，婉而多讽——试论杨绛作品的语言特色》，《陕西广播电视大学学报》2002年第12期。

43. 杨建民：《温润的杨绛》，《人民日报（海外版）》2003年第1期。

44. 贺桂梅：《面对卑微者的不幸人生——解读〈老王〉》，《语文建设》2003年第1期。

45. 徐明：《绘真像　抒真情　发为至文——杨绛与宗璞的散方创作比较》，《大同职业技术学院学报》2003年第5期。

46. 王若：《为杨绛声辩》，《中华读书报》2003 年第 6 期。

47. 明红：《暗香疏影无穷意——记杨绛女士》，《党史纵览》2003 年第 6 期。

48. 巫唐（现代文学馆）：《当时只道是寻常》，《中国图书商报》2003 年第 7 期。

49. 舒展：《古驿道上悟道者——读杨绛新作〈我们仨〉》，《民主与科学》2003 年第 8 期。

50. 任雅玲：《试论当代女性文化散文》，《哈尔滨学院学报》2004 年第 1 期。

51. 张国龙：《当下散文创作亮点评谭》，《文艺评论》2004 年第 3 期。

52. 房向东：《"素心人"记——钱锺书、杨绛印象》，《出版广角》2004 年第 5 期。

53. 火源：《家的梦——对杨绛〈我们仨〉的评论》，《中国图书评论》2004 年第 5 期。

54. 董衡巽：《文字散淡人》，《中华读书报》2004 年第 6 期。

55. 牛运清：《杨绛的散文艺术》，《文史哲》2004 年第 7 期。

56. 刘钊：《现代文化建构中的中国当代女性散文》，《东北师大学报》2004 年第 11 期。

57. 王彩萍：《家文化与新时期作家研究》，《苏州大学学报》2005 年第 2 期。

58. 严欣久：《院子里的杨绛》，《人民日报（海外版）》2005 年第 2 期。

59. 尤岩：《阅读杨绛》，《江苏地方志》2005 年第 2 期。

60. 张霁：《论杨绛文学创作中的"隐身化"艺术风格》，《吉

231

林大学学报》2005年第4期。

61. 黄小红：《论杨绛散文〈我们仨〉的古典意味》，《湛江海洋大学学报》2005年第4期。

62. 王燕：《知识分子写作》，《苏州大学学报》2005年第5期。

63. 王虹艳：《女性"新散文"与文体试验》，《广播电视大学学报（哲学社会科学版）》2005年第5期。

64. 罗银胜：《杨绛的读书生活》，《民主与科学》2005年第6期。

65. 郭力：《生命对家园的寻找——女性学者的历史叙述》，《中州学刊》2005年第7期。

66. 刘心力：《杨绛研究述评》，《辽宁师专学报（社会科学版）》2005年第8期。

67. 来华强：《简论当代五名家的散文创作》，《现代语文》2005年第8期。

68. 张宗刚：《落叶满街无人扫——2000年以来的散文阅读》，《书屋》2005年第9期。

69. 陈子谦：《我与"我们仨"——读杨绛〈我们仨〉》，《中共四川省委省级机关党校学报》2005年第9期。

70. 李险峰：《论杨绛散文的写人艺术》，《理论导刊》2005年第10期。

71. 陈宇：《近十年杨绛研究综述》，《西师大学报（社会科学版）》2005年第12期。

72. 黄育海，黄发有：《书香远传——黄育海访谈录》，《当代作家评论》2006年第1期。

73. 陈亚丽：《二十世纪末中国散文史上的奇观——老生代散文（上）》，《海南师范学院学报（社会科学版）》2006年第1期。

74. 陈亚丽：《二十世纪末中国散文史上的奇观——老生代散文（下）》，《海南师范学院学报（社会科学版）》2006年第3期。

75. 陈莉：《刹那的定格 永恒的美丽——略论杨绛〈我们仨〉的美学特征》，《新疆教育学院学报》2006年第3期。

76. 刘梅竹：《杨绛先生与刘梅竹的通信两封》，《中国文学研究》2006年第3期。

77. 余艳：《知识分子的诗性写作》，《江西师范大学学报》2006年第4期。

78. 杨珺：《二十世纪九十年代女性散文的主体建构》，《河南大学学报》2006年第4期。

79. 陈会清：《杨绛散文客观冷静的叙述立场》，《现代语文》2006年第4期。

80. 尹莹：《论杨绛散文创作中的人文精神底蕴》，《重庆工学院学报》2006年第4期。

81. 陈会清：《超然物外 宠辱不惊——杨绛的"平常心"》，《山东省农业管理干部学院学报》2006年第5期。

82. 尹莹：《举重若轻 超凡宁静——杨绛散文〈干校六记〉与〈丙午丁未年纪事〉的境界》，《理论界》2006年第5期。

83. 王学莉，丁邦勇：《〈干校六记〉文本细读——浅谈杨绛的边缘人风格》，《科学咨询（教育科研）》2006年第5期。

84. 王维燕：《论杨绛的散文特色》，《武汉科技学院学报》

2006年第5期。

85. 谢玉珊：《淡雅隽永　本色从容——杨绛宗璞散文创作之比较》，《社科纵横》2006年第6期。

86. 陈亚丽：《老生代散文的文化人格构架与艺术特质》，《首都师范大学学报（社会科学版）》2006年第6期。

87. 明红：《杨绛与钱锺书的传奇婚恋》，《五台山》2006年第7期。

88. 张瑷：《温暖而美丽的生命之火——〈我们仨〉的思情价值》，《荆门职业技术学院学报》2006年第7期。

89. 刘薇：《杨绛风俗喜剧的风格》，《大舞台》2006年第8期。

90. 孟昕：《温和恬淡却又卓尔不群——论杨绛创作的独特魅力》，《河北北方学院学报》2006年第8期。

91. 郭新洁：《略论杨绛散文中的"杨绛"形象》，《工会论坛》2006年第9期。

92. 郭威：《"新时期"老年"文革回忆"散文研究》，《福建师范大学学报》2007年第4期。

93. 吴嘉慧：《淡泊明志　宁静致远》，《吉林大学学报》2007年第4期。

94. 徐卫：《近代历史上一位知识女性的时代悲剧》，《扬州大学学报》2007年第5期。

95. 夏一雪：《理性与智慧　选择与得失》，《山东大学学报》2007年第5期。

96. 余艳：《知识分子的另一种抗争方式——论杨绛的知识分子写作特征》，《番禺职业技术学院学报》2007年第6期。

97. 杨小燕：《雪落黄河静无声——浅析〈我们仨〉的艺术风格》，《名作欣赏》2007 年第 8 期。

98. 沈新燕：《价值何在　美在何处——二读〈我们仨〉》，《语文学刊》2007 年第 8 期。

99. 火源：《看啊，好个新奇的世界——论杨绛创作的传奇性》，《名作欣赏》2007 年第 9 期。

100. 董保纲：《在人生边上平心静气读杨绛》，《全国新书目》2007 年第 10 期。

101. 杨珺：《20 世纪 90 年代女性散文的社会内涵解读》，《中州学刊》2007 年第 11 期。

102. 王燕：《论杨绛的自由写作立场》，《常熟理工学院学报》2007 年第 11 期。

103. 张立新：《流落民间的"贵族"论杨绛新时期创作的民间立场》，《当代作家评论》2007 年第 11 期。

104. 常品：《绚烂之极　归于平淡——浅谈杨绛新时期散文的独特魅力》，《文教资料》2007 年第 12 期。

105. 罗银胜：《人性的美感——读杨绛先生的〈走到人生边上〉》，《书屋》2007 年第 12 期。

106. 路筠：《近十年（1997—2006）杨绛散文研究综述》，《柳州师专学报》2007 年第 12 期。

107. 陈亚丽：《"老生代散文"现象及其反讽艺术》，《文艺争鸣》2007 年第 12 期。

108. 冯现冬：《依然一寸结千思——读杨绛〈走到人生边上——自问自答〉》，《出版广角》2008 年第 1 期。

109. 谷海慧：《"文革"记忆与表述——"老生代"散文的一

个研究视角》,《上海师范大学学报(哲学社会科学版)》2008年第1期。

110. 冯现冬:《依然一寸结千思——读杨绛〈走到人生边上〉》,《当代广西》2008年第3期。

111. 伍艳妮:《杨绛散文创作的边缘姿态》,《山东文学》2008年第4期。

112. 周虹:《俯仰之间的世俗人生》,《西南大学学报》2008年第4期。

113. 敖慧仙:《生命的烤火者——杨绛散文研究》,《广西师范大学学报》2008年第4期。

114. 杨现钦:《疏影暗香溢人间至情——读杨绛的〈我们仨〉》,《电影评介》2008年第5期。

115. 翁炬:《论20世纪90年代女性散文的文体特征》,《吉林省教育学院学报》2008年第5期。

116. 余艳:《当代散文与中国传统知识分子的精神追求》,《绵阳师范学院学报》2008年第6期。

117. 赵平:《智者的思考——杨绛〈走到人生边上——自问自答〉》,《青年教师》2008年第6期。

118. 王萍:《玲与杨绛比较论》,《西北大学学报》2008年第6期。

119. 张丹峰:《落花无言,人如淡菊——从〈走在人生边上〉看杨绛的晚年创作》,《安徽文学(下半月)》2008年第7期。

120. 杨旭:《行走在〈大王庙〉中》,《社会科学论坛(学术研究卷)》2008年第7期。

121. 彭雪英:《精神家园的重建 艺术之美的延续——解读杨

绛散文集〈走到人生边上——自问自答〉》,《创作评谭》2008年第9期。

122. 徐艳玲:《杨绛散文真趣谈》,《作家》2008年第9期。

123. 陈会清:《论杨绛散文冷静的白描手法》,《作家》2008年第10期。

124. 吴学昭:《杨绛借读清华之后》,《全国新书目》2008年第11期。

125. 白草:《杨绛笔下的回族底层人物》,《西北第二民族学院学报(哲学社会科学版)》2008年第11期。

126. 孙绍振:《从文体的失落到回归和超越——当代散文三十年》,《名作欣赏》2008年第12期。

127. 冯植康:《苦难中的自我超越——解读〈"小趋"记情〉》,《名作欣赏》2008年第12期。

128. 干琛艳:《听杨绛谈往事》,《北方人(悦读)》2008年第12期。

129. 徐雪芹:《试论杨绛散文和谐的美学特征》,《沈阳农业大学学报(社会科学版)》2009年第1期。

130. 孙绍振:《世纪视野中的当代散文》,《当代作家评论》2009年第1期。

131. 止庵:《"听"与"谈"之外》,《出版广角》2009年第2期。

132. 朱念:《论沦陷区女性作家的创作心态及审美追求》,《江海学刊》2009年第3期。

133. 黑马:《杨绛:撤销问题》,《文学教育(下)》2009年第3期。

134. 邓福田：《世纪末散文创作流评述》，《黑龙江史志》2009年第3期。

135. 杨珺：《大历史的小注释——对〈丙午丁未年纪事〉的一种解读》，《作家》2009年第4期。

136. 周婕舒：《试论杨绛的艺术风格》，《飞天》2009年第5期。

137. 徐艳玲：《"万里长梦"话凄凉——杨绛散文〈我们仨〉的梦幻构图》，《山花》2009年第8期。

138. 申景梅：《杨绛作品中的喜剧精神探析》，《天中学刊》2009年第8期。

139. 车芳芳：《智性魅力的充分张扬——浅析杨绛作品的艺术特质》，《宁波教育学院学报》2009年第8期。

140. 张韡：《论杨绛的幽默观》，《电影文学》2009年第8期。

141. 杨素蓉：《喜剧家笔下的"干校生活"——〈干校六记〉与〈云梦断忆〉比较》，《当代小说（下半月）》2009年第8期。

142. 李兆忠：《疏通了中断多年的中国传统文脉——重读〈干校六记〉》，《当代文坛》2009年第9期。

143. 曾慧萍：《真、善、美的颂歌——论杨绛散文的写人艺术》，《作家》2009年第9期。

144. 夏一雪：《于人生边上随遇而作——评杨绛的文学创作》，《辽东学院学报（社会科学版）》2009年第10期。

145. 徐艳玲：《生活纪实中的温暖表达——杨绛散文〈我们仨〉的艺术表现》，《名作欣赏》2009年第12期。

146. 颜敏：《梦魂长逐漫漫絮，身骨终拼寸寸灰——探秘杨绛散文〈老王〉的几条阅读路径》，《名作欣赏》2009年第12期。

147. 张韡：《论杨绛幽默的表现形态》，《福建论坛（社科教育版）》2009 年第 12 期。

148. 蒋婷玉：《落花无言　人淡如菊——论杨绛散文的人生意蕴》，《名作欣赏》2010 年第 1 期。

149. 刘保昌：《干校文学论：以向阳湖"五七"干校为中心》，《西南大学学报（社会科学版）》2010 年第 1 期。

150. 陈剑晖：《学者散文的文体特征与文体价值》，《江汉论坛》2010 年第 1 期。

151. 沈利悠：《〈老王〉一文中的问答不对称现象分析》，《语文教学与研究》2010 年第 2 期。

152. 潘超青：《中国女性剧作主体性与悲剧审美的生成》，《厦门大学学报（哲学社会科学版）》2010 年第 3 期。

153. 程昭雯：《杨绛散文主体性语境意义分析》，《时代文学（上）》2010 年第 6 期。

154. 舒展：《杨绛的人格魅力》，《北京观察》2010 年第 6 期。

155. 黄艳艳：《试论杨绛的"隐身"哲学》，《宝鸡文理学院学报（社会科学版）》2010 年第 6 期。

156. 李淑红：《似水胜酒，古味虽淡醇不薄——从〈老王〉看杨绛散文语言的平淡之美》，《语文教学之友》2010 年第 8 期。

157. 陈艳芳：《基于情景语境分析〈我们仨〉中的语码转换》，《湖北社会科学》2010 年第 9 期。

158. 范培松，张颖：《钱锺书、杨绛散文比较论》，《文学评论》2010 年第 9 期。

159. 张晓东：《面对历史的不同书写——巴金、杨绛历史叙事比较论》，《江西社会科学》2010 年第 10 期。

160. 赵仲春：《清新细腻　耐人寻味——杨绛散文〈风〉欣赏》，《阅读与写作》2010 年第 11 期。

161. 陈亚丽：《论中外文化之间的老生代散文》，《文学评论》2010 年第 11 期。

162. 王燕：《杨绛的寂寞与高贵》，《当代作家评论》2010 年第 11 期。

163. 何言宏：《当代中国的见证文学——"文革"后中国文学中的"文革记忆"之一》，《当代作家评论》2010 年第 11 期。

164. 张晓东：《面对历史的不同书写（摘要）——巴金、杨绛朝拜历史的不同姿态》，《新时期与新世纪文学国际学术研讨会暨中国当代文学研究会第 16 届学术年会会议论文摘要汇编》2010 年第 11 期。

165. 刘莉：《透明的智慧——从〈走到人生边上〉看晚年杨绛散文写作上的追求》，《时代文学（上）》2010 年第 12 期。

166. 夏传刚：《从〈老王〉看杨绛散文的人文关怀》，《科教导刊（中旬刊）》2010 年第 12 期。

167. 王燕：《智者慧心——论杨绛创作的艺术魅力》，《盐城工学院学报（社会科学版）》2010 年第 12 期。

168. 吴学峰：《百年修为伏仙气——论杨绛对神秘主义文化的认识与表现》，《无锡商业职业技术学院学报》2010 年第 12 期。

169. 张洁：《浅析杨绛作品中白描的特点》，《文教资料》2011 年第 1 期。

170. 陈剑晖：《历史地理解散文的"真情实感"》，《名作欣赏》2011 年第 2 期。

171. 徐阿兵：《沧桑往事的文化省察——论"老作家"写在

"新时期"的反思散文》,《温州大学学报(社会科学版)》2011年第3期。

172. 王萍:《分享到丁玲与杨绛创作比较论》,《渭南师范学院学报》2011年第3期。

173. 林少雄:《论杨绛〈我们仨〉中的知识分子人文情怀》,《重庆教育学院学报》2011年第3期。

174. 潘凌飞:《从〈"小趋"记情〉浅析杨绛的干校文学》,《文学界(理论版)》2011年第3期。

175. 冯雪梅:《新时期文学中的干校书写》,《郑州大学》2011年第4期。

176. 李斌:《杨绛学术之路探佚》,《华章》2011年第5期。

177. 石静:《驿动与笃定:人生的两种姿态——〈洗澡〉与〈围城〉的比较赏析》,《山东省农业管理干部学院学报》2011年第5期。

178. 于慈江:《杨绛研究述略》,《东岳论丛》2011年第5期。

179. 李乃清:《杨绛:百年淑子 映月泉清》,《南方人物周刊》2011年第5期。

180. 罗银胜:《杨绛的京华岁月》,《读书文摘》2011年第6期。

181. 薛鸿时:《我所认识的杨绛先生》,《中国社会科学报》2011年7月12日。

182. 李靖,许志铭:《百岁杨绛 与世无争》,《人民日报》2011年7月18日。

183. 浩衍:《百岁杨绛:见证知识分子的风华年代》,《江西日报》2011年7月22日。

184. 王天红：《试论刚柔相济、平和隽永的杨绛小说》，《作家》2011年第7期。

185. 陈亚丽：《2010年当代散文研究多向探索》，《中国社会科学报》2011年8月2日。

186. 李乃清：《百年淑子　映月泉清》，《散文选刊》2011年第8期。

187. 钱晓鸣：《高贵、生动而深湛的灵魂》，《光明日报》2011年8月4日。

188. 杨旭：《杨绛与〈读书苦乐〉》，《社会科学论坛》2011年第8期。

189. 应晓英：《世情文学对杨绛散文创作的影响》，《语文学刊》2011年第8期。

190. 钱晓鸣：《百岁杨绛先生》，《云南教育（视界综合版）》2011年第8期。

191. 曾慧萍，肖思涵：《戴着镣铐的舞蹈——论杨绛散文的语言艺术》，《江西广播电视大学学报》2011年第9期。

192. 罗银胜：《杨绛先生的书香世界》，《名人传记（上半月）》2011年第10期。

193. 于露：《杨绛的倔强——〈丙午丁未年纪事〉细读》，《时代文学（上半月）》2011年第10期。

194. 许俊莹：《浅析好散文的特质》，《石河子大学学报（哲学社会科学版）》2011年第12期。

195. 周毅：《坐在人生的边上——杨绛先生百岁答问》，《文汇报》2011年7月8日。

196. 徐泽林：《钱锺书杨绛在五七干校》，《名人传记（上半月）》2012年第2期。

197. 吕东亮：《干校文学的双璧——〈干校六记〉和〈云梦断忆〉的回忆诗学与文化政治》，《江汉论坛》2012年第2期。

198. 金铭：《喜剧精神与"老生代散文"》，《文教资料》2012年第3期。

199. 邹嘉曼：《论杨绛先生笔下的文革》，《文学教育（上）》2012年第5期。

200. 闫顺玲，侯琰婕：《沦陷区女性文学论析——论上海沦陷区女作家的创作》，《哈尔滨师范大学社会科学学报》2012年第5期。

201. 李刚：《历史变迁亲历者的精神气质——1990年代老生代知识分子散文研究》，《江汉大学学报（人文科学版）》2012年第6—1期。

202. 徐巧燕：《散论杨绛散文》，《北京劳动保障职业学院学报》2012年第6期。

203. 魏宁：《杨绛〈干校六记〉的女性视角和知识分子立场》，《湖南人文科技学院学报》2012年第6期。

204. 李兆忠：《疏通了中断多年的中国传统文脉——重读〈干校六记〉》，《〈当代文坛〉三十年评论精选（下）》2012年第7期。

205. 金莉莉：《杨绛：人生边上的写作》，《写作》2012年第7期。

206. 刘鑫：《当代散文美感魅力的语言维度》，《当代文坛》2012年第7期。

207. 刘丽红：《浅论杨绛边缘性写作的缘由》，《剑南文学》

2012年第7期。

208. 王亚萍：《一个幸运者的"愧怍"——谈杨绛〈老王〉的悲悯情怀》，《文教资料》2012年第10期。

209. 金莉莉：《为人为文的"隐身衣"——浅谈杨绛散文的两座高峰》，《名作欣赏》2012年第11期。

210. 孟竹：《论杨绛喜剧对莫里哀的接受》，《戏剧文学》2012年第11期。

211. 黄践：《峥嵘岁月沉淀后的万千思绪——老生代作家的"文革"抒写》，《吉林省社会主义学院学报》2012年第12期。

212. 肖宇：《由〈我们仨〉看知识分子的政治抉择》，《文学教育（下）》2013年第2期。

213. 廖林玲：《杨绛作品的喜剧性书写》，《福建师范大学学报》2013年第4期。

214. 王彩萍：《儒家语言审美在新时期作家中的三重境界》，《宁波大学学报（人文科学版）》2013年第5期。

215. 郭红敏：《文化名人在河南"五七干校"的尘封岁月》，《云南档案》2013年第5期。

216. 郑春勇：《若愚的〈老王〉大智的"绝响"》，《青年教师》2013年第6期。

217. 郭红敏：《文化名人在"五七干校"》，《党史纵横》2013年第7期。

218. 黄薇：《杨绛：最贤的妻，最才的女》，《时代人物》2013年第7期。

219. 陈熙涵：《杨绛：我只是一个业余作者》，《文汇报》2013年7月17日。

220. 黄薇：《杨绛：留在人世间，打扫现场》，《法律与生活》2013年第8期。

221. 苏玉品：《睿智人生——读〈我们仨〉有感》，《中国职工教育》2013年第8期。

222. 王文静：《文字里的"杨绛味道"——重读杨绛〈干校六记〉》，《中国职工教育》2013年第9期。

223. 黄薇：《奇女子杨绛》，《文苑》2013年第10期。

224. 刘珊珊：《知识分子的"自审"姿态与意识——杨绛〈干校六记〉小识》，《安徽广播电视大学学报》2013年第12期。

225. 龚郑勇：《"隐身衣"缝隙中的底层群像——杨绛散文中底层群像漫谈》，《民办高等教育研究》2013年第12期。

226. 徐虹：《杨绛：淡水太阳》，《新天地》2014年第1期。

227. 胡林：《杨绛文革散文中的智慧》，《文学教育（中）》2014年第1期。

228. 胡林：《杨绛散文和谐的美学特征探析》，《参花（上）》2014年第2期。

229. 陈然：《"管中窥天，锥尖触地"——漫话杨绛作品〈我们仨〉》，《大众文艺》2014年第2期。

230. 敖慧仙：《杨绛教育思想与实践的现代启示》，《江苏师范大学学报（教育科学版）》2014年第3期。

231. 敖慧仙：《从〈钱锺书手稿集〉看杨绛的编辑理念》，《编辑学刊》2014年第7期。

232. 敖慧仙：《温婉与坚韧——论杨绛先生的艺术品格》，《艺术评论》2014年第8期。

233. 敖慧仙：《〈杨绛文集〉副文本之考疑》，《中国出版年鉴》2015年第1期。

234. 敖慧仙：《论杨绛在个人文集中的编辑理念》，《科技与出版》2015年第8期。

235. 智效民：《记杨绛父亲杨荫杭先生》，《江淮文史》2016年第1期。

236. 闫玉婷：《杨绛的智性散文》，《山西师范大学学报》2016年第4期。

237. 邹慧萍，张继业：《论杨绛散文的女性意识》，《宁夏大学学报（人文社会科学版）》2016年第7期。

238. 胡真才：《〈杨绛全集〉编后谈》，《中国编辑》2016年第7期。

239. 黎秀娥：《对话杨绛（一）：散文中的诗意还乡》，《关东学刊》2017年第1期。

240. 夏睿：《钱锺书、杨绛幽默风格比较》，《四川师范大学学报》2017年第3期。

241. 翁金：《两种文化背景下领悟杨绛先生的百年人生》，《山东商业职业技术学院学报》2017年第4期。

242. 王娟：《杨绛作品语言风格研究》，《扬州大学学报》2017年第6期。

243. 廖偲：《杨绛文化人格论》，《广西民族大学学报》2018年第4期。

244. 敖慧仙：《文化人的尊严与坚守》，《金融时报》2018年5月25日。

245. 张颖，司方维：《近二十余年杨绛散文研究综述（1993—2017）》，《名作欣赏》2018年第6期。

246. 田建民：《"痴气"的"书癖"与超然的哲人——谈杨绛笔下的钱锺书（上）》，《名作欣赏》2018 年第 6 期。

247. 贺莉莉：《杨绛文学批评研究》，《辽宁大学学报》2019 年第 4 期。

248. 张颖：《在疏离和介入之间——论杨绛 20 世纪 80 年代的散文创作》，《名作欣赏》2019 年第 6 期。

249. 邱建丽：《论杨绛散文的灵性书写》，《南宁师范大学学报》2020 年第 6 期。

250. 陈福萍：《〈名利场〉杨必译本及杨绛"点烦"本对比研究》，《湖南工业大学》2020 年第 6 期。

251. 王雨桐：《论杨绛创作的外来影响》，《福建师范大学学报》2021 第 6 期。

252. 张颖：《论杨绛思想随笔中的信仰问题》，《名作欣赏》2021 第 7 期。

253. 敖慧仙，巴陵祎：《俭为共德——钱锺书、杨绛夫妇的财富观》，《中国金融家》2021 第 8 期。

254. 张颖：《杨绛、汪曾祺散文合论》，《当代作家评论》2021 第 9 期。

255. 刘逸凡：《基于计量风格学的杨绛记叙散文风格研究》，《汉字文化》2022 第 10 期。

256. 李天然：《论杨绛散文中的知识分子写作立场》，《名作欣赏》2022 第 6 期。

二、硕博论文：

1. 宋成艳：《"隐身衣"下的智性写作》，贵州师范大学，

2009年。

2. 董文静：《从人生角色看杨绛的散文创作》，《河北师范大学学报》2010年第4期。

3. 夏一雪：《"文""学"会通》，《山东大学学报》2010年第4期。

4. 王君青：《晚年散文·爱的哲学·终极救赎》，《山西师范大学学报》2010年第4期。

5. 张惠：《杨绛的宗教情怀及其文学阐释》，《西北师范大学学报》2010年第5期。

6. 刘颖思：《影响、接受与融通》，《中南大学学报》2010年第5期。

7. 魏彦红：《五四到1940年代女性戏剧创作论》，《河北大学学报》2010年第5期。

8. 李文莲：《论新时期中国散文中的生命意识》，《山东师范大学学报》2010年第6期。

9. 许建忠：《杨绛散文语言艺术探讨》，《暨南大学学报》2000年第5期。

10. 朱红梅：《近二十年大陆女性散文母题研究》，《苏州大学学报》2003年第4期。

11. 朱念：《战争背景下的女性文学》，《南京师范大学学报》2004年第4期。

12. 杨扬：《杨绛喜剧艺术论》，《安徽大学学报》2004年第5期。

13. 吉素芬：《残缺意识与喜剧性超越》，《河南大学学报》2004年第5期。

14. 朱凌：《走出"五四"启蒙的"神话"》,《广西师范大学学报》2006年第4期。

15. 韩雪：《暗香疏影无穷意》,《吉林大学学报》2006年第4期。

16. 尹莹：《论杨绛创作中的人文精神》,《华中师范大学学报》2006年第5期。

17. 余萌：《论杨绛创作的喜剧精神》,《南昌大学学报》2008年第12期。

18. 陈国颖：《平和释然的人生智慧》,《辽宁师范大学学报》2011年第4期。

19. 孙大静：《行者无疆》《河南大学学报》2011年第4期。

20. 吴燕：《女性意识的觉醒与女性身份的重建》,《海南大学学报》2011年第4期。

21. 魏东：《杨绛作品的语言艺术研究》,《安徽大学学报》2011年第5期。

22. 向兰：《心清意定　真淳人生》,《上海交通大学学报》2012年第2期。

23. 于露：《朴素的谈话，回家的智者》,《曲阜师范大学学报》2012年第4期。

24. 应晓英：《论杨绛文学创作的世情化倾向》,《广西师范大学学报》2012年第4期。

25. 王润：《论"五七干校"文学》,《福建师范大学学报》2012年第4期。

26. 李璐：《杨绛散文中的理性反思精神》,《东师范大学学报》2012年第6期。

27. 麻娜娜：《杨绛散文作品的出版研究》，《北京印刷学院学报》2013 年第 S2 期。

28. 闫玉婷：《杨绛的智性散文》，《山西师范大学学报》2017 年第 4 期。

29. 王娟：《杨绛作品语言风格研究》，《扬州大学学报》2018 年第 1 期。

30. 曹梦兰：《接受美学视角下的散文英译》，《苏州大学学报》2018 年第 4 期。

31. 符琴：《"三教"理念在散文阅读教学中的应用研究》，《贵州师范大学学报》2020 年第 3 期。

32. 邱建丽：《论杨绛散文的灵性书写》，《南宁师范大学学报》2022 年第 6 期。

33. 宋宇：《〈老王〉教学课例比较研究》，《福建师范大学学报》2022 年第 11 期。

三、参考专著：

1. 杨绛：《杨绛全集》（1—9 卷），人民文学出版社 2014 年版。

2. 杨绛：《杨绛文集》（1—8 卷），人民文学出版社 2004 年版。

3. 杨绛：《走到人生边上》，商务印书馆 2007 年版。

4. 杨绛等著：《我们的钱瑗》，生活·读书·新知三联书店 2005 年版。

5. 钱锺书：《槐聚诗存》，生活·读书·新知三联书店 1995 年版。

6. 钱锺书：《人·兽·鬼》，福建人民出版社 1983 年版。

7. 钱锺书：《宋诗选注》，生活·读书·新知三联书店 2002 年版。

8. 钱锺书：《谈艺录》（补订本），中华书局 1984 年版。

9. 孔庆茂：《杨绛评传》，华夏出版社 1998 年版。

10. 罗银胜：《杨绛传》，文化艺术出版社 2005 年版。

11. 田蕙兰等编：《钱锺书 杨绛研究资料集》，华中师范大学出版社 1997 年版。

12. 赵义山等编：《中国分体文学史》，上海古籍出版社 2001 年版。

13. 耿占春：《话语与回忆之乡》，东方出版社 1997 年版。

14. 沈义贞：《中国当代散文艺术演变史》，浙江大学出版社 2000 年版。

15. 王永生：《中国现代文学理论批评史》，贵州人民出版社 1986 年版。

16. 佘树森：《散文创作艺术》，北京大学出版社 1986 年版。

17. 佘树森：《中国现当代散文研究》，北京大学出版社 1993 年版。

18. 林非：《林非论散文》，江西高校出版社 2002 年版。

19. 傅德岷：《散文艺术论》，重庆出版社 2006 年版。

20. 李菀：《中国现代文化散文专论——走近鲁迅·朱自清·冰心》，四川出版集团 2005 年版。

21. 林贤治：《中国散文五十年》，漓江出版社 2011 年版。

22. 叔本华：《风格》，吉林人民出版社 1988 年版。

23. 朱栋霖等主编：《中国现代文学史》（1917—1997），高等教育出版社 1999 年版。

24. 唐弢主编：《中国现代文学史》，人民文学出版社 1979 年版。

25. 程光炜等：《中国现代文学史》，中国人民大学出版社 2000 年版。

26. 钱理群等：《中国现代文学 30 年》，北京大学出版社 1998 年版。

27. 姜德明：《书衣百影》，生活·读书·新知三联书店 1990 年版。

28. 陈鼓应：《庄子今注今译》，中华书局 1983 年版。

29. 林毓生：《中国意识的危机》，贵州人民出版社 1988 年版。

30. 封祖盛编：《当代新儒家》，生活·读书·新知三联书店 1989 年版。

31. 胡河清：《灵地的缅想》（火凤凰新批评文丛），上海学林出版社 1994 年版。

32. 朱大可：《逃亡者档案》（火凤凰新批评文丛），上海学林出版社 1999 年版。

33. 陈思和：《鸡鸣风雨》（火凤凰新批评文丛），上海学林出版社 1994 年版。

34. 冯光廉等编：《多维视野中的鲁迅》，山东教育出版社 2002 年版。

35. 杨国良编：《杨绛年谱》，线装书局 2008 年版。

36. 杨国良，刘秀秀：《杨绛："九蒸九焙"的传奇》，新星出版社 2013 年版。

37. 钱锺书：《管锥编》，中华书局 1986 年版。

38. 吴宓：《吴宓日记》，生活·读书·新知三联书店 1999 年版。

39. 韦勒克，沃伦：《文学理论》，生活·读书·新知三联书店 1984 年版。

40. 丹纳著，傅雷译：《艺术哲学》，人民文学出版社 1996 年版。

41. 罗曼·罗兰著，傅雷译：《名人传》，译林出版社 2001 年版。

42. 罗银胜：《杨绛传》（追思纪念版），天地出版社 2016 年版。

43. 梅子：《杨绛传：简朴的生活，高贵的灵魂》，民主与建设出版社 2020 年版。

44. 吴玲：《杨绛传 永不褪色的优雅》，青岛出版社 2019 年版。

45. 朱幽：《心若幽兰，品如秀竹：杨绛传》，广东人民出版社 2022 年版。

46. 钱之俊：《钱锺书生平十二讲》，上海社会科学院出版社 2013 版。

47. 王水照：《钱锺书的学术人生》，中华书局 2020 年版。

48. 钱锺书：《钱锺书作品集》（全 7 册），三联书店 2019 版。

49. 钱锺书：《钱锺书手稿集·中文笔记》，商务印书馆 2011 年版。

50. 钱锺书：《钱锺书论学文选》，花城出版社 1990 年版。

后　　记

磕磕绊绊，历时三年多，这本关于"生命"主题的杨绛散文研究的小册子算是有个交代了，但我的心情并不轻松。读书著述是学者惯常的生活方式，也是我大学时代初读杨绛的文字时感受最深的部分。接触杨绛先生已整整二十年了，"读书"已成为我日常的习惯，"著述"似乎离我太遥远，我只能像小孩子遥望着喜爱的糖果，内心充满了甜蜜的蛊惑。如果我这般"磕磕绊绊"记录下来的"读杨"心得，算是浅显的"著述"，希望不会贻笑大方。虽不能至，心向往之！

杨绛早年曾译英国诗人蓝德的诗："我和谁都不争/和谁争我都不屑/我爱大自然/其次就是艺术/我双手烤着/生命之火取暖/火萎了/我也准备走了。"杨绛绵长的百年生命，烘烤着自然与艺术之火，亦点燃着百年历史和文化之火，其光芒璀璨，其贡献温热，为现当代文坛不可忽视的一道风景线。杨绛和钱锺书先生都不喜欢别人研究他们的作品，也不喜欢别人为他们作传。但是杨绛先生作品里的生命意识和生命体验，深深打动了我，它们既是温暖我生命的文字，又是引领我从容而坚韧地迎击人生种种安排的动力。因此，她的文字是生命之树上的繁花，"蛊惑"我二十年来不断阅读，不断发掘其中深意，并发表自己浅显的见解。

或许"钱锺书夫人"的光环太耀眼，或许她一百零五岁的绵长生命太惹人注意，当下人们最关注的，似乎不是她"诉诸灵魂与生命"的文字本身，亦不是她生命和艺术价值的本身，而是本质以外的其他东西。但是，不管人世如何喧嚣，杨绛先生一如既往地闭门杜嚣，过自己平淡的生活，从不理会别人的吹嘘和追捧、误解与苛责。她曾说："我只是一滴清水，不是肥皂水，不能吹泡泡。"因此，我们无须把她的文学地位和价值无限地抬高，这也是她反对的形式。客观而论，从杨绛先生的散文，我们看到了"五四"生命主题和精神的回归，看到了先生有意无意地对"十七年"散文的空泛滥情进行了有力的反拨和纠正，又在一定程度上弥补了新时期散文"过大过小"的缺憾。杨绛先生"诗一般的人生"恰恰是用散文完成的，这与散文同步的美丽的生命仍然具有活力。无论在散文创作的意义上，还是在中国当代文学的生命哲学意识的总结上，杨绛先生虽不是"最高级"，但肯定是特色鲜明的"这一个"。

中国散文发展史，有过三个兴盛时期：春秋、魏晋、"五四"。而中国现代散文难度大、诞生迟而成熟早，曾占据过较重要的位置。"为人生""写真实"、直接地表达人类的精神和生命，一直是诸多前辈体现散文本质的着力点。但是，因为种种原因，在中国现当代的历史洪流中，坚持美学的追求似乎并不容易。而商品经济极大发展的当下，散文似乎又成了可有可无的装饰品。在现当代文坛中，散文处于一个什么位置？而杨绛的散文又置于什么地位？乃至，在杨绛所有的艺术体裁中，其散文处于什么地位？这些一直是笔者思考的问题。这本小书或许不会有太多的读者，因为疑似专业研究的冷门话题；或许也不会有太多认同者，因为很多观点纯属个人阅读体验，虽力图客观平实地评述和表达，但仍不免带有个人的见解。但这本小书凝聚了我多年来孜孜矻矻的思考，尽管它仍然没有深度，也只是一些零散的感悟，成不了"宏大叙事"的体系，然而，"根本不深，花叶不美"的野花同样"吸取露，吸取水"，这本书是我学术生命最初的印记，我敢帚自珍之。

十年前，我收获了人生珍贵的馈赠，一个温软可爱的小精灵进入我的人生；五年前，上天再次眷顾，又一人间的小天使参与我的人生。我全情地投入母亲的角色。我深切体会到女人的天性为母性，母性以慈卫之。亦如杨绛先生所说，当了母亲，方知母亲的辛苦和难处。孩子的成长道路也是磕磕绊绊，忘不了多少个不眠之夜，我抱着娃像个疯子一样上上下下地爬楼梯只为将其哄睡。忘不了一周将近二十节课的教学任务兼带毕业班是怎样地紧迫，也忘不了多少个夜晚抑或黎明，哄孩子入睡后偷偷爬起来，只为多看一点书，多写几行字。而孩子在睡梦中醒来，哭喊"妈妈，来睡觉"，我只能忍痛中断写作……这本书，是献给天上的杨绛先生诚挚的礼物，也是我与孩子们共同成长的一份纪念，更是我个人成长的心路历程的记述。

网络上有一句流行语——嫁对老公生对了娃，此乃人生的赢家。我无意充当所谓的"人生赢家"，但是常常有种感动和幸福萦绕心间。传统的见解是——"女人就该在家做饭带孩子"，我家人的态度却是与此有别，他们一致支持我的教书写作，竭尽全力帮我分担家务和带孩子。每天晚上，家人就带着娃娃们出去散步，只为让我有充足的写作时间。婆婆已经劳累了一天，却还坚持洗碗清洁，毫无怨言。周末，多数人都在睡懒觉，娃娃和爸爸早已奔赴各种兴趣班。全家人都在无声的行动中，给予我最大的支持和关爱。一如当年初为儿媳，公公对我说："我首先把你当女儿来看待，其次是儿媳。"一切的一切，让我深深感动而愧疚！

二十年来，坚持对杨绛先生作品的品读和"研究"，是我人生最快意的事。在小书即将出版之际，我记起了引领自己跨进学术之门的宋立民、赵金钟等老师；也要感谢研究生时期关爱、提挈、滋养过我的雷锐、刘铁群、李江、肖百容等诸位导师；更要感谢陈松柏、陈宝德、吴建光、谢明等老师的悉心指导和启发帮助。尤其感谢蒋述卓先生，繁忙中通览书稿并慨然作序，为拙著增光不少。感谢出版社的诸位编辑，本书从选题到出版，都凝聚着他们的心血。最后还要感谢我的学生邓钊红、王嘉伟、沈佳华，从资料收集到整理，他们用师生和朋友的情谊深深打动着我，而他们青春的热情与认真的态度更让我无比欣慰。

敖慧仙
2022年1月　聚蚁斋